U0106029

小兵传奇

反人类行动

玄雨 著

南海出版公司

2005·海口

图书在版编目（CIP）数据

小兵传奇.4,反人类行动/玄雨著.－海口：南海出版公司，
2005.6

ISBN 7-5442-3133-X

Ⅰ.小... Ⅱ.玄... Ⅲ.长篇小说－中国－当代
Ⅳ.I247.5

中国版本图书馆CIP数据核字（2005）第052686号

XIAO BING CHUAN QI   FAN REN LEI XING DONG

小 兵 传 奇 4 反 人 类 行 动

作　　者　玄　雨

策　　划　杨　雯

责任编辑　戴　铮

装帧设计　郑卫卫

出版发行　南海出版公司　电话（0898）65350227

社　　址　海口市蓝天路友利园大厦B座3楼　邮编　570203

电子信箱　nhcbgs@0898.net

经　　销　上海英特颂图书有限公司

印　　刷　上海肖华印务有限公司

开　　本　850×1168毫米　1/32

印　　张　8.5

字　　数　200千字

版　　次　2005年6月第1版　2005年6月第1次印刷

书　　号　ISBN 7-5442-3133-X

定　　价　18.00元

目 录

人物介绍

唐龙

本书主角，因巧妙机缘成为军人，以一介小兵身份崛起于混沌的宇宙中。在命运的指引下，展开了绚丽的一生。

唐虎

来自外星的机器人首领。具有人类的形体。他心中最大的愿望是主宰人类的命运。

人物介绍

陈昱

万罗联邦新任总统，
原为情报部长，上任
伊始即被联邦内部的
混乱局势搞得焦头
烂额。

尤娜

SK二三连队中尉，
唐龙到来之前任代理队
长，被女兵们尊称为
大姐。

第一章　万罗银鹰斗

SK 二三基地外，一架长一百米、宽二十米、厚十米的低等运输舰正静静地停在那里。

在运输舰的入口处，整齐地排列着一个数百人的方阵，这方阵的人全都是身穿雪白礼服的 SK 二三连队的女兵们。

"报告长官，下官奉命前来接受长官调遣。"五个并排站在入口处、长得挺漂亮的女军官异口同声地向站在方阵首位的唐龙敬礼说道。

"哦……哦，好，麻烦你们了。"唐龙一边回礼，一边暗自想道：搞什么名堂？怎么军部会派出全由女兵组成的船队呢？

唐龙不知道根本没有男兵愿意来，因为大家都怕自己一不小心惹到 SK 二三连队的女兵，被唐龙这个长官给枪毙了。

"长官，那么现在……"一个挂着中尉军衔、拥有一头金色短发的女军官，看到所有人都静静地站在运输舰旁，不由得开口提醒道。

"嗯，好，上船。"唐龙把手一挥，身后纹丝不动的方阵立刻像沙漏一样，既快捷有序又悄然无声地涌入船舱。

而那些船队的服务人员，也在她们长官的示意下，抢先进入船舱进行领位服务。

反人类行动

剩下的那个金发中尉看到 SK 二三连队的人都只是两手空空地登上运输舰，不由得露出疑惑的眼神，她奇怪这些出去游玩的女兵们怎么连换洗的衣裤都不带呢？难道全部都在外面购买？

她想得没错，原本 SK 二三连队的女兵们收拾了一大堆的东西，准备带着出门。唐龙看到女兵们那些装满了武器和衣物的包裹时，不由得头疼万分。

对唐龙来说，他非常希望这些女兵们好好享受购物的乐趣，不要再过以往那种千篇一律的日子。

于是，唐龙下令她们不准带任何东西出门，所以才会出现这一幕。

金发中尉来到唐龙身旁，开口问道："长官，不知道您准备去什么地方呢？"

唐龙笑道："不知道军部把这艘运输舰派给我，有什么限制吗？"

中尉忙摇头说道："没有任何限制，在这一星期中，长官可以指挥这艘运输舰，到达联邦境内的任何一个地方。"

"哦，那不知道燃料费能不能报销呢？"唐龙紧接着问道。

金发中尉看了唐龙一眼，嘴角露出笑容地说道："请长官放心，这一星期内运输舰的消耗，都由联邦军后勤部承担。"

此时，SK 二三连队的女兵已经全部上船了，外面只留下那个金发中尉和唐龙，还有尤娜等十来个女军官。

尤娜等人站在唐龙身后，静静地听着唐龙和金发中尉的对话，谁也没有出声。金发中尉不经意地看了她们一眼，猛地发现她们看着自己的眼神中好像带着一种轻微的敌意。

金发中尉一开始还不知道这些女军官怎么会露出这种眼神，但很快她就发现，因为自己和唐龙说话时，几乎和唐龙肩并肩了。

金发中尉微微一笑，不露痕迹地后退一步，摆了下手说道："长官请。"

唐龙根本没有感觉到什么，他回头看了一下身后的军官们，点点头上船了，而尤娜她们也紧跟着上了船。

最后一个上船的金发中尉，看着前面的身影，再次笑了一下，心中想道：没想到啊，这帮从不对人敞开心怀的军妓，居然会把心放在一个二十岁都没到的小男孩身上。呵呵，就让你们再快乐一个星期吧，以后你们想快乐也没有机会了。想到这里，她眼中闪过一丝古怪的光芒，快步进入了船舱。

运输舰已经缓慢启动，漂浮在空中。

金发中尉来到单独一人坐在第一排的唐龙跟前，很恭敬地问道："长官，不知道您准备去什么地方？"

唐龙一边戴上腾龙墨镜，一边说道："这次放假是出来游玩的，第一站就去旅游之都漫兰星。"

金发中尉点点头笑道："好的，出发去漫兰星。"说完转身回到了驾驶室。

运输舰发出一阵轰鸣，船身一震，如闪电般地冲出了木图星的大气层，进入了宇宙空间。

万罗联邦总统府办公室，宣誓就职还没多久的陈昱在接见完军界、商界等各部门要人，商讨征讨叛逆的事情后，暂时轻松一下，靠在豪华的椅背上舒了口气。

陈昱刚从桌上的烟盒内拿出一根香烟，旁边的贴身秘书立刻上前一步，掏出外表精美华丽但结构非常原始的火石打火机，打着火对上了烟头。

陈昱瞥了一眼这个刚请来的贴身秘书，满意地就着火，点燃香烟吸了一口。

老实说，陈昱并不想更换自己的贴身秘书，但是有了前总统的教训，他再也不敢让精明能干的人当自己的贴身秘书了。

对于贴身秘书这么重要的职位，还是让没什么才华、喜欢溜须拍马之徒担任为妙。

反正自己手下不缺优秀的人才，重要的事情照样有人帮自己做，这样就算这个贴身秘书要反叛，自己也不会受到什么损失。

陈昱休息了一会儿，再次开始工作。当他看了一份下面呈报的材料，眉头立刻皱了皱，对贴身秘书说道："把情报部的密斯部长请来。"

那个秘书立刻一脸谄媚地点头哈腰，走上前来拨通情报部的联络通讯。虽然陈昱只要伸伸手就可以完成这个动作，但自己可是万罗联邦总统啊，怎么能去做这么低级的事呢？

"总统阁下，密斯部长表示会在最短时间内赶来。"关掉通讯器的贴身秘书轻声说道。

陈昱只是嗯了一声，随后挥挥手，贴身秘书马上识趣地退下了。

身形微胖的密斯部长停在办公室门口，掏出手帕擦拭了一下根本没有一滴汗的额头，再仔细整理了一下衣服，然后才恭声说道："阁下，下官进来了。"

密斯虽然非常清楚总统府连接情报部的网络系统非常安全，就算最厉害的黑客都无法窃听，总统若有什么事情要和自己商量，只要直接用网络通讯就行了，根本不用把自己叫到这里来，但是密斯绝对不敢表露出任何不满。别说眼前这人是自己的顶头上司，万罗联邦的总统，就算陈昱没坐上现在这个位置，自己也会一声召唤就立刻赶来，因为自己非常清楚陈昱的厉害。

陈昱对着低头站立在两米外的密斯，晃晃手中的一份文件，问道："密斯部长，为什么宇宙银行和宇宙航空会联合起来力捧一个不曾耳闻的歌手？"

陈昱就算当上了联邦总统，也没有放弃情报部的权力，可以说情报部门已经变成了陈昱的私人情报网了。

密斯当然知道陈昱说的是什么，陈昱在乎的可不是那个歌手，而是宇宙银行和宇宙航空。

他也知道陈昱手上的那份资料说了些什么，因为那是他最新整理完交上来的。所以他忙开口说道："很抱歉阁下，虽然经过调查，知道两大企业联合力捧歌手的事，是两大企业最高决策层全体同意的，可他们为什么这么做，却毫无头绪。而且无论怎么调查，也无法查出他们准备力捧的歌手是谁。"

"哦？"陈昱露出感兴趣的眼神。

对于横跨全宇宙、实力不可估算的这两大企业，陈昱是本着不惹麻烦的态度。原本他只是例行公事过问一下，但没想到居然有情报部调查不到的事。

"这报告上说，两大企业联合出资购买了整个联邦所有电视台长达三个小时的同一时段，对于这点，你们情报部觉得这里面有什么不正常吗？"陈昱淡淡地问。

密斯微微抬起头，说道："阁下，经过我们仔细的研究，按照这两大企业一贯以来严谨、低调的作风，他们是不可能进军娱乐圈的。而且单单购买电视台时段的价钱就是恐怖的天文数字，在还不知道演唱会能否挣钱的情况下，就下了这么大的资本，根本不符合商业规律。

"至于这次两大企业突然改变风格，我们认为：第一是他们希望借助这个机会，使自己的业务更上一层楼。不过对于这点，我们不是很赞同，因为他们已经是宇宙的顶级企业，而且他们已经占据了整个联邦的市场，不可能再做什么扩张。

"第二是他们一起更换了高层的人选，不然两个风马牛不相

反人类行动

及的大企业不可能联手。可这点也很难成立，因为他们的高层是由数十个大财团组成的，这些老牌财团不可能悄然无声地被人替代。

"第三点则是这两大企业可能要借这个机会播出什么惊人消息，经过分析我们认为这点最有可能。虽然这两大企业不具有政治倾向，但他们为了追求利益，可能会做出对我们联邦不利的事。"

"对我们联邦不利的事？"陈昱苦笑了一下，他不知道外有虎视眈眈的强敌，内有分裂割据势力，加上海盗横行的万罗联邦，还有什么可以被这两大宇宙企业看上的。

陈昱摇摇头说道："这点也不大可能，我想两大企业之所以会这样做，肯定是和那个歌手有关。不过就算为了增加神秘感，没有发出歌手的影像，可你们难道连那个歌手的名字都不知道吗？"

密斯又是一头冷汗地说道："对不起阁下，下官失职，可实在是因为两大企业把歌手的资料完全封锁了的缘故啊。"

陈昱奇怪地问道："如果连歌手的名字都不说出来的话，那么他们如何吸引观众去观看演唱会？"

"演唱会的门票是免费的，并且优先发给两大企业的员工，现在市面上只有极少数的票，所以他们根本不怕没有观众。"密斯忙回答道。

陈昱无话可说了。这两家大企业在全宇宙的员工加起来，可以比得上一个高密度行政星的人口，老板下命令让他们去看表演，有谁敢不去捧场啊。

密斯好像想到什么，吞了吞口水迟疑了一下，说道："阁下，这两大企业刚向地方舰队总司令部发来文件，要求地方舰队征讨航道上的海盗，如果地方舰队实力不够的话，他们愿意出动银行护卫队和航空护卫队帮忙征讨海盗。恐怕过一会儿，文件就会送到您这里了。"

陈昱苦恼地拍拍额头，这种势力遍及全宇宙的大企业都有私人舰队，而宇宙银行和宇宙航空的舰队更是这些企业舰队中的佼佼者。让企业舰队帮助征讨海盗？传出去的话，联邦还有脸面吗？

可是现在军部借口海盗事件，正在吞噬地方舰队的势力，那个地方舰队总司令早就告老还乡了，如何派得出地方舰队啊！

难道派遣正规军？虽然军队名义上掌握在军部手中，但实际是控制在各地驻军司令手里，而且就算他们给自己面子愿意出兵，也不是在这个正准备征讨叛逆的时候啊。

陈昱思考了一会儿，叹了口气说道："你去通知两大企业，说感谢他们的好意，但联邦军队能够依靠自己的能力剿灭海盗。另外，你去联络航道附近的海盗势力，给我一个面子，在演唱会期间不要打劫航道上的飞船。"

密斯一听这话，猛地一呆，堂堂一个大总统居然要向海盗屈服？不过密斯也明白，总统除了这样做，根本没有其他办法解决这件事。

陈昱此刻明显为自己无奈的决定而愤怒，他猛地一拍桌子，面目狰狞地盯着密斯，低声吼道："身为地位最高的总统，居然要看商人和海盗的脸色！要是我有几支属于我的舰队，还需要这样忍气吞声吗？"

密斯非常明白顶头上司话里的意思，他眼中大放光芒，点点头，悄声说道："您请放心，舰队已在组建。"

听到这话，陈昱脸色恢复了正常，他舒了口气，说道："那么，我们的死对头银鹰帝国最近有什么新动态呢？"

密斯想了一下，说道："禀报阁下，最近帝国方面有些不正

反人类行动

常，四个皇子安静得出奇。"

"那四个帝国败家子安静得出奇？为什么？还有，上次那两个入侵联邦的将军没有受到他们的压迫吗？"陈昱问。

"那四个皇子为何会停止狗咬狗，下官暂时没有什么特别的情报。至于那两位将军不但没有遭到皇子的压迫，反而被晋升为中将，四个皇子还非常热心地巴结他们呢。"

"帝国很可能要出现暴风雨，你命令那边的情报人员仔细收集资料，特别是民间流传的谣言，要知道有时候，民间比高层更早知道秘密。"陈昱指示道。

"是，立即遵照您的命令办。"密斯弯了下腰，在陈昱的示意下离开了。

陈昱闭上眼睛，靠在椅子上叹了口气，自语道："唉，要是帝国出现内乱，让剿灭叛逆成功的联邦大军挥师直下，联邦的百年心腹大患立刻就会消除啊……"说到这儿，陈昱猛地睁开眼睛："危险！联邦期待帝国出现内乱，帝国不也期待联邦出现内乱吗？现在帝国还算稳定，但联邦内乱已起，危险！危险啊！"

陈昱起身按住办公桌上的一个按钮，说道："备车，我要去元帅府。"

银鹰帝国和万罗联邦紧密相连，而且这两个国家的位置在宇宙中属于偏远之地。银鹰帝国要想向外发展，只有经过万罗联邦；而万罗联邦要想安心向外发展，也只有解决银鹰帝国。

不知道多少年前，万罗联邦的势力范围首次接触到银鹰帝国的时候，两个国家都异常欢喜，因为在此之前，他们都以为整个宇宙只有自己一个国家。

接下来，两国之间的关系首先是试探性地接触，然后是友好交往，最后进入蜜月期。

但是蜜月期并没有持续多久，万罗联邦的议员们率先高呼取消帝制，开始干涉银鹰帝国的内政。

随着科技的跳跃性发展，两个国家知道宇宙中还有不计其数的国家，而自己距离宇宙的中心非常偏远，在宇宙中心国家的心目当中，自己等同于远古时期的蛮族。

两个长久以来都以自我为中心的国家，如何能够接受这样的事实？于是两个国家都决定把势力范围扩展到宇宙中心地带，让自己也成为宇宙中的上等国家。

但是他们在行动前，猛地发现不解决自己的邻居，根本不可能实现这个愿望。

首先下手的是万罗联邦，它利用地理优势，封锁了银鹰帝国对外的一切联络。

万罗联邦的原意是想让这个邻居不知道外面的事，安安稳稳地过日子，不要来妨碍自己。

本来万罗联邦是有可能成功的，但那些议员们又提出趁此良机推翻银鹰帝国的帝制，一次性解决后顾之忧。通过投票，万罗联邦首先发动了战争。

侵略战争是没有好结果的，理所当然，万罗联邦遭到银鹰帝国上下一心的坚决反击，溃退了下来。而愤怒的银鹰帝国马上以此为由，乘胜追击，当然结果也和万罗联邦一样。

于是两个原本可以成为同盟、齐心合力进入宇宙中心的国家，就这样成了宇宙中心国家眼中一直待在偏远地带，整天拼死拼活的两个蛮族。

后来，遍及全宇宙的战争爆发了，同时开始了宇宙大兼并的时代。

由于这两个国家地处偏远，而且万罗联邦外围还有一个异常巨大、混乱不堪的无乱星系作为挡箭牌，这两个小国才没有在宇

宙大兼并时代被人吞并。

最后，恐怖的黑洞弹发明成功。由于有这个可以毁灭全宇宙的武器存在，宇宙大兼并的时代结束了。

此时，这两个无奈停止战争的国家才猛然伤心地发现，以前无数个国家被兼并成了几百个大国，最终在宇宙中心地带召开了所有国家参与的和平会议。惟一可以稍感安慰的是，自己也有资格以一个国家的身份参加会议。

至此，宇宙就利用黑洞弹，度过了数百年的和平岁月。

银鹰帝国依然是帝制国家。既然是帝制，那就要依靠贵族来统治国家。根据最新的统计，现时帝国贵族达到一千多万人。

虽然听起来很吓人，但根据帝国的人口比例，也就是每五十多万人当中有一个贵族。

五十多万人养活一个贵族，对于民众来说还能接受，所以帝国虽然时常有奴隶暴动，但也能很快被压制下去。

除了至高无上的皇帝外，银鹰帝国还有几名不管事只管享福的亲王，以及几十名德高望重的公爵、几千名手握重兵的侯爵、几万名担任政府高官的伯爵、几十万名担任中级职务的子爵、上百万名担任下级职务的男爵，最后就是几百万名无所事事、吃饱了撑着的勋爵。

原本权力的高低是按照爵位的高低来决定的，但是帝国这几十年来却出现了一个奇怪的状况。那就是即便没有在爵位前面加名字，只是说伯爵怎么样、公爵怎么样，无论是贵族、平民还是奴隶，无论是老人、幼儿还是外国的间谍，都知道这是在说谁。

伊兰特斯伯爵和罗伯斯特公爵，就是帝国民众只提爵位就知道的人。

间谍向外面传递的信息是这样的："罗伯斯特公爵拥有皇家血统，现年六十五岁，拥有两儿六孙。为人和善，待人宽厚。虽然公爵没有担任政府公职，但是他对国策的决定，却可让帝国丞相不经皇帝同意就立即执行。这使得他的政敌暗地里称呼他为幕后帝王，可奇怪的是，帝国皇帝对这个权力明显高于自己的公爵却不闻不问。"

罗伯斯特公爵的地位仅次于亲王和皇帝，那些亲王按照规矩不能管事，他只要架空皇帝，就能拥有如此巨大的权力，所以这倒也不是很奇怪的事。但是对于爵位只能担任文官的伊兰特斯伯爵，居然操控着整个帝国的军队，这让所有的间谍都为寻找原因而伤透了脑筋。

"伊兰特斯伯爵，现年五十五岁，只有一名独生女。为人冷漠，具有铁血军人的作风。虽然在政府中的职务只是殿前参政，但就是这么一个和军队拉不上任何关系的殿前参政，却让帝国五大元帅俯首帖耳，让数十位统兵上将惟命是从，让数千高级军官唯唯诺诺。就算他命令军队造反，军队也只能完全听令行事。但是对于这个威胁力远远大于罗伯斯特公爵的伊兰特斯伯爵，帝国皇帝的态度居然跟对待罗伯斯特公爵一样，完全不闻不问，放任自流。"

此时，由于被公爵和伯爵称为帝国双璧，因而遭到众多年轻贵族妒忌的达伦斯和凯斯特，正身处在帝国禁卫军中将的府邸花园内。

身穿华丽贵族服装、半躺在花园凉亭椅子上的达伦斯，朝身旁保持军人坐姿、身穿笔挺帝国中将军服的凯斯特举杯笑道："我说，你这家伙也不用因为升官，而兴奋得连到我这儿来也穿着中将军服吧？"

脸上没有什么表情的凯斯特喝了口酒，摇摇头说道："我是接到了剿匪的任务，所以来不及更换衣服。"

达伦斯立刻两眼放光地喊道："剿匪？！在哪里？有没有我

的份？"

凯斯特握着酒杯，对着阳光晃了晃颜色如同红宝石般的酒，说道："没你的份。"看到达伦斯立刻一脸失落，他不由得笑道："不用这么沮丧，不是去镇压奴隶暴动，没有美女给你挑的。我这次是去姆欧星系剿灭海盗。"

达伦斯露出幸灾乐祸的笑容，猛喝一口酒后喊道："哈哈，你惨啦，那里可是你的情敌三皇子的地盘哦，你在六皇子的地盘上可能还可以打打海盗，但到了其他几个皇子的地盘，别说剿灭海盗了，一不小心，随时会被海盗反剿了你！"达伦斯特别在最后一句"海盗"这个词上面加重了语气。

凯斯特无奈地笑道："没办法，除了六皇子稍微好一点，其他几位皇子都把我当成了仇敌。"

"哈哈，谁叫伯爵千金喜欢缠着你呢，四位皇子都把你当成了情敌。不过六皇子如果不是在这个时候追求她，说不定会摘花成功哦。至于其他三位皇子，性格恶劣、心狠手辣，别说伯爵千金，就是普通民女也看不上他们啦。

"再说也难怪伯爵千金不怎么理会六皇子，不管六皇子的为人怎么样，他和他那些兄弟追求伯爵千金，都不是为了伯爵千金这个人，而是为了伯爵在军中的影响力，你说伯爵千金怎么可能看上这样的皇子呢？"达伦斯说到这儿，突然想起了什么，说道："对了，伯爵不可能什么都不准备，就让你跑到那么危险的地方去吧？"

此时凯斯特的笑容变成了苦笑，他低下头看着酒杯，低声说道："伯爵千金也一起去。"

达伦斯猛地睁大眼睛看着凯斯特，不一会儿就立刻大笑道："哈哈哈，看来一路上你要受难了，不过总比被海盗灭掉强。不过到时候，恐怕连六皇子也会把你当仇敌了。"

听到这话，凯斯特只能无言地摇摇头。

笑了一会儿后，达伦斯改变话题，说道："你还算幸运啦，自从上次从联邦边境回来，我就没有接到过什么任务，骨头都快松散掉了。"

凯斯特瞪了达伦斯一眼，没好气地说："还好意思说，原本上次伯爵是准备让你去演戏的，可你这家伙死命都不肯，搞得只好由我去装正义的军人。"

"嘻嘻，上次你的演技好厉害哦，如果我不知道实情的话，一定会被你的话感动。啊，对了，你知不知道为什么公爵、伯爵两位大人会决定救那个唐龙？要知道消灭联邦的一个人才，我们帝国就多一分胜算啊。"达伦斯笑嘻嘻地看着凯斯特问。

凯斯特撇撇嘴说道："你当我是白痴啊？就算事先不明白，可唐龙事件不但让民众开始不信任联邦政府和军队，更让联邦总统和那个什么四星大将下了台，而且现在那个大将还分裂了联邦的三个星系，经过了这些事情，白痴也知道两位大人这么做，是想让我们的胜算更大了。这都说明两位大人是多么的高瞻远瞩啊。"说到后面，凯斯特不由得感叹了一句。

达伦斯也感叹道："是啊，当初就算打死我，我也没有想到事情会这样发展下去。不过，这也证明了联邦的高官里面有我们的人，不过不知道这个人是谁？"

"呵呵，这个人将是我们全面进攻联邦时的关键人物啊，事关重大，恐怕整个帝国只有两位大人才知道。"凯斯特说到这儿，看了一下手表，起身说道，"好了，我也该出发了。"

达伦斯也站起来，向凯斯特举起酒杯，说道，"祝你武运昌隆。"然后低声说道，"陛下多日未能上朝，帝国已经是风雨飘摇，保重。"

已经拿起酒杯的凯斯特听到这话，无言地点了点头，碰杯之后一口喝干，接着敬了个礼，转身离开。

达伦斯看着凯斯特的背影，幽幽地叹了口气，他没有说话，仰起头一口把酒喝完了。

深夜，银鹰帝国皇宫一片沉寂，因染病多日没有上朝的帝国皇帝亚特斯特十三，端坐在后宫的御床上，苍白的脸上露出阴森的表情。

整个房间静悄悄的，惟一发出的声音，只有这个帝国皇帝控制不住的喘气声。

他那已经深深陷入眼眶的眼睛，却和他病弱的外表完全不一样，散发着阵阵慑人的寒光。

而承受着这种寒光的，是跪在床前的一个身穿皇族华服、模样俊美、年龄大概二十来岁的年轻人。

亚特斯特用他那有点气喘的声音说道："六儿，你知道为父为何不立太子，任由你们兄弟相残吗？"

这个排行第六的皇子忙磕头，恐慌地说道："儿臣不知，请父皇明示。"他没想到父皇深夜秘密召唤自己居然是说这个，搞得自己空欢喜一场，不过对于为什么不立太子的事，他确实很想知道。

"唉，不是朕不想立太子，而是没有能力去立太子。"帝国皇帝深深地叹了口气。

"没有能力？！"六皇子立刻明白皇帝这句话的含义。能让帝国至高无上的皇帝说出这种话的，只有两个人。

"父皇，您是指那两个……"六皇子小心地问道。

皇帝点点头："没错。记住，六儿，只要他们存在一天，这个帝国就不是我们的帝国。"

六皇子没有出声，可以看见他低垂的双眼中散发出一股寒光。

在六皇子离去后，皇帝摇了摇手中的铃铛，一个有点像捏着嗓子发出的苍老的声音突然在房间内响起："奴婢在。"

"传五皇子觐见。"皇帝略显吃力地说道。

在那个苍老声音的主人离开后，皇帝望着天花板上的九龙图，面目狰狞、咬牙切齿地说道："以前我怕你，但是我快死了，不会再怕你了！我不会让你抢走我子孙后代的东西！我不会让你得到的！"

这声嘶力竭的低吼，让这个银鹰帝国的亚特斯特皇帝陛下显得无比狰狞，但是他这狰狞的表情背后，还隐藏着一种莫名的羞愧。

反人类行动

第二章　航向漫兰星

　　虽然万罗联邦现在面临着外有大敌虎视，内有叛徒分裂、海盗横行的混乱局面，但是被称为旅游之都的漫兰星依然跟以往一样，向游人展示着自己的魅力。

　　在这个星球上，有着宇宙各大知名企业开的分店。

　　这里有号称全联邦货物最齐全的各种购物城，有号称网罗宇宙各地特色小点的美食城，当然还少不了全联邦最大的游乐场。

　　除了这些人工的娱乐设施外，还有迷人的大自然景观。据说这里的大自然景观，是全宇宙最美丽的。

　　由于以上这些原因，漫兰星不但是万罗联邦的旅游胜地，更是全宇宙的旅游胜地。

　　据财政部门透露，单单漫兰星的旅游收入，就抵得上一个星系的财政收入。幸好这颗旅游星的位置处于首都圈的范围内，要是处在叛乱的南方三个星系内，想必就算是最不想打仗的财政部，也会大叫征讨叛逆、完整国土，而不会去心疼什么军费了。

　　宇宙港管理处。一个职员向伙伴唠叨道："真是要命啊，虽说现在是漫兰星最美的季节，游客人数大幅度上涨很正常，但哪像今天这样一下子涌进这么多的游客，简直是人满为患啊！"

　　他的伙伴笑道："敢情你还不知道啊？这些人不是来旅游的，

你没看到他们衣领的徽章都是统一的吗?"

第一个职员愣了一下,一边嘀咕"不是旅游跑来干什么? 船票不用钱啊?"一边调动监视器,准备看看游客衣领的徽章是哪个企业的。

第二个职员笑道:"还真给你说对了,他们的船票真的不用钱。"

第一个职员没有问为什么,因为他已经看到几个游客衣领的徽章代表了哪个企业,他有点吃惊地说道:"全都是宇宙航空的。大企业就是大企业,职员不但免费乘船,还可公费旅游。"

第二个职员提醒道:"我都告诉你他们不是来旅游的了。"

第一个职员这才有点吃惊地问道:"不是来旅游的,是来干吗?"

第二个职员没有回答他的问题,反而微笑着转移话题:"呵呵,告诉你不要吃惊哦,宇宙航空和宇宙银行的中高级职员会在今明两天内陆续赶赴漫兰星。"

"宇宙银行的人也来了? 他们跑来干什么?"第一个职员再次问道。

"来听演唱会。"第二个职员淡淡地说。

第一个职员吃惊地瞪大眼睛:"不工作,跑来听演唱会?"

"难道你不知道中心广场被人包下了吗? 那就是演唱会会场了。"

"我说谁有那么大手笔把中心广场包下来呢,原来是宇宙两大顶尖企业啊,难怪。"第一个职员露出恍然大悟的表情,"对了,知道是谁开演唱会吗? 什么时候开?"

"明天晚上七点。不知道是谁开演唱会。"

"不知道是谁? 我还以为是什么大歌星呢,本来想去看看,现在心情都没有了。"第一个职员撇撇嘴说。

"嘿嘿，你还想去看啊？告诉你，五十万张票，百分之九十被两大企业内销了。剩下的百分之十不是送给他们的关系客户，就是送给了政府高官，其他人想看的话只有看电视的现场直播了。"

说到这儿，第二个职员神秘地说道："据说知道消息的黄牛集团闻风而动，可惜只搞到几千张就再也搞不到票了。虽然现在他们已经把一张站票的收购价提高到十万联邦币，但是怎么也收不到一张票。"

"十万！价钱出到这么高，难道那两大企业的职员没有人把票卖了吗？"

"别傻了，两大企业的高层已经下令，没有特殊理由缺席的职员一律开除。你想谁会为了小小的十万元丢了金饭碗啊。而那些高官和关系客户更不可能把这个和两大企业拉关系的机会轻易地卖出去，听说有许多商人和官员购买黄牛票呢。"

"你怎么知道得这么清楚……哦，我忘了你表姨是宇宙银行的高级职员。"

"我表姨拿到了三张票，本来我姨父去了外国，而我表弟在外地读书，我很有机会能跟表姨要张票的，但是顾虑到我表姨会把票送给客户用来拉交情，也就没有开口。不然就可以去见识见识，看看两大企业搞的演唱会有多隆重。"

"哎呀，可能你表姨没有送人呢，快打电话去问问，最好让我也能去见识一下。"第一个职员怂恿道。

"别想了，一张票值十万元啊。"第二个职员虽然嘴上这样说，但还是按动了通讯器的按钮。

紧张地看着伙伴的第一个职员突然被紧急通讯吓了一跳，虽然他很想第一时间知道伙伴他表姨的答复，但是紧急通讯可不是闹着玩的，工作丢了事小，得罪了高官事情就大了，所以他慌忙接听。

"是，是，明白，马上开通第一特殊通道。"查看了跟着通讯传来的资格证明，第一个职员马上点头答应。

第二个职员打完电话后满脸沮丧，听到紧急通讯，他不由得好奇地问道："哪个高官来了？居然要开通第一特殊通道？"

"军部的，级别是 A 级，应该是上将之类的人。"第一个职员一边回话一边按动程序，忙完后回头问道，"怎么样？你表姨怎么说？"

"唉，别提了，我表姨说要是早一步来电话，就会留给我，现在她已经把票送出去了。"第二个职员懊恼地说。

"呵呵，这是场面话，你表姨肯定早就把票送人了。咦？怎么又有紧急通讯？"第一个职员虽然有点奇怪，但还是立刻接通通讯。

"噢，好的，请放心，马上替您开通第一特殊通道。"

看到伙伴没怎么看资格证明就开通了飞船进港的通道，第二个职员禁不住好奇地探头去看显示屏。

这一看着实吓了一跳，他失声喊道："SS 级的社会精英资格？！"

这个职员所说的资格等级，就是以前说过的那种密码等级，拥有高等级资格的人，在各国的公共设施中都可享用一定的特权。

"是哪个大人物来了？我在这里工作这么久，只见过 SS 级的政府资格，可从没见过 SS 级的社会精英资格啊！"第二个职员吃惊地说。

也难怪这个职员吃惊，因为按照宇宙各国公认的资格认定程序，一国的最高领袖可以无条件获得 SS 级的政府资格。

当然，在这个领袖离任后，将会被降为 A 级的政府资格。

而社会精英资格则是伴随终身的，一个SS级的社会精英资格，可是比一国领袖还受尊重的。

"宇宙银行和宇宙航空的执行董事长来了。"第一个职员一边回答伙伴的问话，一边把这个信息传给星球警察司。

如果这样的大人物在旅游之都出了事，那么对旅游之都的形象将会是个重大的打击。

单是两大企业的职员对顾客说句旅游之都的坏话，就可以造成十分巨大的破坏。更别说是两大企业联手进行打压了，到时候这里肯定会变成荒芜之都。

宇宙港出口外面，已经停着数十辆高级轿车，近百个身穿黑色西装的彪形大汉，静静地守在轿车旁。

那些从宇宙港走出来的旅客，看到轿车头部插着和自己衣领徽章一样图案的旗子后，原本妒忌不满的表情马上变得恭敬谨慎起来，并飞快地离开出口，走到远处静静地眺望着。

没办法，自己的衣食父母来了，敢跟他们争锋头吗？

不一会儿，两个年龄足有六七十岁、模样普通的老人，被数十个彪形大汉簇拥着走出了宇宙港。

远处那些衣领有着共同徽章的旅客们，马上和那近百个穿黑西装的彪形大汉一样，远远地朝这两个老人鞠躬行礼，目送着数十辆高级轿车离去后才各自散开。

而这些轿车刚发动引擎，近百辆警车就马上从四面八方冲出，护送起这些轿车来。

看到这一幕的一个本地中年居民，很奇怪地问自己身旁的伙伴："那两个老家伙是干什么的？上次那个如今被关进牢房的前总统来这儿视察，警察也才出动二十来辆警车护卫啊，怎么这次居然出动了近百辆警车来护卫？而且警察司长也亲自来了。还有，那些旅客怎么会向他们鞠躬？"

"笨蛋！难道你没有看到那轿车挂的两面旗子吗？他们是宇宙银行和宇宙航空的执行董事长。"被问的人流露出"你很无知"的眼神，看了一下中年居民。

"啊呀，原来是他们两位老人家啊，我女儿可是刚被宇宙银行录取了哦。我要是知道的话，早就向他们鞠躬了。"中年居民立刻换上一副崇敬的表情，望着车队离去的方向。

现在这个居民再也不会奇怪为什么警察重视这两位老人的程度，会高于自己国家的总统了。因为不光这些警察，就连自己的工资也是由这个星球的财政直接拨给的。

这个星球财政收入好，自己的工资自然也高。对这种会影响自己工资收入的人，怎么能够不特别小心地巴结呢？

"哇，你女儿进了宇宙银行？你命好啊！那里的工资福利可是全宇宙最好的啊，不行！你一定要请客。"

"哈哈，没问题。"这个居民很得意地答应了。虽说现在没什么失业问题，但是工资的高低还是和企业的收益成正比的，恐怕没有人会嫌工资多吧？不论在哪个时代，追求利益都是人类的天性。

出口处的紧张气氛散去没多久，四个戴着和唐龙相同墨镜的人走了出来。这四个人是穿着同款黑色西装的大汉，不过给人的感觉不但比刚才那一帮黑衣大汉剽悍许多，而且气势也明显不同。好像这四个大汉多了一种冰冷的、不像人类的气息，并且一举一动都流露出军人的作风。

一个刚好待在他们身旁、衣领挂着宇宙银行徽章的年轻男子，以为他们也是自己公司的上层人物，刚露出谄笑的表情准备向他们鞠躬，突然发现他们衣领上的徽章和自己的徽章不同。那是蓝色为底，白色为边，呈三角形状，中央是一幅宇宙星团图案

反人类行动

的金属徽章。

年轻男子搜索了一下记忆，发现记忆中没有这个徽章的存在，不由得立刻抬头挺胸，用手抚摸了一下衣领上的徽章，高傲地冷哼一声，转身离去了。

这个男子的动作，让他那些也想上前套近乎的同事知道这四个黑衣大汉是外人。也因此，再没有人前来理会这四个黑衣大汉了。

不过当走在前面的两个大汉侧开身子，露出被他们遮挡在中间的那个人时，很多人都愣了一下。

因为在四个大汉中间，居然有一个下身穿黑色紧身皮质短裙、上身穿黑色紧身皮衣、脚登黑色长筒皮靴的女子，她有着一头金黄色的长发、绝对完美的身段、白里透红的娇嫩肌肤和鲜艳的红唇。

虽然这个外表非常性感、狂野的女子也戴着一副遮住大半面容的墨镜，但只看鼻子以下的脸型，就可以绝对地认定她是个美女！

当四个黑衣大汉正要护送那个金发女子离开的时候，后面突然传来一阵喧闹的声音。他们一边飞快地把那女子围在中间，一边转头朝后面看去。

此刻，原本已经愣了一下的旅客和出口外面的民众再次愣住了，因为出口处蜂拥出一大群身穿各式漂亮服装的美女。

这一幕，立刻让所有的人都看得目不转睛，因为这些络绎不绝走出来的美女，不但个个都是大美人，而且各有各的迷人气质。几乎可以说，任何男人都可以在这群人中找到自己心目中的女神形象。

什么时候漫兰星来过这么多的美女呀，就是以前规模最大的一次国际时装节，也没见过这么多的绝世美女啊！

而让大家更为吃惊的是，这数百名风情各异的美女全都簇拥着一个男子。

　　这个男子戴着一副跟那五个黑衣人同一型号的墨镜，虽然看他露出的鼻子、下巴，可以判断墨镜下是个帅气的脸孔，但大家的第一印象却是，这个男子很没品味。

　　因为他不但没有整理那一头像鸟巢般乱七八糟的黑色头发，而且身穿一件宽松的白色衬衣，连下摆也忘了扎进裤腰内，还把长长的衣袖翻卷了几层，拉到手肘的部位，露出还算结实的手臂。他的下身则穿着一条看不出品牌的黑色休闲裤，更让人看不惯的是，他将双手的拇指插在皮带上，样子就跟痞子一样。

　　而那个男子自我感觉却非常良好，正东张西望地待在美女如云的花丛中。

　　被黑衣大汉围住的金发女子看到那个男子，似乎很吃惊地张开嘴巴，身子动了一下，感觉像是要走到那个男子身旁。不过，在她身旁的一个黑衣大汉张嘴说了句什么，这个女子便停止了动作，好像很生气地把头扭向另一边。

　　如果有人待在他们身旁，就可以听到那个黑衣大汉开口说的话是："小姐，那个就是唐龙先生吗？好像他很受那些人类……哦，是很受那些女子的欢迎啊。"

　　自从断绝了网络联系后，星零再也不能立即知道唐龙的状况，甚至连自己是怎么回事也不知道了。她原本一直为唐龙不能来观看自己的演出而感到可惜，在看到唐龙出现在这里时，应该感到高兴才对，为什么反而高兴不起来，并且有种酸溜溜的感觉呢？对了，看到他和那些女孩子有说有笑，星零就不舒服，难道这就是所谓的吃醋吗？

　　不知道多少年前就搜刮了无数人类情感知识的星零，当然知道自己内心的感受。早在和唐龙相处的那段时间，她就知道自己

反人类行动

对唐龙是一种什么样的感觉。

　　但当时自己并不能体会小说里说的那种感觉，拥有和人类一样的身体后，虽然也在想起唐龙的时候，会涌起些许情感上的波动，可那些只是思念和心跳的感觉。

　　本来以为自己就只能够体验这几种情感，可没想到在看到唐龙后，自己居然能体验到一种从未有过的吃醋的感觉。

　　此时的星零在理智上为自己能够多体验一种情感而高兴，因为只要自己拥有人类全部的情感波动，就可以成为一个完整的生命了，但是她的内心却无论如何也高兴不起来。

　　这数百个从没到过外界的女子，完全被外面的世界吸引住了。她们全都四处张望，并时不时地指着那些景物，跟自己的伙伴热烈地讨论。而对于周围的人，她们反而没有怎么去在意，所以就算她们从星零和四个黑衣大汉身旁经过，也只是随意地瞥了一眼。

　　唐龙一边兴致勃勃地依据墨镜显示的资料，向身旁的部下介绍着这个漫兰星，一边暗自得意地想道：幸好我利用墨镜的网络系统，叫这里的时装店提前送来服装，不然这几百个身穿军服的人走出来，还不立刻引起轰动？这么方便的墨镜，还真是买对了。

　　那个金发中尉有点不自在地整理了一下衣服的下摆，抬头看看身旁的四个部下，发现她们也很不习惯身上穿的这套衣服。看来自己这些人穿军服久了，都失去女人的天性了。想到这儿，她不由得看着唐龙的背影，苦笑着摇摇头。

　　本来她们想在飞船上等待唐龙一行，可唐龙却说反正你们是配合我们行动的，就一起去游玩吧，并很冒失地询问了五个人的身高、三围，然后就命令他的部下帮这五个人换上时装店送来的衣服。

虽然知道唐龙这个人的事迹和背景，同样也知道唐龙一个星期后要面对什么样的命运，但没想到唐龙居然会这么有钱。因为这数百人的服装，是那个名牌时装店独一无二的商品，而且全都是手工制品，每件的价格起码要好几万联邦币，数额这么巨大的一笔钱，唐龙居然能从他的军人卡里轻松划出。这些情况，只能说明他是个花钱如流水的败家子啊。

　　星零听到那久违的爽朗笑声越来越近，突然发现自己居然异常紧张起来。不是吗？自己的心跳变得好快啊。感觉到要是不压住它的话，心脏恐怕会从胸膛跳出来。

　　当看到唐龙就在自己身边不远的地方，星零感觉到自己的心脏突然失去了一切功能，直到看到唐龙的背影时，心脏才恢复了正常的跳动。

　　可是星零没有怎么在意这种第一次体验的感受，因为她突然发觉唐龙并没有注意到自己，内心产生了一种难过、哀怨的情感。

　　怎么会这样？为何只是看到唐龙，自己就一下子体验了这么多的情感波动呢？星零呆呆地看着唐龙的背影胡思乱想起来。

　　"小姐，您不想让唐龙先生知道您在这里吗？"一个黑衣大汉觉得星零没有和唐龙说话很奇怪，不由得开口问道。

　　被惊醒的星零点点头，说道："是的，因为我已经不是他的电脑姐姐了。"星零的语气充满了落寞。是啊，自己已经不是唐龙的电脑姐姐了，现在的自己是个唐龙完全不认识的陌生人啊。想到这里，星零心中就涌起一股说不出来的难过的感觉。

　　星零猛地一震，因为她知道自己又体验到一种新的情感波动了。她整理了一下自己知道的和已经体验过的情感，突然做出了一个不知道是对还是错的决定。

　　她准备让唐龙迷上自己，然后抛弃唐龙，或者让唐龙抛弃自

己，好让自己体验到那种解气或者非常难以理解的所谓失恋的情感波动。

正和美女们打得火热的唐龙，根本不知道那个虽然了解人类的情感，却不怎么清楚这些情感波动会带来什么影响的星零，为了达成她体验人生、成为真正生命体的愿望，已经决定把自己当成实现愿望的道具了。

此刻的星零也根本不知道她为了体验人类所有的情感，而强迫自己经受那么多的情感波动，会为她带来什么样的伤害。

黑衣大汉们根本没有想到星零会说出这话，他们虽然刚进化没多久，但是星零对唐龙的感觉，他们已经通过同伴的解说而知道得很详细了。星零对唐龙的感觉，按照人类对于情感的说法，应该是喜欢吧。大家都想参照星零对唐龙的情感波动，去理解情感是怎么回事呢。再说唐龙是自己这些机器人惟一有好感的人类，现在星零突然这样说，他们根本不知道怎么处理才好。

接着星零说出的话，让他们更是满脑子的问号，因为星零说的是："我会让他忘记以前的电脑姐姐，从而迷上我这个星零的！"

让唐龙忘记电脑姐姐，从而迷上星零？这不都是小姐自己吗？这样做有什么分别呢？情感系统资料不是很发达的黑衣大汉们，被这句话搞糊涂了。

紧紧跟着唐龙的尤娜，看到四周不计其数的人全都用古怪的眼神看着她们。她何时经历过这些，不由得有点不安地向唐龙问道："长官……"话才出口，尤娜就知道自己说错了。长官不久前刚提醒过自己，放假的时候不要叫他长官，怎么自己就忘了呢？

她忙改口说道："对不起，先生，我们接着要干什么？"说完很担忧地看着唐龙，她怕唐龙不高兴啊。她也不知道自己是怎么回事，自己这个原本当惯了大姐的人居然会这么依靠别人，而且依靠的人，居然还是个比自己小上七岁的男孩。

唐龙根本没有注意到尤娜的担忧，他说道："我们先去酒店。"说着按了一下墨镜上的按钮，嘀咕道："花都酒店的车怎么还没来？不是告诉他们提前来迎接吗？"正抱怨的时候，数十辆车身漆着花都酒店字样的大型豪华旅游车，停在了停车道上。

那个金发的中尉看到花都酒店这几个字时，先是一愣，接着无奈地看着唐龙的背影，摇了摇头。因为她知道花都酒店是这个旅游之都设施最顶级的大酒店，当然价格也是最顶级的。

一个身穿西装、样子好像经理的中年人从车上下来，焦急地四处张望。当看到唐龙这边有一大帮美女的时候，立刻欢喜地带着刚从车上下来的数十名身穿制服的服务员跑了过来。

正当星零默默地看着唐龙一边和那个经理说着什么，一边带着那些美女朝旅游车走去时，一个甜美的声音在她耳边响起："小姐，您把票送给了唐龙先生吗？"

星零转头一看，是负责管理星海娱乐公司的雯娜，她也是自己改造的机器人之一。当然，那次改造成女性外形的机器人全都是美艳绝伦的大美女。那些在看到唐龙的部下时眼睛就突出来的游客们，一看到雯娜，立刻恨不得把眼球扔到雯娜身上来。

星零摇摇头："没有，不用强迫他来看，他要是真想看的话，可以去买票。"

雯娜听到这话，不由得依靠情感资料设定的程序，拍了一下额头，无奈地说道："小姐，难道您不知道这些票都是内销的吗？唐龙先生就算要买票，也没办法找到门路，而且就算找到门路，也会被十几万的价格吓跑的。"

星零想到唐龙不能亲自来现场观看，立刻涌出一阵烦躁的感觉。本来她想叫人送票给唐龙，但为了多体验一下那种古怪的情

感波动，她强迫自己冷冷地说了句："不用管他。"说着就钻进了雯娜开来的轿车内。

雯娜听到这话呆住了，好一会儿才用询问的目光看向四个黑衣大汉。

黑衣大汉马上利用自己刚掌握的情感动作，耸肩、摊手、摇头，表示不清楚。雯娜只好把头转向唐龙那边，当看向被美女们围着的唐龙时，她突然露出了一丝笑容，她隐约感到星零小姐是因为吃醋才会这样的。

对于在社会上工作的她来说，掌握人类的情感和人与人之间的关系，还是很有心得的，所以她决定照着电视肥皂剧里主人公的朋友遇到这种事情时的处理方法，让星零独自冷静一下。

有了决定的她，立刻含笑招呼四个发呆的兄弟进入了轿车。

正准备离去的唐龙和星零根本不知道，宇宙港出口斜对面的露天咖啡亭里，有三个身穿花稍西装、戴着超黑墨镜的男子，正拿着望远镜望着这边。

一个身材瘦弱的男子放下望远镜，向身旁那个好像是大哥的人说道："大哥，那几百个美女不但身材绝佳，而且个个容貌出色，如果能弄到我们夜总会来的话，肯定是财源滚滚啊！"

瘦弱男子对面的那个壮汉则仍举着望远镜，一边看一边吞着口水，说道："那个从轿车上下来的美女才叫漂亮呢！如果能弄到手，少活几年我也愿意啊！"

中间那个早就放下望远镜的大哥出声了："笨蛋！你也不看看那妞开的是什么车，也不看看那四个强悍的保镖。记住！不要去惹她，那不是我们惹得起的！"

听到这话，壮汉整个人蔫了下来，他垂下头，低声说道："是，大哥。"

那个瘦弱男子暗自笑了一下，接着急切地问道："大哥，那几百人您怎么看?"

大哥端起咖啡喝了一口,说道:"那些都是经过严格训练的妓女。"

两个男子听到大哥的话都是一愣,他们都知道自己大哥的眼睛很毒,说她们是妓女就是妓女,绝对不会错的。

瘦弱男子开始拍马屁了:"真想不到这么漂亮的女子居然是妓女,刚开始还以为她们是模特公司的模特儿呢,她们肯定是准备趁旅游旺季来这儿大捞一笔的。看来真要跟大哥好好学习才行啊,我可怎么看也看不出她们是妓女。"听到瘦弱男子的话,那个壮汉当然也忙跟着大拍马屁。

"大哥,是不是马上请她们去我们夜总会坐台啊?"瘦弱男子马上接着说刚才的话题。

"可以,不过那个带队的明显是练过的,他要价可能会很高。你和大傻带上几个兄弟先去试探一下,如果价钱合理就和她们签约。这些妓女都是高级货,有她们在,我们可以提高一倍的坐台费。"大哥点点头说。

瘦弱男子和壮汉应了声"好咧",就起身离开了。

至于去哪里找唐龙这伙人,他们这些地头蛇自然知道漫兰星顶级的花都酒店在什么地方。

第三章　邂逅的开端

　　花都酒店不在城区内，而是建在漫兰星风景最美的海边。

　　最好的地段、数百层的楼房、数以千计的豪华套房、各种豪华的娱乐设施、贴心的皇帝级服务，让花都酒店足以牛气冲天地自夸：本酒店绝对保证让顾客满意。

　　不过今天，花都酒店遇到了开业以来第一个对酒店不满的客人。

　　在那装饰得金碧辉煌、面积近万平方米的大堂内，数百个花枝招展的美女拱卫着一个戴着 W 型墨镜、衣着俗气的少年郎。

　　而这个少年郎则很没风度地指着大堂经理的鼻子斥责道："怎么回事?! 明明所有的 VIP 套房都被我先订下了，为什么现在却告诉我房间给别人了?"

　　听到这话，围在四周的客人一片哗然，他们既为这个少年郎能够包下花都酒店所有的 VIP 套房而惊讶，又为花都酒店居然会做出这种毁约的事而吃惊。

　　英俊成熟的大堂经理再也潇洒不起来。他原本是来和这个用 SK 二三为名订房的少年郎商量让房的事，可这少年郎刚听到自己说出把房间让给别人的话，就立刻高声叫喊起来。现在他听到周围的哗然声，额头立刻冒出豆大的冷汗，心想这次酒店的声誉完蛋了。

　　他当然不会就这样放任不管，他忙对少年郎鞠躬，并大声地说道："真的很对不起，我们也是无可奈何才把您订的房间让给别人的，因为住这些套房的人是宇宙银行和宇宙航空的董事们。"他希望用这个理由压住众人。

　　果然，原本议论纷纷的客人们在听到大堂经理的这番话后，全都不吭声了。能够住进花都酒店的人非富即贵，而只要沾上富贵这两个字的人，怎么也会卖面子给两大企业。

　　不过站在他面前的客人好像并不怎么买账，只见这个少年郎毫不在意地说道："我不管什么董事不董事的，反正我订下的套房被你们让给其他人了，你们酒店无论如何也要给我个满意的答复！"

　　所有的人都是一呆，居然不给两大企业面子？这个少年郎究竟是什么身份？可以想像大堂经理现在是处于进退两难的地步了，因为他既想站在两大企业这边，又害怕眼前这个少年郎强大的声势。

　　这时，一个满脸冷酷表情的中年人拍拍大堂经理的肩膀，示意他让开。大堂经理看到这个中年人，不由得松了口气，这个中年人来了就好办了，因为他是漫兰星的情报司司长。

　　自古以来商人都要勾结官府才能够安稳地做生意，现在也不例外，这个情报司司长就是花都酒店的幕后靠山。

　　被联邦民间巴结拉拢的官方势力中，原来排在第一位的 B 类宪兵系在陈昱上台后，被排在第二位的情报部系统拉下来了。至于警察系统嘛，则一直停留在第三位。也许有人会怀疑为什么像花都这么出名的酒店还要找靠山，以它的影响力，难道还怕谁吗？其实没什么好奇怪的，不是都说阎王好送，小鬼难缠吗？没有强大的靠山，再出名的酒店也早就被对手打压到谷

反人类行动

底了。

这个情报司长掏出情报部的证件，冲着少年郎晃了一下，冷冷地说道："先生，证件。"

少年郎冷哼一下："怎么？怀疑我的等级不够住 VIP 套房吗？"说是这样说，但他还是掏出一张黑色的军人卡递了过去，他可不想让情报部把间谍的罪名安在自己身上。

至于少年郎说的这句话，是有原因的。最先联邦考虑到资源是否被有效利用的问题，对一些公用设施设定了密码等级低的人不能享用的程序。

可到了后来，可能是一些高等级的官员或商人为了体现自己高人一等的优越感，开始给其他的设施或服务业务也设定了等级，并指明了什么等级的人用什么等级的设施和享受什么等级的服务。这样一来，拥有高等级密码的人便显得优人一等，久而久之，使得原本民主的联邦内出现了变相的贵族社群。

情报司司长看到少年郎掏出军人卡，不由得一愣，但也没怎么在乎，很多高官的败家子都在军队，这种仗着有点钱有点权就自以为老子天下第一的人，没有什么好害怕的。就算惹到他身后的高官自己也不怕，因为自己的老板已经是天下第一人，还怕个鸟啊。而且自己拥有这家酒店的干股，不把这少年郎赶走，怎么对得起那些红利？再说自己解决了这个少年，等于卖了个人情给两大企业，这对于完成部长交代的任务也很有利嘛。这种一举多得的事，何乐而不为呢？

不用中年人示意，那个紧跟在他身边的部下早就掏出微型咨询器，用少年郎的军人卡一刷，就可以知道这个少年郎祖宗十八代的资料。

中年人绷着脸，很随意地接过咨询器观看着，可刚看了一下仪器上的资料，他就脸色大变地抬头看看那个戴着 W 型墨镜的少年，接着又看了一下少年四周那数百名漂亮的女子。

　　然后这个情报司司长猛地把咨询器扔给部下，弯腰鞠躬地双手捏着那张军人卡，小心地送到少年面前，十分恐慌地说道："对不起，打扰您了。"

　　不但四周围观的人为中年人突然改变的态度而发呆，就是那个少年郎也被搞得一愣，他可从没想到自己的身份居然能够带来这种效果。

　　少年郎呆呆地接过军人卡，还没来得及说话，那个情报司长就冲他点头说了句："失礼了。"随后带着自己的部下急匆匆地离开了酒店。

　　这时才清醒过来的大堂经理，立刻意识到自己惹了个大麻烦，靠山在知道这个少年的身份后，好像逃命似的逃走，你说这个少年的来头大不大啊？

　　大堂经理只有可怜巴巴地看着少年，等待他收好军人卡，向自己咆哮了。

　　酒店大门外，情报司司长飞快地钻进一辆轿车，还没坐稳就命令部下开车。

　　一直跟在他身旁的部下忍不住开口问道："长官，那个少年是谁啊？"他有点后悔自己怎么不先看一下咨询器显示的资料，就把咨询器交给了长官，不然自己就不用这么好奇了。

　　情报司司长松开自己的领结，掏出雪茄点燃后吸了一口，说道："灾星唐龙！"

　　这个部下立刻吃惊地喊道："那个少年就是那个不出事还好，一出事就是天下大乱，谁碰到谁倒霉的唐龙？！"

　　情报司司长无语地点点头，突然他像是想起了什么，说道："立刻加派人手，凡是看到有不长眼的家伙去惹唐龙，就给我提前把这些人赶走，我们不能让唐龙搞出什么大事！"

反人类行动

部下呆了一下，有点担忧地说道："我们不用监视两大企业的人了吗？如果同时进行的话，我们人手会不够的。"

情报司司长听到这话，皱皱眉头，狠狠地吸了口烟，说道："去找宪兵司的司长，就说唐龙在花都酒店，把守卫唐龙的任务交给他。"

"呃，宪兵司和我们情报司一向不和，他们不可能会听我们的话吧？"部下很奇怪地看着自己的长官。难道长官脑袋烧坏了？居然叫宪兵司的人去守卫唐龙！

"其他的我不敢保证，但是和唐龙有关的话，宪兵司的人一定会在第一时间赶到花都酒店的。"情报司司长看着烟雾悠悠地说。

情报司司长看到部下不解的神情，不由得摇摇头，因为说实话，他也不大明白。虽然知道大老板和军部之所以会下守护唐龙的命令，是怕唐龙又搞出什么大事来。把这样一个人物直接解决掉不就行了吗？为何要去委曲求全呢？难道政府和军部都有什么把柄被唐龙抓住了？要是自己能够获得这个把柄的话……

情报司司长想到这里，突然在脑中浮现了大老板陈昱的样子，禁不住猛地打了个寒战，这个寒战让他立刻收起了不应该出现的念头。

正当大堂经理不知道怎么办时，突然传来很慈祥的笑声："呵呵，既然房间是这个少年先订的，那么就让给他吧。他不但是你们花都的客人，也是我的客人啊。"

大堂经理回头一看，发现自己身后站着两个模样普通的老头，说这话的人正是左边那个眯着一双细眼、带着满脸笑容的老头。

大堂经理当然知道这两个老头是谁，既然他们都这样说了，那自己就好办了。

他正要跟唐龙说话的时候，唐龙将他甩在身后，飞快地挤到两个老人面前。这一个动作吓得老头身旁的保镖立刻准备扑上来，当然这些保镖被老头制止了，他们才不认为一个能让情报司司长鞠躬道歉的人，会来暗杀自己。

刚才说话的那个衣领上挂着宇宙航空徽章的老头含笑看着唐龙，问道："小伙子，有什么事吗？"

唐龙靠到他们的耳朵前，低声埋怨道："两位老人家怎么这么多事呢？本来我很快就能敲诈到免费的标准套房了，现在被你们这么一说，全没了！你们以为几百套的 VIP 套房不用钱啊？很贵的呀！"

这两个大企业的董事长听到唐龙的第一句话时，脸上浮现出不舒服的神态，谁能想到自己息事宁人，反而会被人埋怨呢。不过听完唐龙的话后，两个老人都露出了笑容，原来这个小家伙不肯退让是为了敲诈免费住房啊。如果自己不出声，酒店为了挽回自己的声誉，肯定会让小家伙敲诈成功的。

满脸红光、衣领上挂着宇宙银行徽章的老头闻听此言，乐呵呵地说道："小伙子，你很有趣。反正我们这些老不死的住腻了VIP 套房，那几百套 VIP 套房就让给你吧。放心，房钱我老头子全包了。"

虽然不用付钱的房间住起来很爽，可世上哪有这么好的事？所以唐龙狐疑地看着红脸老头问道："全包了？老人家你有没有这么多钱啊？一天都要好几亿哦！而且我又不认识你，怎么给这么大的好处？有什么阴谋啊？"

大家听到唐龙问那老头有没有那么多钱，不由得笑了起来。真是开玩笑，开银行的会没钱？当听到后面有什么阴谋时，大家再次笑了。以人家的身份，要什么有什么，你有什么好给人家占便宜的呢？

红脸老头身旁一个样子虽然帅气，但神态却很高傲的年轻人听到这话冷哼一声，说道："不长眼的小子！我爷爷是宇宙银行的董事长，别说房钱一天好几亿，就是一天几十亿，也可以让你住到去见上帝为止！"

红脸老头听到孙子的话，立刻脸色一变。他替唐龙付账当然是有阴谋的，别说情报司司长要向这个少年鞠躬，单单这个少年身后那数百名训练有素的美女保镖，就可以证明这个少年不是普通人。像自己这样开银行的，当然要结交各方面的人了。如果不是为了这些，难道自己钱多得发烧，巴不得到处往外送吗？

红脸老头还没有来得及开口责骂孙子，唐龙已经撇撇嘴说道："谁不长眼了？白痴看到你们衣领上的徽章也知道你们是谁啊。而且就算没有看到你们的徽章，刚才大堂经理已经说把 VIP 套房让给宇宙银行和宇宙航空的董事了，再听你们说愿意把 VIP 套房让出来，傻瓜都知道你们是谁了。还有啊，你爷爷只是宇宙银行的董事长，负责银行管理，并不是银行的所有人。我怕他钱不够难道不对吗？"

红脸老头看到孙子眼睛一瞪想要说什么，忙制止他。

而细眼老头则打圆场地笑道："放心，我这老伙计除了银行董事长的身份外，还是一家大财团的总裁，这可是他家族的财团哦，所以小兄弟不用担心他会赖账，就算他赖账还有我可以付钱嘛。"

唐龙听到细眼老头的话，忙笑道："那实在是谢谢两位老人家了，长者有所赐，小子不敢辞，我不客气啰。唉，大家谢谢这两位大方的老人家吧。"唐龙的语气让两个老头隐约觉得自己当了冤大头。

一些没有什么眼力的人，不知道唐龙后面这句话是对谁说

36

的，不过在看到那数百名美女向两个老人齐声道谢时，不由得看傻了眼。刚开始还以为这些美女是看热闹的某模特公司的人呢，没想到居然全部是那个少年手下的人啊！

那个红脸老头的孙子原本想用钱砸几个美女，让她们陪自己玩乐一下，知道这些美女是唐龙的人后，不由得变了一下脸，但是他很快恢复了笑容，淫亵的目光停在这些美女身上不肯离去。因为他想到世上没有用钱收买不到的女人，就算是这可恶小子的女人，自己也可以用钱让她们背叛这小子，到时候这小子的脸色一定会好看得很。

在唐龙准备带人入住 VIP 套房时，细眼老头叫住唐龙，用商量的语气说道："小兄弟，商量一下，不知道能不能让两个套房给我们。不是我们要住，而是让我们一个很重要的朋友和她的保镖住。"

唐龙很爽快地回答道："好啊，没问题。我这些伙伴突然决定两个人一个房间，所以剩下的那一半房间都让给你们吧。"原本想让部下一人一套房间的唐龙，考虑到让这些没出过门的人一个人住很不妥，所以才突然改变了主意。

听到这话的人全都愣住了，这个家伙订了几百间 VIP 套房，原本以为他带了一大帮的人呢，没想到居然是一人一间？浪不浪费啊！一个 VIP 套房是供四个人使用的豪华套房啊！

细眼老头只有苦笑着点头道谢，他真不知道眼前这个人到底是怎么回事。说他没钱吧，居然替自己的保镖一人订一间 VIP 套房，说他有钱吧，又去敲诈酒店想要弄免费房间来住。

老头看着被美女簇拥着的唐龙，暗自决定要好好查查这个人的底细。

由于以前那段不堪回首的往事，让 SK 二三连队的美女们养

反人类行动

成了隔一段时间不洗澡就浑身不自在的习惯，所以唐龙只好一个人跑到酒店的游乐室，一边玩电动玩具一边等待自己的部下。

这时，一个阴阳怪气的声音传到正在玩机车游戏的唐龙耳中："哟，我说是谁呢，原来是你这个靠我爷爷付账才能住房的小子啊。"

唐龙抬头一看，是那个红脸老头的孙子，这个家伙此刻一脸得意的样子，示威般地拍拍身旁挽住自己手臂的一个美女的玉手，得意地说道："小子，不用我介绍，你也应该知道，这位是最受欢迎的偶像歌手，是所有男人梦中的女神！当然，现在是我的女朋友了！"说着很温柔地抱紧了这个美女的细腰。

唐龙向那个听到有人介绍自己而开始露出高傲神色的女子点点头，说道："你好。"说完就回头继续玩自己的游戏。

这个偶像歌手和那个银行小开看到唐龙的反应居然是这样，不由得一愣。

银行小开有点焦急地说道："喂，偶像就在眼前，你怎么不表示一下啊！"他特意带着偶像美女跑上前来，就是要让唐龙羡慕一下，让这小子知道，虽然有数百个美女，却也比不上自己这一个身为大众偶像的女朋友。可现在唐龙居然毫无反应，这怎么能够满足自己的虚荣心呢？

"我只看新闻节目。"唐龙心不在焉地回了一句，他说的不算是实话，实话应该是连电视都很少看。自从进入军旅到现在，唐龙看电视的时间加起来还没有二十四小时，你说他怎么可能知道现在最受欢迎的偶像是谁啊。

两个人听到这话，脸上立刻失去了刚才那光芒四射的神采，他们就像在一个不知道宝石为何物的人面前，拼命形容宝石的价值和美丽，结果当然是根本诱惑不了这人露出羡慕的表情了。

偶像美女冷哼一声，说了句："乡巴佬。"然后就紧紧地粘着银行小开，嗲声嗲气地说道："达令，我们走吧，不要理这个乡巴佬。"

正感无趣的银行小开，只好挂着失落的表情，带着美女走开了。

唐龙以为这下没有人打扰，可以好好玩了，可过了没多久，他就再次被人叫住："兄弟，有事跟你商量。"

抬头看去，发现是两个戴着普通墨镜、身穿花哨西装、身后还跟着几个壮汉的男人。看到这些人，唐龙的第一个感觉就是：流氓。因为他们的样子和电视上的流氓形象一模一样。

不知道流氓找自己商量什么呢？被勾起兴趣的唐龙立刻开口问道："什么事？"

刚才说话的那个瘦弱流氓看看这个嘈杂的游乐室，皱皱眉说道："这里太吵了，去楼下的咖啡厅再说吧。"

唐龙点点头，叫过一个服务员让他转告自己的部下自己去哪儿了，随后跟着这帮流氓来到楼下的咖啡厅。唐龙现在可是兴致勃勃哦，从没和流氓接触过的他，觉得好像黑帮在谈生意一样，很兴奋呢。

刚坐下来点了杯咖啡，那个瘦弱的男子就直接开口说道："你要多少钱才肯和我们签约？"

"要多少钱？签约？你说什么？"唐龙一头雾水，这些流氓说的是什么意思啊？

"不要装了，这里的客人非富即贵，不可能召妓的。来我们夜总会吧，那里凯子特多，定能让你挣钱挣得笑不拢口！"瘦弱男子撇撇嘴说道。

一时没有听到召妓这个词的唐龙，依然满脑子问号地看着瘦弱男子。

瘦弱男子身旁的那个壮汉，看到唐龙还在装傻，不由得一拍桌子，低声吼道："告诉你，不论你愿不愿意，反正你手下的那几百个妓女我们夜总会要定了！识趣的就赶快签约，免得大家难看！"

而那个瘦弱男子也乘机掏出一份文件递了过来。

唐龙推开文件，强忍着怒火冷声问道："你们怎么会认为我那些手下是妓女？"

壮汉撇撇嘴说道："怎么会认为？你那些手下每个都是不要脸的妓女，一看就知道啦。"壮汉的本意是想把签约金压低点，但他不知道自己老是妓女妓女的，已经触犯了唐龙对部下许下的那个承诺。

唐龙下意识地摸向腰间，碰到那把宇宙枪冰冷的枪管时，心中立刻一震。他松口气，朝正看着自己的流氓露出了笑容，但是从这笑容下吐出的却是冰冷的一个字："滚！"

原本看到唐龙笑了，以为生意能够谈成的流氓，被这个滚字搞得一愣，好一会儿才反应过来，壮汉第一个站起来指着唐龙，高声地喊道："你他妈的不要给脸不要脸，你那帮妓……"

他连妓女的女字都还没有说出来，就被唐龙一拳打落了满口的牙齿。

唐龙可不会让四周那些已经惊呼起来的客人，知道那几百个美女是妓女。

自己之所以会去买墨镜遮住脸蛋，虽然表面上的理由是为了不被人认出自己，免得被缠住，但更大的理由则是为了不让人知道她们的身份。因为任何知道自己身份的人，看到自己身旁出现了数百个美女，立刻就会知道这些美女的身份。

因此唐龙完全没有住手，攻击目标都是这些流氓的嘴巴，他是不会让这些流氓说出那句话的。只会靠体力和人打架的流氓，如何是经过严格格斗技能训练的唐龙的对手呢？所以才一会儿工夫，这些流氓全部捂着没有牙齿的嘴巴，在地上乱滚了。

已经停止惊呼的客人呆呆地看着眼前的少年，他们根本不敢相信，这么单薄的身子居然隐藏着这么厉害的力量。正当大家发呆的时候，数十个穿着各种服装的大汉，气势汹汹地朝唐龙冲来。

唐龙皱了下眉头，没想到对方还有这么多人，而且好像都是退伍兵呢。虽然知道接下来这一架有点困难，但他还是摆出一个架势准备开打，而那些女客人则再一次捂着嘴惊呼起来。

不过出人意料的是，这些大汉居然扑向了躺在地上的流氓。他们先是来一记狠的，把流氓打昏，然后两个人一组，把流氓抬走了。这些人刚走，紧接着就进来数十个服务员，这些服务员一边安抚客人，一边收拾被打得一塌糊涂的桌椅。

等唐龙清醒过来的时候，所有的一切都恢复了原状。唐龙不由得想道：真不愧是花都酒店，处理这些事情居然这么快。可是他们不用询问我这个客人为什么打架吗？不解的唐龙摇摇头准备去找部下的时候，一个让人心弦抖动的甜美声音传入了唐龙的耳朵。

"喂，你弄脏了我的衣服，不道歉就这样走了？"虽然是责怪的语气，但这声音的音色却让唐龙迫不及待地转过身来。

这一看，让唐龙愣了一下，因为对自己说话的女子，居然戴了一副跟自己一样同是 W 型号的墨镜。

这个拥有一头飘逸的金色长发，穿着黑色皮制上衣、皮制短裙、皮制长筒靴的女子，正用修长的玉手，向唐龙展示她皮衣上的咖啡痕迹呢。

反人类行动

第四章　蝶舞会

　　唐龙看到这个女子的样子，不由得呆了一下，因为他感觉自己好像在什么地方见过她。当然唐龙没有去细想，立刻说道："对不起，不小心弄脏了你的衣服。"说着就拿起桌上的纸巾，准备帮这个女子擦拭干净。

　　星零看到唐龙的动作，愣了。怎么和想像中不一样，唐龙怎么不说不关他的事呢，这样自己怎么和他纠缠下去？看到唐龙靠上前来，心里不知道该怎么办的星零，下意识地拍掉了唐龙伸过来的手。

　　啪的一声，让唐龙和星零都呆了。不知道自己为什么会这么做的星零，心里虽然慌张，但仍保持高傲的语气说道："你干什么？想非礼本小姐吗？还有，如果道歉就可以解决问题的话，那要警察干什么？不赔本小姐的衣服，本小姐跟你没完！"她用手指着唐龙，顿时给人一种骄蛮大小姐的感觉。

　　原本听到星零那甜美的声音而对她有点好感的唐龙，听到这话后，立刻皱了皱眉头。唐龙很不喜欢这种骄蛮的人，所以好感立刻消失，他冷声说道："那好，把你的银行账号告诉我，我立刻赔钱！"

　　虽然看不到唐龙的表情，但听到那冰冷的语气，星零猛地一震，她可从没听到过唐龙用这样的语气和自己说话啊。以前自己是电脑姐姐的时候，唐龙和自己说话，不是很温柔就是带点撒娇的语气。

不知道为什么，星零心中涌起了一种莫名的哀伤情绪。

可就是因为这种星零从没体验过的情感，让原本准备改变口气的星零继续保持原状。星零一手叉腰，一手指着唐龙喊道："你以为你有钱了不起啊？告诉你，本小姐这衣服是特制的，有钱也买不到！"

唐龙对于眼前的这个女子越来越感到不耐烦，他冷哼一声，说道："无理取闹。"说完转身就走。

星零看着唐龙的背影，张张嘴，但又没有说出什么，她无力地垂下手，回到坐位呆呆地坐在那里。

在远处一直看着这一切的雯娜走上前来，悄声问道："小姐，怎么了？"

星零抬头看了雯娜一眼，低下头苦涩地说道："原来被人讨厌的情感，是这么难受啊。"

雯娜看到星零的样子，不由得摇了摇头，她不知道小姐为了获得各种情感体验而让唐龙讨厌她到底对不对。但是看到小姐难过的样子，就知道小姐的决定是不对的。于是雯娜提醒道："小姐，您现在扮演的是骄蛮高傲的女子，老实说没有几个人不讨厌这样的人。如果您继续扮演下去，您能够体验的只有厌恶、失落等负面情感。"

"你是说我不应该选择这种类型来扮演吗？"星零不解地问。

雯娜点点头："是的，因为您并没有把您自己的本性体现出来，而是一直扮演各种类型的性格。虽然这样能够很轻易地获得各种情感体验，但是这样一来，没有自我的您又如何能够感悟生命的意义呢？"

星零沉思了一阵说道:"你说得没错,我为了尽快体验各种情感而忘却了自己的本性,看来我应该恢复原来的样子才行。"

雯娜含笑看着星零,她知道小姐不会再装扮他人的性格了。可是不知道怎么的,雯娜还是有点担心,到底是担心什么呢?雯娜忘了星零并没有放弃那个把唐龙当成体验情感的工具的决定。

漫兰星宪兵司司长办公室内,宪兵司长的副官有点不解地向长官问道:"长官,为什么我们要隐藏身份呢?要是让唐龙知道是我们帮了他,这岂不是卖了个人情给他?"

宪兵司长摇摇头说道:"对于那个人,我们还是不要和他沾上关系为妙,因为他并不是受到上面赏识,而是被上面排斥的人,和这样的人扯上关系根本没有好处。要知道当我听到情报司传来的消息时,真的是被吓了一大跳啊。"

副官点点头笑道:"是啊,谁能想到和我们水火不容的情报司会来拜托我们呢。也幸好一接到通知就往酒店赶,不然唐龙可能会把那些人打死。"

"对了,那些招惹唐龙的人查出是什么人了吗?"宪兵司长问道。

"查出来了。"副官掏出一本本子说道,"是控制漫兰星娱乐场所的蝶舞会。"

"蝶舞会!"宪兵司长眉头皱了一下,问道,"好端端的,他们怎么会去招惹唐龙呢?"

宪兵司长听到蝶舞会的名字之所以会皱眉头,是因为这个蝶舞会是漫兰星最大的黑帮,不但控制了绝大部分的娱乐场所,还在这些娱乐场所贩卖毒品,而且为了保证夜总会小姐的质量,他们还时常做些拐卖妇女、逼良为娼的勾当,这些年下来,他们每个人都肥得流油。

至于这么一个大黑帮为什么能够生存下去？很简单啦，后头的靠山是军部的某个高官，而且漫兰星三大势力中的警察司长是他们的结拜兄弟。

三大势力之一的宪兵司则顾忌军部高官，不敢插手利润如此巨大的行业，搞得宪兵司只能眼睁睁地看着肥肉干吞口水。至于情报司这个排行第一的官方势力嘛，一是情报司的主要油水不在这方面，二是顾忌大老板和军部的关系，不愿替大老板惹麻烦，由于这些原因，所以蝶舞会才能如此安稳地挣钱。

副官立刻回答道："他们是想让唐龙那些部下去他们的夜总会坐台当小姐。"

听到这话，宪兵司长好像突然看到满屋子的钞票一样笑了起来，然后用幸灾乐祸的语气说道："嘿嘿，蝶舞会倒大霉了。惹唐龙就算了，居然还敢向这个非常护短的家伙提出要他的部下去做小姐，难道他们没有看过新闻吗？唐龙为了这个可是枪杀了几百名的军官啊！"

副官知道长官为什么会幸灾乐祸，就算在宪兵司的势力排行第一的时候，蝶舞会都因为有个军部的靠山，而没有怎么孝敬宪兵司，如今宪兵司的势力退到了第二位，更是连好脸色都没有摆出一个。整个宪兵司的人对蝶舞会都没好感，不是吗？他们个个吃得那么肥，抠出一点甜头让给宪兵司会死啊？

副官虽然知道唐龙是个什么样的角色，但对于长官说的话却不甚了解，他开口问道："长官，唐龙已经把他们教训了一顿，不会为这些小事而继续报复吧？"

宪兵司长笑道："唐龙当然不会继续报复，但是蝶舞会的人却不会就这样放过唐龙的！这可是吞并蝶舞会的好机会啊！"

聪明的副官立刻明白了宪兵司长的意思，他连忙说道："明白了，下官知道怎么做，下官一定会让蝶舞会的人以为这些是唐

龙的人干的。"

"嘿嘿,蝶舞会的人何时吃过这样的亏,肯定会报复,而且可以猜测他们的报复手段,一定是绑架唐龙的部下。嘿嘿,蝶舞会一定想不到他们会捅个马蜂窝!"宪兵司长狞笑着说道。

副官也跟着狞笑道:"按照唐龙的习惯,蝶舞会一定会灭亡,到时候,就算他们的靠山来找麻烦,也和我们没有关系。"说到这儿,副官又想起了什么,说道,"长官,唐龙他没有武器也没有人手啊,能够灭掉几万人的蝶舞会吗?"

"武器不用担心,到时会有人提供给他们的,至于人手嘛,你以为他的那些军妓部下只会床上功夫吗?要知道她们可是单凭几百人就灭掉了三个全副武装的装甲团啊。"说完这些,宪兵司长挥挥手,"帮我约情报司长,就说我有一单生意和他商量。毕竟独食难肥啊,拉上了情报司也不怕有人背地里说话。至于警察司,只好让他们去吃屎了。哈哈哈哈。"宪兵司长得意地笑了起来。

副官知道长官准备借唐龙的手吞并蝶舞会的地盘,对于这个决定,他是举双手双脚赞成的,看来不用多久自己的收入就可以翻上好几倍了。

他正想去办事的时候,宪兵司长叫住了他,脸色阴森地说道:"抓到的人留下一个活口就行了,其他的……"宪兵司长划了一下脖子,狞笑道,"尸体抛到垃圾场,然后向警察报告。嘿嘿嘿。"

看到长官的样子,副官忍不住打了个寒战,连忙点头表示明白。

那个被唐龙打掉门牙的文弱流氓,晃晃昏昏的脑袋,吃力地睁开眼睛。看到眼前的一幕,让他猛地一呆:两个凶神恶煞般的大汉正眼睁睁地看着自己，这个狭小的房间内，除了自己和他们两人外就没有其他人了。

流氓不自觉地打了个寒战，用漏风的嘴巴问道："逆闷施水？"

两个大汉听到这漏风的话，不由得愣了一会儿，但很快便反应过来，嘿嘿地冷笑道："不用管我们是谁，小子，你好大的狗胆啊，居然敢去惹我们老大？不好好教训你一顿是不行的了。"说着狞笑起来，对着他拳打脚踢。

流氓一边抱头躲避着，一边大喊"你们是谁"。虽然得不到回应，但他从这两个大汉的叫骂声中知道，自己是得罪了那个鸡头才被教训的，这样看来那个鸡头挺有势力的。当然，他心中暗自咒骂着唐龙，准备逃出这里后，一定要好好回敬唐龙的招待。

唐龙无聊地跑回了游戏室，询问服务生，知道部下还没有来，他一边嘀咕："真是的，怎么洗个澡要洗这么久？"一边玩着好久没有玩过的战机格斗游戏。

输入代号的时候，唐龙无意识地输入了 TL 二三这个号码。

而远在骨龙云星系某星球的游戏室内，一个戴着战机头盔看不清模样，但看身形可断定是年轻女性，正搜寻对手的玩家，看到自己依靠玩家等级高低而调出的名单上，突然在首位跳出了一个玩家的代号，不由得先看了一下对方的等级。

看到 S 级这个标志，她禁不住惊喜地说道："太好了，总算找到一个能够打个旗鼓相当的人了。"说着一边请求对战，一边不经意地看了看这个玩家的代号。

这一看让她立刻失声地喊道："TL 二三！"然而当她稍稍走神的时候，对方已经先和其他人打了起来，无奈中只好等待的她摘下头盔，此时可以看到她就是唐龙的熟人，联邦军队特级飞行

丽娜莎暗自沉思着：怎么回事？这个神秘人物失踪了这么久，为何突然出现？是有人假冒 TL 二三这个代号吗？不可能，拥有 S 等级的人何必假冒他人的代号呢。想到这儿，她按动了手腕上的一个机器，并开口说道："TL 二三出现在网络上，请搜寻他的位置。"

她的话音刚落下，手腕上的那个机器立刻传出："明白，正在搜寻。"

丽娜莎看看手腕上的机器，无奈地摇了摇头，她本来不想担任其他职务，只想一门心思待在战机上的，可为了那个人，自己也只能兼职充当发掘人才的情报员了。

丽娜莎看着机舱内两架战机战斗的图像，叹了口气自语道："技术比上次更加熟练了，真不知道他是怎么练的。唉，虽然不知道他是谁，但他在《战争》游戏中展现出来的才华，让他注定不能过普通人的日子。"

在丽娜莎发现 TL 二三的时候，星零基地原本静悄悄的主电脑室内，突然浮现出两架战斗机战斗的立体图像，一个有点迟钝的女性声音响了起来："TL 二三……唐龙在《战争》游戏中使用的代号……他是唐龙吗？"

电脑的指示灯亮了几下，这个语气迟钝的声音再次响起："有人搜寻 TL 二三的位置……查找来源……元帅府内秘处？切断游戏……"在发出这个声音后，电脑室里响起一声饱含失落的叹息，随后就恢复了宁静。

已经抓住好时机准备一炮把对方干掉的唐龙，突然眼前一黑，接着发现自己居然退出了游戏，搞得他吃惊地喊道："怎么回事？为什么会自动退出？是网络故障还是停电了？"他按动一下按钮发现一切正常，可惜此时唐龙的兴趣已经完全没有了，于是他沮丧地打开机舱，决定不玩了。

丽娜莎发现 TL 二三突然消失，不由得一呆，而这时，她手腕上的机器传出声音："对方突然断线，估计对方精通反黑客技术。"

丽娜莎闻听此言，只能无奈地摇头不语。

一个端着盘子在游戏室里东张西望的服务生，看到从机舱出来的唐龙，不由得快步朝唐龙走来。唐龙看到服务生，以为自己的部下出来找不到自己，对这个服务生说了什么，也就迎了上去。

服务生站在唐龙面前，端上盘子恭声说道："先生，这是本酒店送您的，明晚七点在中心广场举行的演唱会的票。"

唐龙愣了一下，想要问什么，但刚好看到自己的部下走进游戏室的大门，也就不再多说，接过票道声谢谢，就向自己的部下走去。他没有发觉，那个服务生看着自己的背影，露出了一个意味深长的笑容。

情报司长接到部下报告宪兵司长有事要和自己商讨，不由得呆了一下。他根本想不通，一贯和情报司不和的宪兵司长找自己干吗，难道是商讨唐龙的事？那家伙应该知道，对唐龙这人是能避多远就避多远啊。

等知道约定见面的地方是一家小型家庭餐馆时，情报司长再次愣了一下。

他搞不懂宪兵司长在想些什么，什么话不能在电话里说，非要亲自见面才行，难道信不过自己网络的安全等级？虽然心有疑虑，但满怀好奇心的他，还是决定去和宪兵司长见面。

来到餐馆，他发现宪兵司穿便装的人员已经把这里给包了，也没有说什么，留下两个情报人员守门，便跟着那个自己熟悉的宪兵司长副官走向最里边的一张桌子。

宪兵司长看到情报司长，立刻很热情地招呼道："啊，兄弟，同在一个星球这么多年，也没有请你吃过一顿饭，真是过意不去。"

情报司长虽然很不耐烦这种拐弯抹角的言辞，但也不能不给人家面子，于是也热情地说道："看你说的，我才过意不去呢，按理应该由我先请你吃饭才对。"

宪兵司长听到这暗示情报司才是大哥的话，脸色微微一变，心里虽然不好受，但他也不是等闲之辈，毕竟这排名高低的问题，不是自己能够决定的，也就打个哈哈，改变了话题。

两个人天南地北地套了一阵近乎，宪兵司长才进入主题，说道："兄弟，蝶舞会招惹那人了。"

情报司长听到这话微微一愣，虽然知道那个人指的是唐龙，但对于蝶舞会为什么会去招惹唐龙却不甚了解。他这段时间为了查找两大企业力捧歌手的原因，查出那个神秘的歌手究竟是什么人，已经耗费了大量的人力物力，哪有心思去留意这些事啊。

当他差点就脱口而出询问为什么的时候，话语被他强行压在喉咙口，因为他知道，要是让对方知道自己这个情报司长对此毫不知情，肯定会被对方笑掉大牙的。

情报司长让自己的表情毫无变化，装出已经知道事情经过的样子点了点头，然后看着宪兵司长，示意他说下去。

宪兵司长对于情报司长了然于心的样子，当然没有往其他的地方想，毕竟情报司不知道势力范围内发生的事是说不过去的。不过他没有继续说下去，反而反问道："兄弟，你知道蝶舞会一个月的收入有多少吗？"

听到这话，情报司长心头直冒冷汗，他怎么可能知道这些小事情呢，不过他很快松了口气，因为宪兵司长自己把答案说出来了："他们一个月单单夜总会的收入就有一千亿，包括卖药的和赌场的收入起码一个月有四千亿上下！一年有四万多亿啊！"

情报司长被这巨额的数字吓了一跳，一年四万多亿，自己这个情报司一年的正规预算才一亿啊。当然他没有表露出什么，只是"哦"的一声继续看着宪兵司长。他已经决定回去好好调查一下蝶舞会的业务，并且调查一下宪兵司为什么知道得这么清楚。

宪兵司长看到情报司长冷漠的样子，不由得吞吞口水，继续说道："如果我们把整个蝶舞会的产业收过来的话……"说着小心地观察着情报司长的举动，当看到情报司长听到这话眼里发出贪婪的光芒，他不由得心中一松。看来对方是个和自己一样的人啊，事情好办了。

情报司长虽然被这么大一块肥肉引得垂涎三尺，但他也知道蝶舞会的靠山是什么人。如果他连势力范围内的人有什么靠山都不知道，那他也没有资格当这个情报司长了。

他有点迟疑地说道："蝶舞会的靠山是军部的钟涛上将，而钟涛上将又是坎穆奇大将的心腹，我们惹不起啊！"

宪兵司长含笑摇摇头，说道："相信你已经知道，蝶舞会看中了唐龙的部下，想跟唐龙要来当小姐，结果前去联络的人员被唐龙爆打了一顿。而我在知道事情经过后，让宪兵司的人隐藏身份，狠狠教训了蝶舞会的联络人员，并让他误会我们是唐龙的手下。"

情报司长眼中闪着寒光，他已经知道宪兵司长的意思了："你的意思是，借唐龙的手把蝶舞会给……"

宪兵司长猛地点头说道："对呀，等蝶舞会灭亡后，我们立刻让自己控制的黑帮接收蝶舞会的产业，这样一来，就算那个钟

涛上将，事后也找不了我们麻烦。毕竟蝶舞会是被唐龙消灭的，难道他还好意思找我们出让产业？只是这样一来，恐怕整个星球都会引起骚乱。"说到后面，宪兵司长有点为难地摇摇头。

"嗯，骚乱的问题可以借口黑帮火并，出动宪兵队进行压制。只要不干扰中心广场的演唱会和那些上层人物就行了。这样一来我们还可以趁机吞并整个星球的黑帮呢。至于和蝶舞会穿同一条裤子的警察司，我会用我的权力让他们负责演唱会的安全问题，让他们无暇他顾。"情报司长沉思一会儿后，含笑说道。

宪兵司长听到这话立刻露出了笑容，他早就决定这么做了，但是如果没有官方第一势力情报司的帮忙，自己可没有那么容易如愿以偿哦。所以当情报司长说出"但是"这词后，他慌忙洗耳恭听。

"但是，我们要考虑到唐龙的反应，他只有几百人，又没有武器、没有理由，怎么会跟蝶舞会动手呢？唐龙是人不犯我、我不犯人的那种类型哦。"情报司长说道。

宪兵司长笑了："这个简单，只要让他的部下被蝶舞会抓去几个就行了，至于武器和人员问题，我们可以让自己控制的黑帮帮助他，甚至可以让我们的人装成黑帮去帮助他。"

情报司长皱皱眉头，说道："蝶舞会不会这么鲁莽吧？要是他们调查出唐龙的身份，打死他们也不会和唐龙作对的。"

"这个请放心，蝶舞会的高级干部中有我的人，我会让他们在蝶舞会高层知道真相以前就动手，并让唐龙第一时间知道。而且，我还把抓来的联络员只放了一个回去，其他的都咔嚓掉了，蝶舞会是不会这样放过唐龙的。至于情报方面，就要靠老兄的帮助了。"宪兵司长说到这儿，露出了古怪的笑容。

情报司长虽然听到宪兵司长灭了几个蝶舞会的人，但没有什么感觉，为了执行任务，这样的事自己也没少做，他现在想的是，难怪宪兵司长能够知道蝶舞会的详细收入。

当然，情报司长也非常明白，宪兵司长的意思是想拖自己一起下水，不过对于这点，情报司长根本没有在意，想吃鱼哪有不沾水的？情报司长在意的是，这件事将和灾星唐龙拉上关系，不过想到统治整个星球的黑道，年收入起码好几万亿，面对这么巨大的诱惑，就算是恶魔，自己也敢和他亲热一下。

下定决心的情报司长点点头，说道："好，事成之后四四分账。"

宪兵司长听到这话愣了一下，但是很快明白剩下的那两成是用来孝敬上面的，没有靠山的话，自己这些人哪能安心捞钱啊，所以忙点头同意了。

"先生，您拿的是什么啊？"一个样子很可爱的女兵看着唐龙手中的门票问道，虽然唐龙还没有把自己手下几百人的名字记熟，但是眼前这个才十六岁的女兵的名字他还是知道的。

这个未成年的女兵叫李丽纹，就是那个在连队基地被三个男兵欺负、后被唐龙解救的女兵。自从被唐龙解救后，她就有事没事老往唐龙那儿跑。由于她的年龄最小，所以大家都把她当成小妹妹。

"哦，这是演唱会的票，酒店送的，你们没有吗？"唐龙抽了抽鼻子，随口问道。没办法，各种各样的女子身上的体香全往他鼻子里钻，难受极了。

众女兵听到这话全都摇了摇头，而李丽纹则好奇地就着唐龙的手瞅着那张门票，并且很惊奇地说道："演唱会啊，好想去看哦。"

唐龙想也不想就把门票递给了李丽纹，说道："给你吧，我对演唱会不感兴趣。"

李丽纹不敢相信地接过门票，而四周的那些女兵则用羡慕的眼神看着她。

"好了，现在我们去逛街，但是人太多了不方便。这样吧，按照以往的惯例分成小队出去，可以参照手中旅游指南的路线，你们的军人卡内有一亿联邦币，看到喜欢的就尽情购买吧，有什么不懂的可以问别人，或去咨询室询问。有什么问题吗?"唐龙看了看众女兵，问道。

众女兵虽然有些不甘愿分开，但也知道这么多人走在一起，实在是太麻烦了，也就只好无奈地点点头。

唐龙当然看出了女兵们的心态，但是为了让她们能够学会独立，无论如何也得这么做，不然以后她们干什么都不能成功。再说这里是旅游之都，治安一定比其他地方好，正是锻炼她们的好地方。

唐龙看到她们都点头后，带着她们离开了酒店，搭上旅游车来到市中心，和众女兵约好集合时间，就开始慢慢分流了。不一会儿，唐龙再次一个人漫步在街道上。

市中心某栋大楼的无人后巷，一辆密封的漂浮车驶进来停下后，推出一个被黑色布袋套住脑袋的人来。

接着，一个大汉下车，狠狠踢了这个人一脚，并阴狠地说了句:"小子，你能活下来就算是老大慈悲了，你那些兄弟可没你这么命好!"说完，大汉就上了漂浮车，车子立刻飞一般地开走了。

这个倒在地上的人，好像很痛苦地呻吟着，好一会儿才吃力地取下套住脑袋的布袋。看到他的样子肯定会被吓一大跳，因为那简直就像一个猪头啊。

这个人努力睁开肿得不得了的眼睛，打量一下四周，当他看到四周的环境后，明显松了口气。他挣扎着站了起来，扶着墙壁走出了街道。

无夜宫，漫兰星最大最豪华的夜总会。虽然离夜幕降临还有好几个小时，但是这里的客人已经坐满了八成，可以说是生意好极了。

这么好的夜总会肯定会被黑帮盯上，可是这里却从来没有出现过流氓闹事，也从来没有被警察搜查过。如果单单看门口娇美迷人的迎宾小姐，谁能相信无夜宫有这么大的力量呢？但是熟知内情的人却能告诉你原因，这里就是漫兰星最大黑帮——蝶舞会的总部。

无夜宫内部使用的会议室内，一个模样妖媚，身材迷人，身穿黑色紧身旗袍，大约二三十岁的妖艳女子，交叠着双腿，斜坐在一张明显比会议室其他椅子大很多的椅子上。虽然那开衩开到底的旗袍把她迷人的玉腿暴露出来，但是坐在她面前的九个年龄不一的男子，却全都目不斜视地正视前方。

这个妖艳女子拿出一支有着超长烟管的香烟过滤烟嘴，她身后穿着黑色西装的冷酷女子立刻拿出一根细长的香烟，塞入滤嘴，并帮她点燃。

妖艳女子轻轻地吸了口烟，掀掀眼帘瞥了一下面前的男人们，语气懒洋洋地说道："说说最近的情况吧。"

说出去也许别人不相信，眼前这个女子就是掌控数万大汉、数千家大型夜总会、数百万小姐，号称漫兰第一大帮蝶舞会的会长——蝶舞。

"是，会长。"一个满脸红光、肥头肥脑的中年人忙站起来说道，"上个星期的收入基本和以往一样，五千两百三十四家夜总会的纯收入是二百七十亿左右。由于两大企业在这里搞了个演唱

反人类行动

会，相信这个星期的收入会翻上一倍。"

他一说完，旁边一个骨瘦如柴、皮肤淡黑色的中年人站起来接着说道："上个星期的药物销售达到了二百五十多亿，并且迷幻药和催情药供不应求，请求提高供货量。"

蝶舞冷冷地说了句："笨蛋！供不应求才能提高价格啊！"说完就一边吸着香烟，一边示意下一位发言。

第三个发言的是一个脸上毫无表情的中年人，他站起来，冷冷地说道："上个星期赌场收入五百多亿。"说完就坐下了，面对他的冷漠，在场的人谁也没有在意，而且蝶舞还用赞赏的表情向他点点头，谁叫他负责的那一段是收入最好的呀。

第四个开口的是一个眼角有一道刀疤、满脸阴狠之色的中年人，他站起来用那沙哑的声音说道："上个星期只接收了一家中等规模的夜总会。会长，不是我们不努力，实在是没有靠山罩着的场子太少了。会长，凭我们的靠山和实力，根本不用怕任何人，干脆把整个漫兰星的黑道统一算了！"

蝶舞再次冷哼一声："蠢货！我们是求财不是求气，我们要是统一漫兰星黑道的话，别说联邦的大黑帮，就是这个星系的大黑帮都会找上门。下一个！"

原本想说什么的刀疤大汉看到会长的脸色，只好吞吞口水，无奈地坐下。

而第五个站起来的，正是那个叫手下去和唐龙签约的年轻人。他恭声说道："上个星期增加了两千五百名小姐，其中三百人是通过下药、诱拐、威胁弄来的良家妇女。新增加的小姐当中称得上上品的只有五十来个。"

说到这儿，他看到会长的脸色变得有点难看，忙说道："不过，这次发现了一伙三四百人的团队，全都是极品，我已经让下面的人去签约了。"

蝶舞当然知道团队指的是有组织的卖春队伍，她点头说道："连你这样挑剔的人，都说那几百人是极品，可想而知那些客人会有什么反应。告诉下面的人，条件可以放宽点，一定要把那个团队拉过来。两大企业在这儿开演唱会的机会难得，有好货色的话，这几天可以顶以前几个月的收入。

　　"对了，那个团队的鸡头是谁？我倒想看看是谁那么厉害，能把这么多的极品货色拉到麾下。"

　　年轻人刚想说什么的时候，会议室的大门被打开了，一个有气无力、带着哭腔的声音从门口传来："大哥！"

反人类行动

第五章　手足之爱

　　这个叫唤大哥的人穿着一件染满鲜血、皱得像菜干的西服，而他整个脸蛋被人揍得肿了起来，根本看不出原来的长相。

　　此时会议室的九个人互相看了看，因为他们不知道这个人叫的是谁。

　　两个搀扶着那人的大汉看到诸位大哥的样子，忙开口说道："他是五哥的手下小军。"

　　那个正汇报增加多少小姐的年轻男子，立刻慌张地跑上前去查看，因为这个人是他的部下。

　　那个刀疤大汉有点不满地说道："老五，你的手下很有教养嘛，被人打了居然跑到总部来找你。"说着对那两个大汉骂道，"你们怎么搞的，不知道我们在开会吗？居然随便把人带进来！"

　　那个被称为老五的年轻人，皱皱眉头看了刀疤大汉一眼，他知道自己年纪轻轻就紧跟其后，让这个四哥感觉到危险了。

　　当然他现在没心情计较，便转身对蝶舞说道："会长，我这兄弟是去和那伙人签约的，让我带他下去问问情况吧？"

　　蝶舞眼睛一亮，说道："在这里问，要知道那伙人对提升我们的业务很重要。"

　　五哥点点头，抓住小军的肩膀问道："小军，怎么回事？其他兄弟呢？"

小军吃力地喘了口气，用漏风的嘴巴断断续续地说道："我也不太清楚怎么回事，刚和那个鸡头提出签约的事，他就把我们教训了一顿，接着我就被抓到一个房间，被人狠狠地打了一顿。最后被他们扔到离这儿不远的一条街的后巷。听他们的口气，那些兄弟恐怕……"

由于小军嘴巴漏风，五哥听了好一会儿，才听出是被那个鸡头打的，他还没有来得及继续追问，一阵急促的电话铃响了起来，所有的人都把目光望向蝶舞身后的那个西装女子。

西装女子接听了塞在耳朵里的多功能话机，然后凑到蝶舞耳边，轻声低语了几句。大家明显感到不对劲了，因为蝶舞的脸色变得非常难看。

蝶舞满脸寒霜地说道："警察在郊外的垃圾处理场发现了几具喉咙被割断、焚烧了一半的尸体，经过基因检测，证实是老五手下的大傻他们。"

五哥悲愤地大吼一声，一拳砸到墙壁上，拳头流血了也没有在意，而那些大哥也跟着纷纷低下了头。

原本还为五哥几个手下死了而暗暗高兴的刀疤脸四哥，发现其他大哥都低着头，也忙垂下脑袋，表示对兄弟的哀悼。

五哥泪流满面地回过头对蝶舞喊道："会长！为弟兄们报仇！"

而那个小军，也流着泪跪在地上哀号道："请会长为兄弟们报仇啊！"

蝶舞还没有出声，刀疤脸四哥已经拍着胸口说道："老五，你放心，这个仇四哥会替你报的！"他负责蝶舞会的军事力量，所以他才敢打这个包票。当然，他这么做明显是为了收买人心。其他大哥也争先恐后地表态要报这个仇。

蝶舞突然怒喝道："一群蠢货！这些年顺风顺水让你们脑袋变成猪脑了？对方是什么人，有什么势力，来这里有什么企图，连这些都不知道，还报什么仇！老五，你说说，对方是什么来头？"

听到蝶舞的怒喝，所有的人都低下了头。虽然不知道这些人心中想些什么，但他们表面上是不敢违背会长的话的。

五哥痛苦地摇摇头，说道："当时只以为他是个鸡头，因为他那个团队只有他一个男的。"

"愚蠢！连对方底细都没有查清，就派人前去签约了？假如他们不是团队呢？"蝶舞皱皱眉头说。

五哥辩解道："她们绝对是妓女，我敢用我这双眼睛做担保！"

蝶舞明显很信任五哥的眼光，她自言自语了一句："这么说对方也是道上的了。"然后对坐在五哥下首、脸色有点阴沉的中年人说道："老六，你去查探一下对方的来历。"

这个老六还没说话，五哥就忙说道："那个人住在花都酒店，一行几百人，除了他全都是美女，一问就知道。"

老六点点头，转身走了。不过没有人注意到，在他走出门口的时候，他紧绷的脸上居然露出了莫名的笑容。

此时蝶舞站起来扫了众人一眼后说道："好了，叫下面的人注意一点，联络警方看看这些天进来了什么帮派。老四，把装备发下去，进入戒备状态，等老六把消息传回来后再做决定。"说完就带着那个西装女子离开了。

老六带人离开无夜宫，立刻命令手下去花都酒店调查。

把手下都打发掉后，他独自一人进入了公共电话亭。在拨动一个号码后，宪兵司长的立体头像出现了。

"怎么样？"宪兵司长带着急切的表情问道。

老六嘿嘿一笑，说道："和你想的一样，蝶舞那女人非常谨慎，压住下面急切报仇的欲望，派我去打听情报。"

"派你去打听情报？嘿嘿，相信你已经知道应该怎么汇报了吧。"宪兵司长眯着眼睛笑道。

老六点点头说了句："这个当然。"随后关掉通讯离开了。

李丽纹和七个通讯部门的姐妹结成一队，她一边看着手中的旅游手册，一边兴奋异常地走在街上。

不一会儿，她们看到手册中提及的购物城，立刻好奇地走了进去。里面拥挤喧闹的人群、种类繁多的商品，马上让她们眼花缭乱。

李丽纹这组通讯部门的人有点特别，那就是她们全都是未受毒害的少女。

你也许会奇怪她们加入军妓连队这么久，怎么还会不遭毒手？原因之一，她们是用来招待重要人物才用的，二是尤娜特别关照她们，每逢开放日都让她们躲在房间里不出来。上次要不是李丽纹不小心跑出来了，也不会差点遭了狼吻。

用简单的一句话来说，这组女子都是少不更事的少女。

这时一个挂着业务经理工作牌的年轻女子走上前来，礼貌地鞠了一躬后说道："你们好，请问各位小姐是一起的吗？请来本公司的柜台看看如何？"

其他几个女子都有点不自在，不敢出声，因为她们从没被人这么礼貌地对待过。

而李丽纹则因好奇心特强，所以才能开口问道："你那里是卖什么东西的？"

这个女子含笑说道："我们专卖各种女性服装，可以说是整

个漫兰星女性服装最齐全的店了。您看看，旅游手册上说的这家店就是指我们公司了。"说着接过李丽纹手中的旅游手册，翻了几页，指着其中一项介绍道。

众女兵都好奇地翻开手册看了一下，在这个时候，女性爱美的天性显现了出来，李丽纹等人商量了一下，就决定跟着这个女子去看看。

这个业务经理带着她们走上购物城内的自动地板，一边热情地介绍四周商品的优劣，一边引导她们前往目的地。没有怎么见过世面的女兵们，当然是非常感兴趣地东张西望。不一会儿，她们来到一个非常漂亮、非常新潮，并且有很多女性顾客在挑选商品的大商场。

女兵们昏头昏脑地被这个业务经理带着走遍整个商店，并在她的怂恿下各自拿了几套服装，进入一排更衣室试穿。

李丽纹她们进入更衣室后，刚把外衣脱下，就吸入一股突然从墙角喷出的烟雾，昏倒在地。接着更衣室的地板陷了下去，当地板升上来的时候，她们已经不见了。

此时，这家商场的地下室内，李丽纹等八个昏迷的女子，仅穿着内衣平躺在地上。而在她们四周，则站着几个猛吞口水的男子。

一个中年男子一边把目光在李丽纹等人身上来回扫描，一边对身旁的一个年轻男子说道："说真的，这么多年来，我还没有见过这么多美丽的女子一起出现在自己眼前呢。看来等一下可以好好享受享受了，你说是吧，长官？"

他身旁那个年轻男子，目光也一直停留在地上的几个女子身上，听到那个中年男子的话，他下意识地点点头。

那个一直留意着他的中年人看到年轻人点头了，心中一喜，正要上前去动手动脚，却被清醒过来的年轻人叫住了："等等！"

中年人和四周几个猴急的大汉听到这话都回头看着他，不解地问道："怎么了？"

年轻人已经把目光从地上的女子身上移开，他掏出手帕擦着额头，喘了口气说道："我差点被你害死了，这些女人你不能够碰！"

中年人还没有说话，一个急不可待的大汉就已经抢先一步说道："小子，不要以为你是谭副官的手下就想独吞啊！"

中年人挥挥手制止了手下，语气有点阴冷地对年轻人说道："小子，我尊敬你，才叫你一声长官。虽然这几个极品货色是你提供情报的，但你也不能独吞啊。最多给你三个，让你一箭三雕好了，不要给脸不要脸哦，我和你的顶头上司关系可好了。"说完不等年轻人开口，就对手下说道："把她们运走，享受完了再卖给蝶舞会。"

年轻人慌忙上前拦住，说道："不行！"

中年人和其他几个大汉全都立刻大骂起来："他妈的臭小子！给脸不要脸是不是啊？！"说着就要动手。这时，一个阴冷的声音响起——

"老狼，是你给脸不要脸吧？"

叫做老狼的中年人闻听此言猛地一震，回头看去，发现那个宪兵司长的副官居然出现在自己面前，慌忙堆起笑脸说道："看谭长官您说的，我哪能呢。"

谭副官冷冷地瞥了老狼一眼，说道："告诉你，要不是怕你们连累我们，我们才不管你们会不会死个精光。"

"呃……长官，到底是什么事啊，您倒是说个明白啊？"老狼听到谭副官的话，脸色立刻一片青白，因为听他的口气，好像自己的帮派随时会被灭绝啊。

谭副官指了一下地板上躺着的几个女子，说道："你要是碰她们的话，我会在我没被人杀死之前，先灭了你们满门。这些女子不要说我，就是我的顶头上司也不敢碰她们一根指头。"

老狼不敢相信地张开嘴巴，这几个女的来头这么大？他想到这里，忙开口说道："长官，这都是你这个手下提出把她们抓来玩玩的啊。"可是当他准备用手指指住那个年轻人的时候，年轻人却不见了。老狼立刻满头大汗，他知道自己中计了，难道宪兵司要灭了自己吗？平时自己可没少上贡啊。

谭副官阴阴地一笑，说道："这几个女的，你们好好照顾一段时间，等我通知你们的时候，你们就救醒她们，然后对她们说，你们伏击蝶舞会的运输车，刚好救出了她们。"

老狼立刻又被吓了一跳，他不是笨蛋，当然知道这是让自己嫁祸于蝶舞会啊。他在道上混了这么久，非常明白蝶舞会的靠山是谁，他不敢相信宪兵司能够拼过蝶舞会的靠山。

看到老狼的眼神，谭副官知道他在想些什么，于是抖抖嘴角说道："和蝶舞会对抗的是这些女子的长官，他可是非常护短的哦。"

"长官？难道她们是女兵？就算那个人也是军官，但他怎么斗得过军部的高官呢？难道他是元帅？"聪明的老狼立刻问道。

"'就算是元帅，只要他凌辱了我的部下，我也会把他给崩了。'这就是这些女子的长官说的话，如果你看过电视，相信已经知道她们的长官是谁了。"谭副官说到这儿，再补充了一句，"再警告你一次，不要去碰这些女兵，我们不想为你陪葬。不听劝告的话，你会悔恨万分地悲叹自己为何带着痛觉来到人世。还有，记住保密，不然大家全都完蛋。"话一说完，他就转身离开了。

老狼虽然被谭副官的话吓住了，但还是疑惑地向手下问道：

"谭副官说的是谁啊？那句话老是觉得耳熟，却想不起来是谁说的。"

几个没什么大脑的手下纷纷摇头，不过一个稍微有点记性的手下突然大喊道："我想起来了，唐龙！说这话的人就是唐龙！当时电视上播出他说这话的样子，要多酷就有多酷，我怎么会想这么久才想起来呢？"

"唐龙?! 妈呀！"老狼和几个手下都惊呼起来，好像看到了什么恐怖的东西，全都离地上的几个美女远远的。

老狼更是恐慌地大喊道："快！把你们的女人和大姐都叫来侍候这几个小姐！"他此时已经满头冷汗了。宪兵司的人绝对是不安好心，居然陷害自己去绑架唐龙的部下，被那个护短的杀人魔王知道了，自己真的会后悔为何会带着痛觉来到人世。

唐龙不知道，经过这几次的大出风头，他在民众心中有了好几种形象：

一种认为他是不畏强暴、敢和强权对抗的英雄；

一种认为他是个没什么本事、单纯运气好到极点的普通人；

而最后一种则认为唐龙是个阴险毒辣，不择手段，踩着尸体往上爬的枭雄。有这最后一种看法的人为数虽少，但这些人都是军队、政府、民间势力中的阴谋家。

本来唐龙的形象应该是光辉的，但也许是黑暗的形象更容易深入人心吧。从某些有心人口中流传出来、经过加油添醋的谣言，再加上唐龙神色自若地处死那些军官的形象，让唐龙在某些人心中变成了杀人魔鬼，而老狼他们就是这样认为的。

此时老狼终于明白，为何一直忍让着蝶舞会的宪兵司会突然发难，敢情打出唐龙这张牌来和蝶舞会对抗啊。

如果忽略蝶舞会靠山的话，蝶舞会根本不是宪兵司的对手。现在再加上到处惹是非、异常护短并且冷血嗜杀、专惹高官却一

直没有事的唐龙，可以断定，蝶舞会风光的日子将不再出现了。

嗯，这么说来，自己应不应该跟在后面趁机捞点油水呢？

唐龙不知道自己的部下被人绑架了，依然心情良好地漫步在繁华的街道上。这个漫兰星不愧是旅游之都，整条街道都是商店，根本看不到什么办公大楼。

看到这些，唐龙突然有点恶意地想：要是这里突然之间没有客人来光顾的话，那么这个繁华的星球会变成什么样呢？

漫无目的的唐龙突然感觉到街道上的人群密集了许多，他四处张望一下，发现四周的人都仰头望向天空，抬头一看，一艘豪华的飞艇在几十辆空中警船的护卫下，缓慢地向前移动着。而四周那些飞得比较高的漂浮车纷纷降落下来，这也是人群密集的原因，因为路上多了很多车嘛。

"搞什么呢，开得那么慢，摆谱啊？"唐龙看到那船队的速度后，禁不住不满地嘀咕道。

唐龙旁边的一个年轻人听到他的话，接口说道："当然是在摆谱啦，那可是漫兰星球长的专机。"

唐龙有点奇怪地问道："不是有政府专用的快速通道吗？他好端端的跑到民用道上来干吗？"

年轻人撇撇嘴，说了句"他喜欢啊"，就不再搭理唐龙，径自挤进了人海。

唐龙听到这话，看着天空那依然慢慢飞行的船队，摇了摇头。

虽然他不懂得政治，也对政治不感兴趣，但是他还是能感觉出联邦的官僚作风越来越严重了。

难道不是吗？几乎每个星球都花费大量的金钱，开发了数条政府专用的快速通道，甚至有些星球的公用通道还没完善，官用通道就已经建得完美无瑕了。可现在这个家伙居然不走官用通道，跑到公用通道上来和民众争道，争就争了，只要是紧急情况，大家还是能谅解的，可看他的样子明显是在摆谱嘛。

想想自己从家里跑出来才一年多，就亲身经历了什么英雄事件，让自己明白联邦官场的黑暗，而最近的军妓事件，更是让自己看到了联邦的腐败。

这黑暗和腐败不单单是一两个人，而是一大片一大片，几乎包括了整个联邦的官员。

而最让唐龙不了解的是，南方三个星系已经叛变，银鹰帝国这个联邦的死敌更是虎视眈眈，这个消息几乎有耳朵、有眼睛的人都知道，可是为什么感受不到联邦笼罩在战争的阴影中呢？

不要说政府和军队没有出现紧张气氛，单单看这漫兰星上尽情购物的人群，就可以知道民间根本没有把战争当成一回事。

也许是联邦太大了，让大家以为战争是边境的事吧。

唐龙摇了摇脑袋，想这些事还真是伤脑筋，自己不是搞政治的料，反正能够保护身边的人就行了。

想到这儿，唐龙突然想起了许久未见的机器人教官："啊，对了，自己已经是上尉了，再努力一阵升上一级，就可以去见机器人教官，让他们先向自己敬礼了。不知道他们过得还好吗？嗯，记得他们的身体好多地方生了锈，到时买几瓶除锈液给他们当礼物吧。"

胡思乱想着的唐龙开始慢慢地往回走，因为他估计现在也差不多是时候走回集合地点了。

唐龙来到集合地点，十几辆花都酒店的旅游车已经在等候，而自己那些部下也非常准时地集合在那里。当然，四周免不了围了一大帮充满好奇心的人在探头探脑地观望。

唐龙原本为自己的部下拥有如此强的纪律性而得意洋洋，但看到部下们的样子后，发现不对劲了。

士兵们虽然排成队列，但是她们脸上都露出了担忧的神态，而尤娜等军官则围成一团，焦虑地说些什么。

唐龙还没有来得及询问，发现唐龙的尤娜等人已经一窝蜂地围上来，七嘴八舌地说了起来。唐龙被吵得头昏脑胀，没听出她们在说些什么，只好叫在自己印象中比较冷静的莎丽来说明。

原本一脸慌张的尤娜看到唐龙让莎丽来说明，眼中瞬时出现了失落的神色，因为她知道，自己在长官心中根本不是连队的大姐。其实也不能怪长官，自己除了年龄，根本没有什么可以当大姐的资格啊。

想到这儿，尤娜心中不由得自卑起来，也没心思去听莎丽是怎么回答的。

听到唐龙的问话，莎丽眼神中虽流露出担忧，但依然保持着冷酷的表情，立刻说道："长官，李丽纹那一组八人，至今没有一个人回来。"

"什么?!"唐龙大吃一惊，原本自己就有点担忧这些没有接触过社会的女子，会不会出现什么麻烦，现在果然来了。

唐龙不相信她们会沉迷于购物而忘了集合时间，这些女兵其他方面可能比不上正规军人，但纪律性却不比正规军人差。

现在她们不是迷路了，就是出现了什么问题，但她们有嘴巴、有旅游手册，根本不可能迷路，所以只能是出现什么问题了。

唐龙一边说："联络不上吗?"一边按动 W 型墨镜的按钮，准备接通李丽纹的电话。在离开花都酒店的时候，唐龙跟花都酒店要了一大批的通讯器发给部下。

莎丽看了一眼在身旁弯着腰、不断擦着冷汗的花都旅游车的车长，摇摇头对唐龙说道："联络不上，关机了。"

发现无法接通通讯的唐龙气急败坏地骂道："妈的！我怎么会贪方便，让她们使用酒店提供的通讯器呢，早知道这样的话，我就每人装备一个定位仪！"

唐龙很后悔，当时自己是想到每个人都有隐私，没有人愿意被人时刻掌握自己的位置，所以才没有这么做。现在想来，要是当时给自己的部下装备了定位仪，现在只要一按 W 型墨镜的按钮，就能立刻知道她们的位置了。

那个车长有点忐忑不安地上前一步说道："先生，也许她们是有什么事，慢了一点而已，我们多等一阵她们就会回来了。"

唐龙根本没有理会这个车长，如果是其他人，自己还没有这么担心，毕竟自己的部下虽然没有社会常识，但对人心的邪恶却有充分的了解。可是李丽纹那一组人，全都是没有受过毒害的少女，虽然她们知道自己要面临的命运，但由于姐妹们对这些纯洁的少女保护有加，从不对她们讲起那些黑暗的事，使得这些小姑娘脑中还是雪白的一片。

虽说上次李丽纹差点被强暴，但看她后来的表现，好像已经忘了那事。虽然要为此而祝福她，不过这也更令人担心，谁知道她再次遇到相同遭遇时，会不会回忆起往事，从而使她人格分裂呢？

"知道她们走的路线吗？"唐龙问道。

女兵们都摇摇头，原本一直没有吭声的尤娜发现唐龙是看着自己说这话的，不由得有点慌张，她非常自责地说道："对不起，长官，我们事先没有互通声讯，所以完全不知道她们走的是什么旅游路线。"说完就负罪般地低下了头。

唐龙虽然觉得尤娜样子怪怪的，但也没有多想，直接命令道："尤娜、莎丽跟我去警局，其他人回酒店等待！"

一直站在旁边的车长听到这话大吃一惊，刚才自己的慌张和

反人类行动

担忧的神色，都是装出来的，本来就是嘛，迟到一点有必要搞得那么紧张吗？要不是客人至上，看到这些客人都这么紧张，自己才不会紧张一分呢。现在听到唐龙居然要去警局，不禁感觉这帮人真是小题大做了。

他忙上前开口说道："先生，您的伙伴现在还不能确定出了什么事，说不定只是迟到，不用搞得那么……"他话还没说完，就被唐龙打断了。

"闭嘴！我的部下是不会迟到的！她们在集合时间过了还没有回来，一定是出了什么事！你的任务就是把我这些部下送回酒店，要是途中出了什么事，老子枪毙了你！"唐龙恶狠狠地说。

虽然看不到唐龙的模样，但唐龙那阴冷的语气，让车长只觉得脖子后面凉飕飕的。他心中不断地翻腾着：部下?! 枪毙?! 妈呀，敢情这个少年是个军官啊，怪不得情报司长也要向他鞠躬赔罪呢。

对于情报司长向唐龙鞠躬赔罪的事，早在事发没多久就传遍了整个酒店，只要有点头脑的人都知道，那个戴着 W 型墨镜的年轻人不是个普通人物，要不是觉得这个年轻人太小题大做，车长也不会上来说那些话的。

唐龙不理会车长在那儿点头哈腰地保证不会出问题，他挥手让女兵们上车后，带着尤娜和莎丽拦住一辆计程车，往最近的警察局开去。

唐龙是一个健康并且审美观正确的男人，当然知道自己的部下在男人眼中是个怎样出色的美女。他不是不解风情，只是把手下这些美女，当成跟自己手足一样重要的人。

相信正常人是不会对自己的手足产生爱恋的感觉的，也因为这样，唐龙才能如此自在地在花丛中过活。

不过，正常人虽然不会爱恋自己的手足，但却一定会保护手足不受伤害。唐龙就是基于这样的心情，扑向警察局。

　　他并不害怕那些花言巧语的感情骗子，可是，他却害怕那些使用暴力的流氓，如果落入他们手中，恐怕自己的手足已经受到伤害了。

　　唐龙暗暗咬牙，不出事还好，要是真的有人伤害了自己的手足，自己一定会把他们挫骨扬灰！

第六章 并吞黑帮

看到前面大楼门口的警察标志，车才刚停稳，唐龙就猛地打开车门跳了下来。不过本来想往前冲的唐龙，突然停下，并回过头掏出军人卡递给司机。

虽然司机有点奇怪这个带着两个美女、戴着一副奇怪墨镜的小子居然是军人，但他也不迟疑，接过军人卡在刷卡机上一刷，说声"谢谢惠顾"，就把卡扔回给唐龙。

已经掏出军人卡的莎丽，看到这一幕后就悄悄地收回卡，并暗自叹了一口气，摇摇头想到：长官真是把我们照顾得太细致了，真感觉不出他是一个比自己小上好几岁的少年。

而一路上偷偷打量着莎丽的尤娜，当然看到莎丽掏军人卡的动作，在醒悟莎丽是要掏军人卡付车费后，原本就开始自卑的她更加自卑了。"为什么我没注意到这些？为什么莎丽却能注意到？"尤娜在心中呐喊着。

唐龙没有留意自己的两个部下，他接过军人卡后就往警察局跑去。当然，尤娜和莎丽忙收拾心情紧跟其后。

偌大一个警察局只有三个警察，其他地方都是空荡荡的。

唐龙没有思索这里的警察都去哪儿了，他对一个离自己最近的警察喊道："警察先生，麻烦你，我要报案！"

那三个围坐在一起抽着香烟、喝着茶聊天的警察，好像没有听到唐龙说的话一样，看都没看唐龙一眼，继续聊他们的天。

"喂，警官，我要报案!"唐龙强忍怒火，再次喊了一句。当然，谁都能听出唐龙这话里带着不满的情绪。

一个年轻的警察转身瞪了唐龙一眼，刚想开口说什么，却突然变了脸，换上一副笑容走了过来。

"嗨，两位美丽的小姐，有什么可以为您效劳的吗?"这个警察笑盈盈地对站在唐龙身后的尤娜和莎丽说道。

尤娜和莎丽当然是不吭声。

唐龙则趁机掏出记录了李丽纹等几个女子的资料的立体相片，一边打开一边说道："警官，我这几个同伴失踪了。"

原本对唐龙挡住自己欣赏美女很不满的警官，看到立体相片上的几个美女，不由得露出惊艳的表情。

他目不转睛地看着相片，吞了吞口水，随意地对唐龙说道："失踪? 没问题，我们警察一定会帮你们找到的。"

唐龙看到这个警察虽然眼睛老是在尤娜、莎丽身上上下扫描，但看他并没有拖拉地拿出电子笔记本，准备做记录，刚才那点怒意也就消失了。

这个警察刚问了一句"什么时候知道她们失踪的"，后面一个警察就拍了拍他的肩膀，接着使了个眼神，拉着他离开几步，交头接耳地嘀咕了几句。看他们又是摇头又是点头的，不知道在说些什么。

那个准备做记录的警察在和同僚说过悄悄话后，原来的笑脸消失了，换上了一副刚正不阿的表情，回到唐龙面前，依照惯例问了起来。

等听到唐龙说失踪还没到两个小时时，他气愤地合上笔记本，大声骂道："无理取闹! 失踪时间没有超过二十四小时不要

反人类行动

来报案！难道你不知道我们警察的工作非常繁忙吗？"说完转身回到同僚那里，不再理会唐龙。

唐龙听到警察的话，不由得呆了一呆，他当然知道失踪时间没有超过二十四小时不能立案失踪，自己是心急一时忘记了，看来自己要借助警察的帮助是没有指望了。

但是唐龙却有点奇怪，原本色迷迷看着尤娜、莎丽的那个警察，到底听他的同僚说了些什么呢，居然一下子就改变了态度。

当然，唐龙这个疑问是不可能通过那些警察来解答的，而且他也没那个时间。匆忙带着尤娜、莎丽离开警察局的唐龙，没有看到那几个警察看着尤娜、莎丽背影的淫亵目光，也没有听到他们在说的话。

那个做笔记的警察依依不舍地收回目光，咂咂嘴说道："妈的，那小子不知道是干什么的，不但身旁的两个女子非常出色，就连那失踪的几个女子也是那么漂亮。"

这时那个和他交头接耳的警察插嘴说道："既然看中了，为什么刚才不让我找个借口把他们关起来？"

做笔记的警察摇摇头说道："刚才我不是跟你说了吗？现在是非常时期，我们还是不要过于猖狂，免得闹出事情，而且你又不是不知道，凡是在漫兰星失踪的女子，不管被谁绑去了，最后都会落到蝶舞会手里，到时候还怕我们没机会享受吗？"

第二个警察好像很是失落地叹了口气，说道："唉，刚才那两个美女，越看越让我烧心，恨不得立刻弄来享受一番。"

"嘿嘿，心急的话，你可以去告诉蝶舞会发现两个好货色啊，这样你不但能够获得一笔钱，还能够拔得头筹呢。"另外一个一直没吭声的警察听到他的话，邪恶地笑道。

第二个警察忙摇着手慌张地说道："别，这种抢生意的事不能干，她们肯定被人盯上了，我要是去告密的话，说不定会得罪那个黑帮呢。得罪黑帮还是小事，要是被我老婆知道了，那我就倒大霉了。"

于是在大笑声中，这些邪恶的警察转移了话题。

心情烦躁，但又不知道怎么办才好的唐龙，闷声闷气地拦了一辆计程车，开往花都酒店。

唐龙现在第一次感觉到自己非常没用，因为自己完全没有办法找到李丽纹她们。

找警察，失踪时间没有超过二十四小时是不会受理的；找黑道，自己根本不认识黑道的人。去街上寻找，别说不知道李丽纹她们去了哪里，就算知道，人海茫茫又如何寻找呢？

要是把人发散出去找，又怕多赔几个进去。

至于身边的尤娜和莎丽，问她们怎么办，她们也说不出个所以然，看来只有回去找所有部下商讨一下，看看这么多人能不能想个办法出来了。

唐龙不知道，有人已经在这个时候，把目光盯上他身旁的两个美女了。

在他们上车的时候，一辆普通的轿车悄悄地跟在后面，车内坐着三个男人，是三个流里流气的男人。

前面开车的那个男子，对后面抽着香烟的男子说道："老大，那两个好货色能够卖多少钱？"

后面那个老大还没有回答，他身旁的男子就插嘴说道："凭她们的姿色，没有一百万也有五十万啊。"

"等有了钱，我一定要换部好车！"开车的男子刚说出这话，就跟身旁的同伴一样，被老大狠狠地敲了一下后脑勺。

咬着香烟的老大怒骂道："没出息的混蛋！就知道卖钱，不说把那两个货色留着开间小店，就算不开店，也可以勒索她们亲

人啊，这两样哪样不超过一百万？"

坐在助手席的男子有点担忧地说道："老大，你忘了？道上有规矩，不可以在漫兰星上勒索，而且还指定绑架只能绑没有跟团的游客，并且不可以对本地人和旅游团的人动手，说什么不能扰乱旅游行业啊。"

老大再次敲了一下他的脑袋，狠声说道："妈的！还用你来教，我会不知道？我们跟踪他们就是要打探一下情报，看清楚了才动手！"

两人正在说话时，车子突然停住，老大还没开骂，开车的汉子已经回头说道："老大，她们是花都酒店的客人啊！"

老大探头一看，果然，目标进入了花都酒店，他不由得"呸"了一声，无奈地说道："妈的，情报司长的地头，浪费我们时间，走！"

他的兄弟也知道情报司长是个什么货色，二话不说，掉头就走。

唐龙低着头急匆匆地往花都酒店的大门跑，刚好这时，侍者打开手动式的大门让里面的客人出来，这一进一出，两个人当然是相撞啦。

唐龙只是身子一晃就站稳了，而对方则摔了个四脚朝天。

唐龙当然是立刻上前，在侍者的帮助下扶起这个人，"对不起"这句话才刚出口，唐龙就惊讶地喊道："是你！"

被唐龙撞倒的，正是那个检查唐龙军人证的情报司长。

原本忐忑不安的侍者发现这个揉着腰骨的司长大人不但没有破口大骂，反而很随意地"哎呀"几声，并且在那个戴墨镜的小子说出"对不起"的时候，司长大人居然含笑说"没关系"。

这是传闻中哪个人让他看不顺眼，哪个人就会神秘失踪的情报司长吗？

等听到唐龙说"是你"的时候，侍者才想起不久前的那个流言，原来这个戴墨镜的小子，就是那个让情报司长鞠躬道歉的大人物啊！

不过奇怪啊，情报司长不是老早就在门口转来转去吗？按理，他应该早就看到门外的这个少年啦，而且就算想迎接那个少年，也应该站在门口迎接啊，为什么还故意朝他撞去呢？

侍者虽然不理解，但也不敢多猜，忙扶起司长，替他拍拍毫无灰尘的衣服，就像个木头人似的回到了自己的岗位。

"真对不起，不小心撞到您了。"情报司长满脸歉意地对唐龙说道。

唐龙此时没有思考为什么情报司长会反过来道歉，明明是自己撞到他嘛。唐龙在看到情报司长的时候，感觉到自己头上出现了一个发亮的灯泡，他焦急地对情报司长说道："你是情报司的长官，对吧？"

情报司长含笑说道："是的，唐龙先生，我是漫兰星情报司的司长曼德拉。我为上次的冒昧举动，再次向您道歉。"

唐龙忙摇着手说道："不用道歉，不用道歉，曼德拉先生，我有件事想要拜托您。"

曼德拉笑着说道："请尽管开口，只要我能帮到您的。"

一旁的尤娜呆呆看着两个人非常有礼貌地说着话，而莎丽看到尤娜一脸欲言又止的样子，忙上前一步，在尤娜耳边悄悄说道："长官想借助情报司的力量。"

原本还不知道唐龙干吗要在这里磨蹭时间的尤娜，听到这话猛地一震，她知道自己又处于下风了。为什么自己连这些常识都想不到呢？难道自己真的不是一个当大姐的料子？

"我们去那边谈吧。"唐龙看看自己堵在大门口，忙指着大堂

角落摆放沙发的地方说道。见曼德拉点了点头，他回头对尤娜说道："尤娜，你是大姐，先上去安慰一下姐妹们，莎丽陪我。"

原本心情已经沉到深渊的尤娜闻听此言立刻一振，她心中想道：我是大姐，我是大姐，没错！我是大姐，我不能就这样输给人家，我不能就这样放弃，我一定要努力，一定要成为合格的大姐！不单单为了我自己，也为了不丢长官的脸面！尤娜抬头挺胸，啪的敬了个礼，昂首阔步地走向电梯。

唐龙一直没有留意自己身边的人，所有没有什么感觉。

莎丽看到一直有点消沉的尤娜，突然产生这么巨大的变化，冰冷的脸上不由得露出了一丝笑容。

她知道大姐在担心什么，现在看到大姐终于奋发起来，总算可以稍微松口气了。

唐龙和曼德拉面对面地坐下，而莎丽则站在唐龙背后，唐龙也没有心情在意这些，一坐定就开口说道："我有几个部下在刚才出去购物的时候，失踪了。"

曼德拉当然知道怎么回事，但他依然一脸惊讶地失声喊道："失踪了？怎么可能呢？"

原本看到司长大人在这里，端着饮料过来准备拍马屁的侍者，被曼德拉的声音吓了一跳，饮料差点打翻。当然杯子立刻被莎丽接过，这个拍马屁的侍者也被曼德拉瞪了一眼，挥挥手打发走了。

唐龙在那侍者离开后说道："我的部下是非常有时间观念的军人，不可能迟到的。"

唐龙怕这个情报司长和警察一样，死守什么二十四小时，所以忙开口解释。

曼德拉点点头："您的意思是说，她们可能出意外了？"

"是的，我去找过警察局，他们说要过了二十四小时才接受报案。"唐龙叹了口气。

曼德拉露出鄙视的目光说道："唐龙先生，您是外面的人可能不知道，但我们这些本地人却都知道，警察是不能相信的。就算他们接受了您的报案，到猴年马月也不可能结案的，因为他们和黑帮是穿同一条裤子的人！"

"穿同一条裤子？怎么可能？"唐龙吃惊地说。不过很快唐龙就释然了，因为政府军队都这么腐败，警察部门也不可能好到哪里去啦。

想到这儿，唐龙突然用狐疑的眼光看着曼德拉。

曼德拉知道唐龙为什么会用这样的眼神看着自己，还不是怀疑自己会不会也和警察一样腐败。

曼德拉当然不会说实话，他笑了一下，说道："请放心，唐龙先生，我们情报司是负责收集情报的部门，接触不到什么利益丰厚的行业，所以我们是不会像警察部门那样的。老实跟您说吧，漫兰星这个旅游之都，每年失踪的外地人达到数十万人。"

"什么？不会吧？失踪了这么多人，为什么没见电视报道过？"唐龙狐疑地问。

不光是唐龙，连一直没什么表情的莎丽也露出了不相信的神情，就是啊，一年失踪数十万人，这个地方还有人来吗？

曼德拉苦笑了一下："这里每年的流动人口数十亿，数十万人失踪比例太小了。而且这些失踪的人都是单身或者没有参加旅游团的游客，他们的家人根本不知道他们在这个地方失踪了。"

"咦？如果他们在这里失踪的话，他们的家人不可能不知道吧？"唐龙不解地问。

曼德拉摇摇头："唉，那是因为有人替这些失踪的人做了离境证明，这样一来，有谁会怀疑他们是在漫兰星失踪的呢？"

"什么？离境证明？这么说……"唐龙失声喊道。

"是的，这个星球的政府参与了这件事。"曼德拉点点头。

唐龙气愤地说道："他们为了保护这个星球的声誉，居然做出这样的事？"

"不单是为了保护星球的声誉，而且也是为了他们自己的私人利益。"曼德拉应道。

"私人利益？政府官员参与经营这个星球的商业吗？"

"不是这种利益，而是贩卖人口和色情行业的利益。"曼德拉沉痛地说。

唐龙无语了，他是被曼德拉的话震住了。

"贩卖人口？色情行业？"

唐龙刚不自觉地重复这话，曼德拉就说道："经过秘密调查，失踪的数十万人口中，女性占了百分之九十，而剩下的百分之十，不是这些女性的爱人就是她们的孩子。这些女性除了死亡的，无一例外被贩卖到夜总会从事色情服务。"

"你是说，我的那些部下……"唐龙是用有点颤抖的声音说出这话的，他原本以为自己的部下是被那些贪图她们美色的匪徒掳掠了，却从没想到会被人卖去做妓女！

不但唐龙的语气出现颤抖，就是那个冷着脸的莎丽听到这话，身躯也开始颤抖起来，而她的拳头更是握得紧紧的。

曼德拉神色肃穆地点点头，说道："如果她们是被黑帮绑架的话，百分之百会被转卖给蝶舞会。"

"蝶舞会？"唐龙的语气突然变得阴冷起来。

"是的，蝶舞会是控制整个漫兰星大半夜总会的黑帮，手下控制的小姐超过百万，所有失踪的人几乎都是经过他们的手转到外面去的。"

"这么一个黑帮，为什么你们会容许它存在？"唐龙冷冷地说道。

不知道怎么搞的，曼德拉虽然看不到唐龙的眼睛，却感觉到那墨镜下，有一道非常冰冷的目光正看着自己。

他不自觉地打了个寒战，抖声说道："不是我们不想下手，一来，这不是我们情报部门管辖的；二来，他们和政府部门、警察部门、宪兵部门交好，势力掩盖整个漫兰星；三来，他们有军部的高级军官当靠山，根本没有人敢惹啊。"

曼德拉说完这些，心中不由得阴笑起来。

他知道自己这话已经把宪兵司给卖了，数万亿的年收入，自己这个司单独吃掉多好啊，何必分一半给那些穿长筒靴的家伙呢。

"啪啦！"一声，唐龙面前的玻璃杯被他一手捏碎了，莎丽慌张地上前来接过唐龙的手，整理好伤口后掏出手帕包扎起来。

唐龙没有在意这些，他突然用很平静的语气对曼德拉说道："请先生您帮我调查一下我的部下现在在什么地方，一有消息尽快通知我，麻烦您了。"说着起身向曼德拉弯腰鞠躬。

曼德拉慌忙站起来扶住唐龙的肩膀，说道："您太客气了，只要您发个话，就算拼了这条小命，我也会替您找出您部下的踪迹。请您放心，我们情报部门也不是吃素的，相信不久就能获得消息的。只要一有消息，我会第一时间通知您。"

"谢谢您，请您多多帮忙了。"这次不但是唐龙，连莎丽也跟着向曼德拉鞠躬道谢。

曼德拉和唐龙分手后，坐在轿车里恣意地抽了口烟，他的副官有点心急地问道："长官，怎么样？"

曼德拉吐口烟圈，笑了笑说道："其实灾星是个非常不错的长官，可惜因为那些传言，使得只有那个军妓连队肯跟着他。好了，知道那些被穿长筒靴的家伙藏起来的美女们在什么地方吗？"

副官点点头："已经知道了，是宪兵司谭副官控制的一个叫

狼帮的人下的手，他们把那些美女藏在他们的地下仓库了。"

"狼帮？就是依靠自己开的女性服装店，专用迷烟去绑单身女子的狼帮？"

"是的，就是那个狼帮，全帮上下才几十来人，不过他们那里弄到的都是美女，而且风险小，所以比其他小帮派富有，要不是有谭副官撑腰，早就给人家吞掉了。"副官一口气说道。

"狼帮有我们的人吗？"曼德拉继续问道。

"有一个，等行动结束后，他会向那些被我们解救的女子证明，狼帮是属于宪兵司的。"

"狼帮不会动那些美女吧？"

"不会，谭副官把唐龙的身份报了出来，他们立刻把那些女子当祖宗似的供养起来。"

"嗯，注意行动的时候要把这些人灭口，狼帮那个我们的人在作证后，让他假死，然后让他换一个身份再回来。"

曼德拉知道，要想让部下死心塌地，就不能随便牺牲部下。看到副官听到自己这话后的表情，曼德拉知道自己这样做是对的。

"我们的机动部队准备好了吗？"

"准备好了，全都是我们情报司秘密训练出来的武装部队。第一批五十人消灭小小的狼帮绰绰有余；第二批一万人已经在宪兵司各据点附近潜伏，随时可以占领宪兵司的据点；第三批是两百人的特级狙击手，专门负责对付宪兵司的高级长官。不过由于时间紧迫，有五十人是从我们的关系户那里调来的杀手。"

曼德拉点点头说道："嗯，事后拿笔丰厚的奖金给那五十人和他们的组织，并让那五十人到外面去玩上几年再回来。那宪兵司的兵力呢？"

"是。宪兵司兵分两路，一路是两万人，到时将装扮成黑帮分子，在唐龙动手后，歼灭蝶舞会兵力；一路是四万人，负责戒备警察部门。"

"让我们潜伏在宪兵司和警察司的人，在双方对峙时动手，竭尽全力削弱双方的势力。"

"是。不过长官，警察司会动吗？就算警察司想动，星球长也不会让他们动啊。"副官有点担忧地说。

曼德拉冷冷地一笑。

"哼，警察司和政府那帮猪猡，要是知道自己的金库被人撬了，绝对会扔下客人，跑去帮蝶舞会忙的。只要到时候记住，让我们情报司的人在演唱会上表现好点就行了。至于那些不是我们控制的，或者是摇摆不定的黑帮，要么借助唐龙的手，要么借宪兵司的手消灭掉，我们不要直接下手。"

"是。长官，您看是不是该开始了呢？"

"嗯，让蝶舞会的老六可以报告了。呵呵，先去找个地方休息一下，五个小时后，我再和我们可爱的灾星见面吧。"笑着点燃第二根香烟的曼德拉，嘴上的笑容显得十分狰狞。

反人类行动

第七章　外星入侵者

花都酒店某间 VIP 套房外，贴着墙根站着四个一动不动、戴着 W 型墨镜的彪形大汉。

明眼人看到这四个大汉，肯定会点头叫好：不愧是特级保镖。

为什么说他们是特级保镖？不说别的，单单从他们能数小时都一动不动地站着，就可以看出来啦。由此也可以猜出，他们身后房间内的人有多么重要。

这房间不愧是 VIP 客房，一进门就是一个超大的会客厅，客厅中央的地板上铺的是手工编织的地毯，地毯四周则摆着几张典雅的真皮沙发，沙发中央有一张雕龙刻凤的红木茶几。红木茶几上摆着精美的点心盒，还有一套漂亮的茶具。

和地面相隔五六米的会客厅顶上，吊着一盏巨大的水晶吊灯。客厅的边上则是一个古典样式的酒柜，数百瓶年份、种类、产地各不相同的美酒，就摆在那里。

这个客厅的布置让人好像回到了古代一样，像极了人类未进入太空时，上流社会使用的豪华家具摆设。当然，这些东西不可能是那个时代的，毕竟没有什么家具可以保留那么久。

不过，这些东西的价值却是非常可观，单单那块手工编织的地毯，就等于上百户工薪家庭一百年的总收入。而那些真皮沙发，在皮草动物几乎绝种，全部是人造皮草的年代，随便一张沙发就可以换来一艘巨型运输舰。现在可以知道，为什么花都酒店的VIP套房敢收那么贵的费用了吧。

客厅边上有几扇门，打开其中一扇门，里面是一间卧室。此时在这卧室内，一个身穿雪白色连衣长裙、拥有一头飘逸金发的女子，正对着墙壁上那面凝聚古代艺术结晶的大镜子，摆弄着各种姿势。

而这个女子旁边站着的那个身穿紧身黑色西服、身材修长的短发女子，则用赞叹的语气对那白衣女子说道："小姐，您这个自然纯真的模样，才是最好看的，相信看到您的人一定会被您迷住。"

这个金发女子就是星零，她转身瞥了一眼穿黑西装的雯娜，然后娇笑道："那当然啰，我一定能够迷住全宇宙的人。"

看到星零此刻的样子，雯娜不由得一下子呆住了。

星零看到雯娜被自己迷住了，不禁扑哧一声笑了起来。星零这一笑立刻让雯娜清醒过来，她晃晃脑袋，感觉自己心中在为星零担忧起来。

自己不是担忧其他什么，而是担忧娱乐圈的事。自己因负责娱乐公司的事务，接触了许多娱乐圈的人，娱乐圈的黑暗真能让人闻声色变。

小姐满怀美好心愿进入娱乐圈，可以想像她接触到那些黑幕时的失落。不过这样也许会让小姐又多一种不同的情感体验吧？反正只要注意小姐的安全，其他就不用怎么担心了。

想到这儿，雯娜把自己的担忧扔到了一边，小心地说道："小姐，听说酒店送了一张演唱会的门票给唐龙。"说完忐忑不安地看着星零，她怕星零不愿意把票送给唐龙。

反人类行动

正照着镜子的星零听到这话，身子一下子僵住了。

星零不知道自己为什么会有这样的反应，难道是因为想起了唐龙厌恶自己时的样子，担心他不会来看演唱会吗？

当然，星零立刻否认了这个念头，因为自己那时戴着墨镜，唐龙根本不知道自己是谁，怎么会不来看呢？

这么一想，星零也就恢复了正常。当然这些变化，在外人看来不过是一瞬间的功夫，不留意的话，根本察觉不出星零的心理变化。

星零用很平静的声音说道："哦？酒店是怎么搞到门票的？不是说大部分门票被两大企业内销了吗？还有，为什么要送给唐龙啊？"

雯娜听到这话，感觉自己的思维出现了跳动，如果自己拥有肉体的话，相信此时心脏已经加快了跳动。

不过，雯娜是不会说实话的，她含笑说道："因为两大企业在这里享受贵宾服务，所以送了几百张票给酒店以示感谢，而酒店就把这些票送给其他贵宾。相信他们把唐龙当成了贵宾吧。听说送给唐龙的那张票位置是最好的，是离舞台最近的一个位置呢。"

星零听到这话，强忍住满心的欢喜，绷着脸点点头说了声："哦。"

不过她很快就开始检测起这种情感，她发现这是由于自己虽然心里很高兴唐龙来欣赏自己的演唱会，但又要表现出自己不怎么在乎唐龙，所以才会产生这种情感。

星零不由得有点迷惑，为什么人类会有这样的情感呢？明明欢喜得不得了，却要做出满不在乎的样子。唉，真的搞不懂。

星零不知道自己已经进入了误区。她在借助唐龙体验情感方面，还是依照自己从爱情小说当中看到的情节，来设定自己遇到相同情形时，一定要表现出跟主人公一样的态度。

她错误地以为这样一来，自己就能够体验所有情感，进而让自己拥有完美的情感体验。

雯娜并不知道星零出现的问题，她只察觉到星零语气中表现出的欣喜，不由得暗暗得意，看来自己看过的那些肥皂剧还是挺管用的嘛。

没有办法，像自己这样感情贫乏的机器人，绝大部分的感情认知都得通过学习，而不是靠体验获得的。

"小姐，我们应该去看看会场布置得怎么样了。"雯娜看看时间差不多了，忙开口提醒。

星零挽着雯娜的手臂说道："好啊，看完会场布置，你要陪我去逛街哦。"

"逛街？"雯娜苦笑道，"小姐，您不用测试一下那些音响设施吗？再说您现在都不戴墨镜了，要是您去逛街的话，一定会被人堵住的！难道您忘了上次的教训？"

雯娜搞不懂小姐怎么那么喜欢逛街，在街上走来走去，从这个商店走到那个商店，有什么意思？要买东西的话，直接买回来就行了，何必东看西看浪费时间呢？

星零想到以前自己刚拥有人类的身体，就兴奋地跑出去逛街，结果被人围追堵截的情形，不禁心有余悸地吐吐舌头。

但她还是晃着雯娜的手臂，撒娇地说道："我们逛街的时候可以戴墨镜啊，这样就不会被人家堵住了。"

雯娜为难地说："可是小姐，演唱会还有好多事要我去办呢……"雯娜还没说完，就看到星零那楚楚可怜、异常失落的神情，她只好无奈地点点头，说道，"好啦，等把演唱会的事情搞好后，我陪您去逛街吧。"

"万岁！快！不要磨蹭了，我们马上去看演唱会的会场吧，

反人类行动

早点搞完就早点去逛街！"星零兴奋地一边喊，一边拖着雯娜往门外走。

　　雯娜苦笑着摇摇头，心想：不知道刚才是谁在镜子前待了几个小时？

　　万罗联邦边境骨龙云星系某处太空中，五艘某星球地方舰队的巡逻艇，正缓慢地游弋着。

　　排在中间的小队旗舰上，一个负责雷达监控的士兵看了一下毫无反应的雷达后，对身旁的伙伴叹道："唉，真不知道政府和军部在搞些什么名堂，居然被民众抗议了一下，就准备把所有的地方舰队撤掉。"

　　那个士兵点点头，不满地说："就是啊，说什么地方舰队假扮海盗袭击商船，我们想袭击那些商船还需要假扮海盗吗？就算有人假扮海盗，也不能一竹篙打翻一船人，把所有地方舰队都撤销啊！"

　　这时，坐在中央的舰长取下全息头盔，呼了口气，加入了部下的谈话："军部早就看中我们这些地方舰队的势力范围了，毕竟他们的势力范围固定在军事基地，哪像我们是行政星球啊。我敢肯定民众抗议的事，军部一定在背后推波助澜，说不定那些被警察抓住的假海盗，还是军部找来的人呢。"

　　第二个士兵一拳砸到控制台上，狠狠地骂道："那帮猪猡！整天叫嚷正规军正规军，可打海盗时却只说是地方军务，从不派正规军去征剿，到头来出生入死保一方平安的，还不是我们这些地方舰队！"

　　第一个士兵点点头感叹道："就是啊，他们那些所谓的正规军有什么用？上次还不是唐龙力挽狂澜，消灭了帝国的先头部队，要是靠那些正规军的话，现在骨龙云星系恐怕已经沦陷多时了。

"还有啊，看看上次的军妓事件，就可以知道那些正规军比海盗还下贱！妈的，我就不相信这么多星系，就骨龙云星系才有军妓，不然怎么一下子就给唐龙遇上了？"

舰长看着漆黑的星空叹道："唉，看看现在联邦都成什么样子了。海盗横行，南方有三个星系叛乱，政府和军队又异常腐败，而且现在社会上还搞出什么等级制。我女儿以高分考上了星系一级学校，可是我的密码等级只有 G 级，孩子不能进入 D 级以上才有资格入读的一级学校，只好在本地的学校念书了。就为了这个，我女儿难过得好几天没吃饭。"

第二个士兵点点头说道："我也遇到过这样的事，上次我好不容易存了一笔钱，准备带女朋友去高级酒店享受一下，谁知道酒店居然说我等级低，拒绝服务，搞得我女朋友跟我大吵一场，差点因此而分手了。"

舰长苦涩地说道："现在不但国家腐败，整个社会也变态了。原本拍我们马屁的那些地方官员，趁这次的海盗事件落井下石，处处为难我们。而军部更是离谱，不是开始吞并我们，就是让我们退役，把这些战舰转手卖给其他国家或者干脆卖给海盗。我想这次他们把我们分成小队派出来，绝对不安好心！"

负责雷达的那个士兵有点奇怪地说道："怎么不安好心？这附近没听说有海盗出没啊？"

第二个士兵插嘴说道："就是啊，这里是战争警戒区域，海盗不会跑到这里来找死吧？"

舰长摇摇头，说道："难道你们没有听到传闻吗？这里虽然没有发现海盗的踪迹，但是在这附近已经有五艘军舰失踪了。"

听到这话，负责雷达的士兵慌忙看了一眼雷达，看到没动静后，才紧张地向舰长问道："长官，到底是什么传闻？有军舰失

踪了？这附近除了几个垃圾星外，就是军事星和行政星了，可没有什么黑洞啊。"

舰长望着外面的星空说道："不久前军部还没有接收地方舰队，就开始派军舰在这附近巡逻了，可惜这些巡逻的舰艇却突然之间失去音讯，派人来调查也毫无结果，所以军部才会让我们来这里作诱饵，我们身后可是有上百艘军舰跟着的。"

"咦？我们身后有上百艘军舰跟着？怎么雷达看不到他们？"雷达兵敲敲雷达，不解地说。

"他们关掉了动力停泊在那里，所以你依照热能雷达是探测不到的。"舰长说道。

雷达兵一听忙把雷达转换成金属探测系统，立刻一阵哔哔的警报声响起，其他士兵被这声音吓了一跳，全都紧张地看着雷达兵。

雷达兵看到自己吓着大家了，不好意思地说道："没事，我想看看那些军舰在什么地方，所以启动了金属探测系统。呵呵，你们看，那帮家伙全跟在后面呢。"

大家看着接到屏幕上的雷达影像，看到屏幕的下方有近百个亮点，再想起舰长的话，也就松口气不去理会了。

当雷达兵正要把雷达系统转回热能探测的时候，舰长突然指着屏幕问道："我们舰艇四周的那些小亮点是什么？"

雷达兵抬头一看，发现自己这些巡逻艇四周有着许多微小的亮点，忙按动身前的键盘，看了一下计算出来的数据，然后笑道："那是一些小型金属陨石或者是金属垃圾，对我们舰队的防护罩不起作用，而且我们舰队向前移动的气流，会让它们散开的。"

舰长松了口气，说道："继续扫描四周，发现有什么可疑的情况立刻报告后面的军舰。记住，小心点，我们虽然是诱饵，但也不要让鱼给吃了。"

"是！"雷达兵忙应道，同时也把雷达系统转换为热能探测。

从宇宙的角度来观看，可以看到雷达兵说的那些围绕着巡逻艇的金属陨石。突然之间，陨石碎裂开来，从里面钻出一个个人形物体。在漆黑的宇宙中，可以看到这些人形物体都有着一双散发着红光的眼睛。

这些人形物体刚从陨石中出来，就立刻扑向近在咫尺的五艘巡逻艇。它们在接近巡逻艇防护罩的时候，手中一道光芒闪过，防护罩马上裂开一条缝。虽然防护罩很快合拢回去，但是这些人形物体已经贴在巡逻艇的舰身上了。

巡逻艇内的雷达在那些人形物体出现的时候，就开始哔哔哔地叫唤起来。雷达兵还没来得及反应过来，舰艇内的电脑已经疯狂地叫道："警报！警报！防护罩遭受不明物体攻击！"

舰长紧张地大喊道："怎么回事？"

雷达兵慌张地喊道："长官，那些陨石突然有热能反应，我们舰身外面有十个热能点！"

"到底是什么物体？"舰长看到屏幕上的十个小亮点，本能地认为没有什么危害，于是松了口气。

雷达兵按动一下按钮，让屏幕把那些亮点放大，这一放大，整个巡逻艇内的人都呆住了，因为那个亮点明显是人类的形状啊！

"不可能！人类的身体不可能有这么大的热能！"雷达兵慌张地大喊道。

与此同时，舰艇电脑再次警告道："舰身遭到攻击，即将损坏，舰内人员立刻穿上太空服！"

舰长临危不乱，一边穿着从头顶掉落下来的太空服，一边命令道："立刻将情报报告后方军舰！"

通讯兵忙碌了一番后，脸色青白地回应道："报告长官，我们四周被一层电波隔离，不能向外联络！"

舰长听到报告，立刻惶然地失声喊道："什么?!"但他很快反应过来，按住指挥台的通讯按钮，向全舰命令道："所有人员注意，准备格斗战！不用慌张，敌人只有十个，我们一定能够消灭对方的！"在喇叭传来各舱室士气大振的叫喊声后，舰长满意地点了点头。

他穿好太空服，掏出手枪，面对着舱门站好。

而那些通讯兵和雷达兵在发现自己的工作毫无用处后，也掏出手枪，依靠椅子的掩护，把枪口对准了舱门。

这时，指挥室的喇叭里传来了各舱室的声音："机舱室戒备！""水手室戒备！""通道走廊戒备……啊！"

喇叭里突然传出一声凄厉的惨叫，接着无数的枪声响起，还有一阵乱糟糟不知道喊些什么的大叫声。

过了好一阵子，喇叭里再也没有声音传出来了，舰长带着满头的冷汗，按动通讯按钮，说道："各舱室汇报情况。"

喇叭静悄悄的，没有任何反应，指挥室内的人不知道怎么搞的，突然感觉到一股冰冷的寒意充满了全身，身上的汗毛全都竖了起来。

舰长刚气急败坏地大喊道："各舱室……"就听到喀嚓咔嚓的声音从门外传来，指挥室内的人立刻把身体缩到椅子后面，而舰长也闭上嘴巴，躲到自己的指挥椅后面，用颤抖的枪口瞄准舱门。

舱门啪的一声打开了，一个身形巨大，身高两米多，全身闪闪发光，像是镶满钻石的人形物体走了进来。

不用舰长下命令，所有人员在这个人形物体走进来的时候，就立刻开枪，数十道激光飞快地朝这个人形物体射去，可惜激光一接触到这个人形物体的表面，不是弹射开去，就是倒射回来。

看到这一幕，舰长失声喊道："反射装甲！"

众所周知，激光在击向光滑反光的物体时会弹开，依照这个原理设计出来的装甲叫反射装甲。

不过很少将反射装甲制成人穿的盔甲，因为实在是太重太累赘了，据说穿这样的盔甲要花上一个多小时，并且很难走动。而且也不会把这种装甲装备到战舰上，这种装甲承受不了战舰主炮激光的热度，被高能主炮射中的话，还没来得及反射就熔化掉了。

由于这些问题，反射装甲都是装备到高级轿车上，但遭到爆炸性激光球的攻击时还是会损坏的。这也是为什么唐龙那辆高级轿车，遭到手提镭射炮的攻击后会立刻爆炸的缘故。

听到舰长的话，再看到自己的攻击毫无效果，大家都停止了射击。此时，那个穿着反射盔甲的人形物体很随意地把手抬起来，联邦军人脸色铁青地看到，这个敌人手中居然握着一把巨大的镭射炮！

舰长慌忙扔下手枪，高举着双手喊道："不要开炮，我们投降！"

士兵们互相望了望，再看看那个散发着寒光的镭射炮，只好无奈地扔掉手枪，高举双手站起来。

对方听到舰长的话，盔甲眼睛的部位突然发出一阵红色的光芒，他的手一紧，好像就要开枪。

舰长吓得大声喊道："不要！你如果开炮的话，这艘战舰会毁掉的！到时候大家会一起完蛋！"

说得也是，镭射炮在这儿开火的话，肯定会穿过身体，击中控制台的机器，一不小心整艘战舰都会爆炸。

那个穿着反射盔甲的人形物体可能也考虑到这些，放下了手

反人类行动

中的镭射炮，一个瓮声瓮气的声音从盔甲内传来："人类，我接受你们的投降。"

所有的联邦军人听到这话不由得一呆，人类？哪有人这样称呼自己同类的，难道他不是人？

舰长有点结巴地问道："你们是什么人？"

那个人眼中红光一亮，他好像准备要说什么，但又好像是在聆听什么，然后侧身站在门口。

这时，一个同样穿着反射盔甲、提着镭射炮，身形几乎和他一模一样的人走了进来。那个人先向他点了点头，然后和他面对面地侧身站在门边。

联邦军人一看这架势，就知道这些神秘人物的长官要进来了。

果然随着脚步声，那两个人把镭射炮斜挂在自己胸前，啪的一声敬礼。

就在他们敬礼的同时，一只穿着金属制造的长筒靴的脚，踏进了指挥室。

被那金属长筒靴吸引住目光的联邦军人，禁不住由下往上看，金属长筒靴上面是一条黑色帆布裤，接着是有着一个金色骷髅头的腰带，同时也看到了戴着长筒金属手套的手，再上面则是两排纽扣的黑色高领帆布衣服。

看到这衣服的第一个感觉，就是这衣服是军服，但却不知道是哪个国家的，因为这个人肩章上的军衔，是一个小小的白色骷髅图案。

印象中根本没有哪个国家用骷髅图案来做军衔的标志。

再往上看，有些士兵立刻脚软地瘫倒在地，因为这个人的脖子上，居然是一个金黄色的金属骷髅头！

本来舰长也被吓了一跳，但是他很快看出那是一个面具，或者说是个套住整个脑袋的骷髅头形状的头盔。

那些瘫在地上的士兵也看清楚了，忙不好意思地站起来。

这个戴着骷髅头盔的人向他的部下回了一个礼，径自来到控制台。他按动那长筒金属手套的一个按钮，只见数条直径几毫米的线头像活的物体一样，灵活地钻进了控制台的电子系统内。

舰长的直觉告诉他这个人在窃取军舰电脑内的资料，他此时正想着如何把神秘人物入侵的消息报告出去。虽然那个穿反射盔甲的人说的那句话，让他误以为这些人不是这个宇宙的，但他现在却不怎么相信这些人是外宇宙的人。他以为这些敌人是故意这么说，好让自己误会。

原本毫无动静的舰载电脑，在那个戴着骷髅头盔的人眼中发出一阵红光后，突然哔的叫了一声，并出声说道："向长官报到！"

听到这话，联邦军人愣愣地不知道怎么回事，但是那个戴骷髅头盔的人却点点头，一边收回那些线头，一边说道："接受你的报到。"

舰长马上反应过来，暗自骂道："妈的，军舰被他们接收了。"

这时，一个同样戴着金属骷髅头盔的人走进来，向原来那个人敬礼道："战舰破损处已经修复完毕。"

舰长愣了一下，怎么这个同样戴着金色骷髅头盔的人要向他敬礼？

不过看到后来的那个人肩上的军衔只是两条交叉的骷髅骨时，舰长禁不住恍然大悟地看看那两个身穿反射盔甲的人，可是在他们身上却找不到军衔标志，这又让舰长迷惑起来，他搞不懂这帮神秘人物的身份高低是怎么来辨认的。不过舰长知道，那个军衔是一个白色骷髅图案的人，是这伙人的头目。

反人类行动

这个头目向刚进来的人点点头，然后扭转头，好像自言自语地说道："回基地。"

他的那些部下没有回答，出声回答的是舰载电脑，只听电脑说道："遵命！请做好准备，即将进行空间跳跃！"

舰长又被吓了一跳，什么时候舰载电脑能够声控了？

以前要空间跳跃都是利用手动来控制的啊，难道刚才那个人输入了什么程序，把电脑功能更改了？

当舰长看到这些人完全没有坐上坐位戴好安全头盔的意思，禁不住焦急地喊道："这位长官，要空间跳跃了……"

那个头目回头看了舰长一眼，说道："我忘了你们人类承受不了空间跳跃，好吧，都回到坐位上去。"

听到这话，所有的联邦军人慌忙回到自己的坐位，系好安全带，戴上安全头盔。

在戴上头盔时，舰长透过屏幕，看到远处的四艘友舰发出空间跳跃时特有的光芒，不由得暗自叹息："看来他们也被挟持了，唉，我总算知道上次那五艘军舰是怎么不见的了。"

他还没来得及细想，就感觉到身子一麻，眼前一黑，看来空间跳跃开始了。

关掉动力炉静静等待鱼儿上钩的那上百艘联邦军舰的旗舰内，一个中校正跳脚大骂道："这帮乡巴佬，为什么关掉通讯？妈的，要是完不成任务，看我不扒了他们的皮！"

这时检测的雷达兵突然说道："长官！地方舰队同时进行空间跳跃！"

中校一愣："空间跳跃？任务还没有完成啊，他们敢违抗命令？"

他的副官想了一下，进言道："长官，你看会不会是鱼儿已经吃下诱饵了？"

中校闻听此言身子一震，立刻命令道："全体注意，全速朝目标移动！计算他们的跳跃方位！"

近百艘战舰立刻启动动力炉，开足马力朝地方舰队的地点驶去。当然，此时地方舰队已经跳跃了。

中校看到这些并没有慌张，为了这次任务，星系军部把优秀的雷达员都调拨了过来，相信很快就可以计算出他们跳跃的出口。

不一会儿，雷达兵报告道："已经计算出他们的出口位置，方位 S1 二三、X 四五、Z 四六八、Y 二三！"

"好！立刻输入电脑，全体准备空间跳跃！"中校心花怒放地命令道。

不过，杀气腾腾的近百艘军舰在目标点跳出来的时候，开动雷达的最大功率，却找不到一艘舰艇的影子。

不死心的中校命令雷达兵再次复算，可依然毫无结果，最后几乎把这一带反转过来，也没有发现什么，只好骂骂咧咧地回自己驻地去了。

舰长在听到舰载电脑说出跳跃完毕后，立刻摘下头盔，朝那几个神秘人物看去。发现这些人真的不用依靠安全头盔就进行了空间跳跃，不由得一呆。但是看到他们被反射盔甲包裹着，或是戴着金色骷髅头盔，他自以为是地认为，他们是依靠那些东西才能够安全地进行空间跳跃的。

感到释然的舰长一边向自己的部下靠拢，一边开始打量起四周来。

他猛然发现，这五艘舰艇正朝一个红色的星球驶去。

他知道自己这种舰艇的跳跃范围，从只跳跃了一次来看，说明没有离开这个星系，但是这个星系有红色的星球吗？

这时他的雷达兵靠上前来悄声说道："长官，我们没有走多远，屏幕上方的那个小星星就是骸可军事星。"

舰长看了一眼那豆粒般大的星星点了点头，而他的通讯兵也悄声说道："长官，刚才我闭着眼睛想悄悄地启动通讯器，却发现舰载电脑拒绝我的命令，整个电脑已经被他们控制住了，我们该怎么办？"

舰长早就知道舰载电脑被控制了，所以没有什么大惊小怪，他悄声说道："看他们的样子像是要回基地，等我们摸清情况后，再找机会通知军队来围剿吧。"

士兵们听到这话都点点头，好奇地看着屏幕上那越来越大的红色星球。

这些联邦军人没有注意到，在他们说悄悄话的时候，站在门口的两个穿着反射盔甲的人眼中红光大亮，端起镭射炮就要开火。

那个头目看到这些，眼中的红光突然闪烁了一下，那两个人就乖乖地放下了武器。

此时，战舰也已经慢慢地进入了红色星球的大气层。

第八章　红色垃圾星

被神秘人物俘虏的联邦军人呆呆地看着这个简陋的宇宙港，那个巡逻舰舰长发现自己舰上的士兵没有多大伤亡，大部分已经被俘虏了，于是暂时放下担忧的心情，打量起这个宇宙港来。

其实这不能算是宇宙港，只能说是一个停放着十几艘各式军舰的平地。

舰长依靠太空服的设施发现，这个星球没有水分，根本不能提供人类呼吸所需的空气，而且这里还十分燥热。四周全都是金光闪闪的景色，而天空却全是奇特的红色，远处还时不时有殷红色的岩浆喷射出来，整个环境像极了还未稳定的星球。

这些神秘人物到底是怎么在这里建立基地而不被军队发现的呢？

舰长看看四周，发现自己这个小分队的一千多人，被几十个穿着反射盔甲的人看守着，看到这一幕，心中不由得涌起一股悲哀的感觉。上千人居然被几十人俘虏了，这到底是什么世道啊？

舰长在感叹时，发现除了自己这艘旗舰上有两个穿帆布衣服的神秘人物外，其他舰艇上都只有一个穿帆布衣服的人。可以猜出这些穿帆布衣服的人是军官，而那些穿盔甲的则是士兵。

在舰长胡思乱想时，所有的人已经下了巡逻艇，而那些穿帆布衣服的军官正指挥盔甲士兵命令大家排队。

虽然大家都有点不情愿，但在镭射炮的威逼下，还是乖乖地在宇宙港的空地排好队列。

这时，数百辆漂浮车飞快地驶来。车停下后，每辆车上都跑下几十人，这些人身上居然全部穿着反射盔甲。

舰长看到这情景，更加肯定了自己的猜想：他们那种盔甲和骷髅头盔的功能，跟自己的太空服一样，依靠那些装备就可以在这个环境恶劣的星球上活动了。

近万个人一下车，就立刻把那五艘巡逻艇围得密密麻麻的，并飞快地忙碌起来。

看他们身后的一大堆工具，相信是要用来改造这些军舰。舰长可以肯定，远处那十几艘军舰中，肯定有上次失踪的五艘军舰，只是外形被改造了，看不出哪些才是。

在那些改造军舰的盔甲士兵下车后，排着队的联邦军人就被赶上了漂浮车。虽然每辆车内只有几个盔甲士兵押送，但由于身处在这陌生的地方，又面对着寒光闪闪的镭射炮，所以根本没有谁敢乱动。

此时，联邦军人只能祈求不被虐杀就万岁了。

当漂浮车快速地驶出宇宙港时，联邦军人突然被一阵耀眼的光芒弄得闭上了眼睛。好不容易适应后，他们惊讶地看到道路两旁，由穿着反射盔甲的人排成了一个整齐的队列，看到这长得望不到尽头的队列，让人不敢去想像到底有多少穿着反射盔甲的士兵。

联邦军人正在猜测这么多人一动不动站在路边干什么的时候，突然看到红色的天空中出现了一个巨大的火球。他们还没反应过来是怎么回事，就看到两艘飞船迎了上去。

不知道那两艘飞船干了些什么，那个火球下降的速度突然变慢了，接着就像被飞船牵引似的，慢慢降落下来。

当脱离大气层后，那个火球的火熄灭了，此时终于看清那个火球是个比那两艘飞船大上数百倍的黑色方形物体。

当舰长正在猜想那是什么东西的时候，他身旁的雷达兵突然惊讶地失声喊道："那是垃圾柜，这里是垃圾星啊！"

舰长听到这话心头猛地一震，因为他也看到了远处的金属山。没想到这些神秘人物居然在垃圾星上建立基地，难怪军队发现不了，这里全都是金属啊。

过了一会儿，漂浮车队慢慢地驶进了一个由各种奇形怪状的金属搭建而成的通道口，来到一个宽敞的大厅。

车子停住，联邦军人立刻被盔甲士兵赶下车。他们这数千人下车后，又被命令立刻排好队，而那六个穿着帆布衣服的人则排在队伍的最前头。

不一会儿，一个跟那个头目打扮一样，但军衔却是一个金色骷髅图案的人，突然从地下升起出现在众人面前。

一看到这个人，那六个穿帆布衣服的人立刻敬礼，而那个肩章是白色骷髅图案的人在敬礼后，上前一步说道："报告长官，第三小队圆满完成任务，俘虏五艘巡逻艇，一千三百四十五名人类，小队没有任何损失。"

那个戴着骷髅头盔的长官点点头，说道："辛苦了，所有兄弟晋升一级。"

这个长官的话音落下，一个身穿白色帆布服，同样戴着金色骷髅头盔的人，也突然从地下冒出来。六个穿黑色帆布衣服的人立刻按照职位高低，一个一个地走到这个白衣人面前。

那个穿白色帆布服的人只是在这些人肩膀上按一下，就没有其他动作了，但是眼尖的舰长却发现，那个肩上军衔只有一个白色骷髅图案的人，在白衣人移开手后，军衔变成了两个白色骷髅的图案。而那些军衔是两根交叉骨头图案的人，他们的军衔则变成了一个白色骷髅图案。

直到这一刻，舰长才总算明白了他们的军衔制度。敢情跟自己军队的军衔制度差不多，只是他们把星星图案换成了骷髅图案。

不过舰长又奇怪起来，因为那个穿白色帆布衣服的人，在替六个军官更换好军衔后就沉入了地板内。

不是说全都晋升一级吗？怎么那些穿反射盔甲的人不上前去更换军衔呢？难道他们的晋升只针对军官？

这时，那个金色骷髅军衔的人眼中突然冒出红光，他扫视了众人一眼后说道："F 二三四、F 二三五出列。"随着他的话语，两个盔甲士兵从队列中走了出来，来到这个长官面前敬礼后立正站好。

这个长官眼中的红光闪个不停，而那两个盔甲士兵眼中也不断地闪烁着红光，那感觉就好像在发电报似的。

舰长和其他联邦军人不知道他们在搞些什么鬼，但是看到在场所有穿帆布衣服的军官都把头转向那里，知道这一定是件很重要的事。

过了好一会儿，那个长官眼中的红光停止闪烁，他伸手拍拍两个高大士兵的肩膀，用很高兴的语气说道："欢迎你们成为我们的兄弟！"

他这话一说出来，那些军官也立刻跟着欢呼起来，并走上前去猛拍那两个士兵的肩膀，那两个士兵也很兴奋地拍着他们的肩膀。在这一刻，他们之间好像没有了军队等级的存在。

联邦军人呆呆地看着这一切，而细心的舰长却看着四周的那些盔甲士兵。他发现这些士兵对这件事完全没有反应，好像同伴被军官接纳了，和他们完全无关似的。

舰长对盔甲士兵们的态度非常不了解，而且对那个长官说的"欢迎成为我们的兄弟"这句话也感到迷惑。

那军官说这话的意思，好像是指这些盔甲士兵和军官不是一伙的，他们究竟是按照什么规定来挑选军官的呢？难道眼睛发出的红光能够闪个不停就可以了？

此时舰长看到那六个军官和两个盔甲士兵沉入了地底，不由得暗自吃了一惊。原本看到那个长官和那个白衣人从地底升上来，还以为地下有个特殊通道呢，但现在看到他们没有固定地点，非常随意地沉下去，这足以说明这个大厅有多古怪了，可能到处都是机关啊。

这时那个军官打断了舰长的思维，他对剩下的盔甲士兵说道："把他们押到集中营。"

盔甲士兵们没有说话，只是啪的一声敬了个礼。

舰长看到这一幕，又突发奇想起来：他们为什么不说"遵命"呢？如果说他们不会说话，可我却听过一个士兵说话啊，难道会说话的士兵就能够变为军官？想到这儿，舰长不由得摇摇头，为自己的想法感到好笑，哪有这样来选拔军官的啊。

突然，舰长意识到现在不是想这些事情的时候，自己到底是怎么啦？

当舰长正为自己即将面临不可预测的命运而感到苦恼的时候，大厅的金属墙壁突然裂开一个凹凸的巨大空间，盔甲士兵当然是立刻押着这些俘虏往那通道走去。进入这个空间后，金属墙壁马上又合拢了起来。

一千多个联邦军人和数十个神秘的盔甲士兵，就这样被完全包裹了起来。联邦军人立刻慌张起来，不过看到那些盔甲士兵也在这里，想到对方不可能连自己人也活埋了，他们也就稍微定下心来。

果然，过没多久，前面的金属墙壁裂了开来，联邦军人立刻被眼前看到的一幕震呆了。

联邦军人看到的是一个异常巨大、异常深远的地下洞穴。而这个洞穴内，正有几千个没有穿太空服，却穿着黑色帆布衣服的人，拿着工具在墙角忙碌着，看他们的样子好像在挖什么东西。

这些呆呆的联邦军人被盔甲士兵赶出金属房间，还没反应过来，那些盔甲士兵就回到金属房间，金属墙又合了回去，他们终于知道自己被关在这个洞穴里了。

清醒过来的联邦军人好奇地看着那些人，可那些人根本没有理会他们，全都在努力地干活。

联邦军人正想靠上前去的时候，突然发现一个很强壮的大汉，抱着一块黑黝黝的石头飞快地往这边跑来。

几个拿着丁字镐的男子则紧跟在后面拼命地追赶，一边跑一边冲那大汉大喊道："他妈的！快把矿物放下来！不然杀了你！"说着示威性地晃晃手中的丁字镐。

那个大汉狂笑道："有种的杀了我！到时候叫你们陪葬！别忘了这里的规矩是不能伤人的！"

听到大汉的话，那几个男子好像真的顾虑到那个规矩而不敢动手，只能一边追一边喊道："混蛋！我以联邦军少校身份命令你把石头放下！"

大汉再次狂笑道："去你妈的少校！在这里谁理你这个少校，老子就快出去吃香的喝辣的了，你这少校就在这儿挖一辈子的矿吧！"

听到这些对话，联邦军人都有点惊讶地看着那几个追赶而来的男子，他们当中居然有联邦军的少校？

大汉虽然抱着一块大石头，但是速度非常之快，很快他就来到联邦军人面前，一边大喊："让开！让开！不要挡住老子的去路!"一边猛地挤了过来。

联邦军人被这个大汉狰狞的样子吓了一跳，慌忙闪开一条路。

士兵们看到这个大汉跑到金属墙壁前，猛地停住，飞快地伸出手掌按在一块黑色的墙壁上。

在他手掌一接触到那块黑色墙壁时，墙壁马上裂开，露出了一个方形框体，然后他就小心把那块黑色石头放了进去。做完这些，那个大汉就一脸期待地看着那块黑色墙壁慢慢合上，而那几个追来的汉子则好像很失望地转身就走。

不过走在最前面的联邦军人，却发现这几个汉子脸上完全没有失望的表情，反而是带着一种古怪的笑容。

联邦军人还不知道怎么回事的时候，金属墙突然传来一个电脑合成的声音："编号一二四五号，原重量九千九百四十八斤，增加五十三斤，现重一万零一斤，达到目标。"

听到达到目标这句话，大汉兴奋地仰天长啸，接着一阵风地跑了。

不明所以的联邦军人呆呆地看着他跑入洞穴边上的一道金属门内，直到此时联邦军人才发现，整个洞穴四周有好几百个这样的金属门，而且边上还挂着牌匾。

好奇的联邦军人走上前去，发现牌匾上分别写着："营养室"、"休息室"、"工具室"、"冲洗室"、"更衣室"，而那个大汉跑进去的就是更衣室。

更让联邦军人好奇的是，那些挖矿的人听到大汉的长啸，都停下动作，表情古怪地看着大汉进去的那个更衣室。他们脸上的表情好像是由期待、恐惧、担忧等感情混合在一起的。到底是什么原因让他们露出这样的表情呢？

在联邦军人还没搞懂这个集中营是干什么的时候，那个大汉

已经出来了。联邦军人看到那个穿着太空服的大汉不由得吃了一惊，因为他的太空服居然是联邦军队的服装啊！没想到这个联邦军人居然敢违抗长官的命令！

此时那个大汉心情可能非常好，他看到联邦军人还呆在这里，不由笑道："喂，你们这些家伙，怎么还不换衣服去挖矿啊？"

舰长虽然隐约知道这是怎么回事，但还是上前问道："这位长官，不知道这个集中营到底是怎么回事？你说的挖矿是干什么的？"

那个大汉忙摇手说道："千万别叫长官，我只是一个准尉，这个集中营规定，只要挖到一万斤的黑色矿物，就可以出去啦。"

舰长听到这话愣了一下，不可能吧，那些神秘人物会把俘虏放走？不怕泄密吗？本来他是想把这疑问说出来的，但看到那些矿工突然很紧张地看着自己，不知道为什么，他觉得还是不说出来为妙。

他假装看太空服上的装置，以此来掩饰自己，然后他才取下头盔，说道："我是 XX 星地方舰队上尉舰长，不知道兄弟是哪个单位的？来这儿多久了？"

那个大汉获悉舰长的军衔后，忙敬礼说道："下官是骸可星巡逻舰队李力军准尉，向长官敬礼。"虽然动作恭敬，但他不等舰长说礼毕，就放下手臂说道："我还真倒霉，刚从士官学校毕业，就被调到前线来，而且第一次随舰队出去巡逻，就被那帮骷髅头抓到这里来做苦工。我在这儿足足待了一个月，现在终于完成目标可以出去了。"

听到这话，所有的联邦军人都吓了一跳，这个家伙是人吗？单凭一己之力，只花一个月的功夫就挖了一万斤的矿物？那岂不是一天要挖三百多斤！

不过看到李力军太空服下膨胀出来的结实肌肉，他们又有点释然，这个家伙简直是个肌肉男啊。

舰长有点不解地问道："这位李兄弟，你每天这样挖不累吗？为什么这里能够呼吸到空气？你们吃睡是怎么解决的？这里被关押的人都是联邦军人吗？"

李力军被舰长一连串的问话问懵了，好一会儿才开始一个一个问题地回答："这里关押的全都是我那个巡逻分队的军人。这里能够呼吸，是因为有个空气制造机。而吃睡的问题，你可以去那些营养室和休息室看看。除了要挖矿和不能出去外，这里的生活设施跟军队驻地差不多。"

舰长明白这里的人就是那一艘失踪军舰的成员，他还想仔细询问的时候，原先那道金属墙壁再次裂了开来。随着墙壁的裂开，一个头上套着金属骷髅头盔的军官，带着两个盔甲士兵走进了洞穴。

看到那个军官的肩膀，舰长的眉毛不由得跳了一跳，因为那个军官居然没有军衔！舰长他禁不住好奇地在心中猜测，这种没有军衔的军官是负责什么事务的？

那个拿着电子笔记本、无军衔的军官扫了一眼洞穴内的人，开口说道："谁是一二四五号？"

李力军慌忙跑上前去大喊道："我就是一二四五号！"

军官把电子笔记本伸到李力军面前，说道："检测身份。"在李力军把手掌按上笔记本后，军官点了点头说道："很好，你自由了。"说完转身进入那道金属墙壁裂缝内，而李力军也被两个盔甲士兵押着走了进去。

李力军走了两步，突然转身对那些新来的联邦军人喊道："你们记得要先去休息室注册身份，不然挖的矿等于白挖！还有，小心那个狗屁少校来抢矿！"话刚说完，金属裂缝就合了回去。

反人类行动

舰长等人在原地呆了一会儿，就垂头丧气地往休息室走去，看来他们是认命了。

能不认命吗？别说不知道怎么打开那金属裂缝出去，就算运气好跑出去了，也不是那些盔甲士兵的对手啊。

站在这个金属房间内的李力军，虽然外表安静极了，但他脑中却不断想着，出去后怎么带兵来剿灭这个地方，到时候自己一定可以升官的！

想到这儿，李力军忍不住地想笑，当然，笑意被他控制住了，但他的身躯却不可控制地颤抖起来。

此时那个军官可能察觉到李力军抖动的动作，开口说道："你担心我们假装说放你出去，其实是准备把你杀死吗？"

李力军听到这话，心中猛地一寒，他暗骂自己太乐观了，怎么没有想到他们会为了保密而把自己杀死呢？

这个庞大而又神秘的基地的一切，肯定是不容外人知道的，真是越想就越有这个可能，因为换上自己，也不可能让知道实情的人出去啊。

李力军现在才想起，刚才那些伙伴看自己的眼光中，为什么会有着看到死人时才有的目光，也了解到为什么他们都不努力干活，敢情他们也察觉到不对头，希望自己这个白痴做试验，看看是不是真的会被放走！

不过李力军担忧的心情，因那个军官接下来的话而变得安心起来，军官说道："放心，我们是不会像你们人类那样说话不算数的，我们说放你出去，就一定会放你出去。"

李力军忙嘿嘿一笑，说道："谢谢长官，不知道长官怎么送我出去呢？难道你们不怕……"李力军说到这儿，突然醒悟过来似的捂住嘴巴。因为他原本要说："不怕我把这里的秘密说出去吗？"可想到这不是逼人家杀自己吗，所以慌忙改口说道："我保证，我绝对不会说出去的！"

军官没有顺着李力军的话，而是不着边际地问道："你出去后第一件事准备干什么？回军队去吗？"

李力军下意识地说道："我出去后先找几个伙伴好好庆祝一下，然后去找长官。"

"找长官？找你长官干什么啊？"军官没有回头，依然随口问道。

李力军有点兴奋地说道："叫他介绍美女给我啊！听说他被调到全都是美女的连队呢！如果这是真的，到时候我要申请调到他的连队去！相信过了一个多月，长官肯定和那些美女混熟了，我要是去那里，肯定可以借点光、占点便宜。"

军官显然没有想到李力军会这样回答，他停顿了一下后继续问道："听你的口气，你这长官不是你的直属长官啊。"

李力军有点感叹地说道："以前是，不过在发生英雄事件后就不是了。那时他被关到尉官监狱，而我们则被关到了士官监狱。接着又发生了许多事，搞得当时一起的同伴都各奔东西，也不知道他们怎么想的，从士官学校毕业后都不想回到长官麾下，而我想回去却申请不到。"

那个军官很感兴趣地问道："哦，怎么他们不想回去，而你却想回去呢？"

李力军抬起头看着天花板说道："他们说长官冷血，居然连自己人都杀。我却觉得那帮家伙投降敌人就算了，却还反过来攻击我们，已经不能算是自己人，杀了就杀了嘛，有什么冷血的。

"不过我知道那不是他们的真心话，那只是他们用来和得罪了军部高官的长官划清界限的借口，所以毕业后他们被分到后方的各系当兵，而我则被分到前线来当兵。毕竟他们被上次的战斗吓怕了，恐怕以后都不敢上战场了，调到后方是最好的。"

那个军官歪着脑袋想了一下，说道："你说的那个英雄事件好像在哪儿听说过，而且你那长官的事也感觉很熟悉，你那长官叫什么名字？"

李力军笑道："相信你一定听说过我长官的名字，他就是唐龙。"

他笑完突然觉得很奇怪，本来自己应该憎恨这个神秘人物的啊，怎么自己和他有说有笑，好像朋友似的呢？

"唐龙！"军官的身子震了一下，接着用有点感慨的语气低声重复了一句，"唐龙……"

李力军奇怪地问道："长官，你认识我的长官吗？"

那个军官摇摇头说道："不认识，但是我听说过。呵呵，你那长官很厉害啊，他到了那个美女连队后，枪杀了数百个联邦军官，还让联邦军差点解散呢。"

李力军听到这话，眼睛瞪得大大的，不敢相信地喊道："什么？！枪杀了数百个军官？到底是怎么回事？长官，请你说详细点！"

那个军官点点头，把唐龙这段时间发生的事情告诉了李力军。听完后，李力军不由得呆了好一会儿，才感叹道："不愧是长官，枪杀了那么多军官，居然一点事都没有，而且还能够如此逍遥。嗯，去投靠他绝对是个聪明的选择！"

那个军官任由李力军自言自语，直到金属墙壁再次打开才说道："好了，再经过一道手续，你就真的自由了。"

李力军刚愣愣地问了一句："什么手续？"就觉得脑袋一沉，昏迷了过去。

而那个军官回头对被盔甲士兵抱住、已经昏迷的李力军说道："抱歉，不把你在这个星球的记忆消去，你是不能获得真正自由的。"说完挥了下手，盔甲士兵就抱着李力军走了出去。

不久之后在某星球酒店醒来的李力军，完全忘了自己怎么会跑到这里来，等他迷迷糊糊跑回部队报到后，就立刻被宪兵带走进行审查。

可惜不论使用什么仪器和手段，李力军就是说不出自己为什么没有在失踪舰队的成员名单内，而且经过精密的测谎仪探测，发现李力军根本没有撒谎。

最后无法向上头交代的宪兵，只好判定李力军喝醉酒，忘记了集合时间，从而躲过和同僚一起失踪的命运。

当然宪兵也就用这个缘由，把李力军关了一个多月的禁闭。

那个没有军衔的军官来到一个宽敞的摆满椅子、桌子的房间，这个房间已经有好几十个穿着黑色帆布军服、戴着金色骷髅头盔的军官了。他们看到没有军衔的军官进来，忙整齐地立正敬礼，齐声喊道："首领！"

没有军衔的军官挥挥手，让大家免礼后，伸手把金色骷髅头盔摘了下来，露出了一个油光滑亮、光秃秃的脑袋，这是一个正常男子的脑袋，但是这个脑袋上的眼睛，却是一对闪着绿色光芒的电子眼。

他在首位坐下后，那些军官也跟着坐下，并把金属骷髅头盔取下来。

如果现在有人看到这一幕的话，肯定会被吓破胆。因为这些头盔下面的模样，居然和头盔一样全都是骷髅头，看那闪着红光的电子眼，可以断定他们全都是机器人！

秃头首领起身鞠了一躬，充满歉意地说道："各位兄弟，我很抱歉，由于原料不足，使得 MMT 晶石产量异常的低，除了供给外勤的兄弟们外，又要全力装备战舰，所以暂时不能供给各位

反人类行动

兄弟。不过等战舰换装后，将马上拨给各位兄弟使用。"

那些机器人听到这话，慌忙站起来说道："首领不用介意，我们的一切都是您赐予的，这些小事根本不用放在心上。"

秃头首领点点头，说了句："谢谢大家体谅。"然后示意大家坐下。

在大家坐下后，坐在最前头的一个机器人站起来说道："二号向首领报告，本次会议参加人数为四十三人，外勤人员为七十九人。这段时间，我们兄弟总数增加到一百二十二人，一二一号和一二二号是刚成为我们兄弟的。"

话音刚落，坐在最后的两个机器人忙站起来，向秃头首领敬礼说道："首领好。"

在秃头首领向那两个机器人表示欢迎后，二号机器人对面的一个机器人起身说道："三号向首领报告，这段时间来新增加了十九艘军舰，其中十艘是在太空俘房的，九艘是从废弃的垃圾中获得的。

"现共有战舰四十五艘，其中三十艘已拨给外勤人员使用，剩余的正在改造中。兵工厂每天可生产盔甲战士五百名，现共拥有五万名盔甲战士，其中两万名盔甲战士拨给外勤兄弟。而由于制造喷射机器和MMT晶石的材料不足，机动战士已经停产，现有机动战士一千名，其中六百名机动战士拨给外勤兄弟。"

三号机器人坐下后，二号机器人旁边的机器人立刻站起来说道："四号向首领报告，万罗联邦即将进入内战时期，我们可以趁机发展势力，最后完成取代人类统治地位的崇高目标！下面是未来行动方案细节……"

在四号机器人花费了好长时间总算把方案讲完后，秃头首领站起来刚想说什么，哗哗的电子声就突然在这个房间响起，接着一个立体图像出现在房间的中央。

这是一个同样是戴着金属骷髅头盔的人，他先向秃头首领敬礼喊道："首领好！"接着就向其他机器人点头说道："各位兄弟好！"

而那些机器人也站起来敬礼说道："一号兄弟好！"

一号机器人回礼后向秃头首领说道："一号向首领报告，这段时间来，旗下的骷髅假面海盗团共打劫了一百二十四艘商船，劫获金额共一千三百亿联邦币，已经全部换成各种物资，不久就会以垃圾柜形态运回基地，请准备接收。"

秃头首领点点头没有说话，他知道一号兄弟是不会为了报告这些小事就突然与基地联络的。

果然，一号机器人接着说道："首领，不久前，我们接到一个以神风海盗团名义发出的通讯，说是召集联邦所有海盗聚会商讨联合事宜，并且表明会免费提供一定数量的军火，以及优惠购买军火的通道。您看这件事应该怎么处理？"

秃头首领想了一下，问道："这个神风海盗团的情况了解吗？"

一号机器人忙说道："是，了解一点。这个神风海盗团是在南方星系一带活动的海盗团，据说建团已经有几十年，和其他海盗团相比，算是老牌海盗了。从传闻来看，神风海盗团拥有各级战舰五百多艘，并且控制了一个行政星，还在一个巨大陨石上建立了基地。

"不过除了他们内部成员外，没有人知道哪个行政星被他们控制，也不知道那个陨石基地在何处。而他们整个组织的成员大概有五六十万人，在众多海盗团中实力是最雄厚的。"

秃头首领闻听此言，自言自语地嘀咕了一句："南方星系？"然后对四周的机器人问道："你们怎么看这件事？"

听到首领问话，机器人忙开始互相讨论起来：

"不用说，那个神风海盗想联合所有海盗肯定是有阴谋，不是想趁联邦内乱大肆掠夺一番，就是想攻城略地占地为王。"

"这更好，我们的计策不是借人类自己的手，搅乱人类社会吗？等他们乱糟糟的时候，我们乘机增加实力，等我们实力到了一定程度的时候，还怕那些人类吗？"

"就是！我们趁人类社会大乱的时候，抢占几个矿物资源丰富的星球，只要拥有一个这样的星球，依照我们兵工厂的能力，我们的军力绝对会成几何级地增长！"

"占领星球？不行！不要忘了我们是被人类所排挤的，只要人类知道我们的存在，一定会放下成见，齐心合力消灭我们。我们现在的实力根本不能和整个人类社会抗衡！"

"这倒不用担心，只要我们弄层人造皮肤披上，人类怎么知道我们是机器人呢？"

"假扮人类？不行，这样一来，怎么能看到人类在丧失统治地位后的表情呢？"

"这怎么会不行？我们假扮人类，可以不受阻挠地增加力量，直到我们拥有可以毁灭全人类的力量的时候，才披露真相。到时候那些人类就只能哭丧着脸了，因为他们根本反抗不了啊！"

"对！这个方法太棒了！我支持！"

秃头首领看到兄弟们讨论着讨论着居然偏离了话题，不由得敲敲桌子说道："好了，不要偏题，现在是讨论该不该参加神风海盗团提出的联合会议。"

听到首领敲桌子的声音，机器人全部停止讨论，等听到首领问该不该的时候，全都异口同声地说道："报告首领，我觉得应该参加。"

秃头首领点点头，对一号机器人说道："你回复神风海盗团，就说骷髅假面海盗团准备参加。到时候你来接我，我想亲自去一趟。"

一号机器人忙敬礼说道："遵命！"

第九章　官匪勾结

唐龙烦躁地在房间内走来走去，那富丽堂皇、精美异常、价值不菲的家具摆设，根本引不起他的兴趣。

唐龙这么烦躁，是因为他要等待，习惯想到就做的唐龙，对于等待是深恶痛绝的。可是为了自己的部下，唐龙只能在这里等待情报司的情报了。

在这房间内，除了走来走去的唐龙，还有尤娜等十来个女军官，她们或坐或站地围在四周，全都把目光望着唐龙。

唐龙接触到她们的目光，心中不由得一叹：自己的这些部下虽然忠心，但是对于这样的特殊情况，却根本拿不出什么好主意。

不过也难怪她们，毕竟她们没有遇到需要她们处理的事嘛，而且自己不也是没有任何办法，只能依靠情报司吗？

唐龙看到窗户外面的天色已经渐黑了，不由得开口说道："你们先回房去休息，等情报司有情报来再通知你们。"

那个爱尔希少尉立刻说道："长官，我们愿意在这里等！"其他女军官也纷纷表示要在这里等待情报。

不过尤娜中尉则对大家说道："我们还是听从长官的话，先去休息吧，相信等情报来了的时候，可能会需要我们出动，不把精神养好是不行的。"

女军官们和唐龙听到这话，有点奇怪地看着尤娜，因为这段时间来，尤娜根本没有发表过什么意见，怎么这次变了呢？

明白怎么回事的莎丽则微微点头，她明白大姐已经开始学着改变自己了。其实大姐最大的缺点，就是没有做大姐的觉悟，所以才会畏畏缩缩的。现在看来，不久之后，一个全新的大姐就会出现在众人面前。

爱尔希有点不解地问道："需要我们出动？怎么说？"

尤娜点点头说道："相信你们已经从长官口中知道，李丽纹等人很有可能是被黑帮掳掠去了。那个情报司长说过，在这个星球上，凡是被掳掠的女子都会落到蝶舞会手中，而情报司长也讲过，蝶舞会拥有非常强大的势力，官方势力很难和他们对峙，所以到时候需要解救李丽纹她们，就只能靠我们自己。"

女军官们当然清楚这些情况，毕竟刚才唐龙把和情报司长的对话重复了一遍，所以听到这话，大家都明白尤娜隐含的意思，也就是说到时候将会以武力解救自己的姐妹。

有点好战性格的爱尔希迫不及待地喊道："既然是蝶舞会干的，那我们还待在这里干什么？去找蝶舞会要人啊！"不过看到大家都呆呆地看着自己，她才想起什么似的拍拍脑袋嘀咕道："唉，忘了我们不知道蝶舞会的情况。"

唐龙点点头，开口说道："对，就因为我们对蝶舞会一无所知，所以才要等待情报司长的情报。现在我命令大家回去休息！"

唐龙说出"命令"那个词时，所有的人都站起来听令，等唐龙说完，她们全都敬礼喊了声："遵命！"然后有条不紊地离开这个房间。

爱尔希的房间内，做着俯卧撑的爱尔希看到同房的凌丽正仔

细地看着手中的笔记本，禁不住好奇地问道："凌丽，你在看什么？"

凌丽随口应道："我在看名单上有没有人在漫兰星。"

"名单？"已经起来用毛巾擦拭着汗水的爱尔希狐疑地重复了一下，但很快便醒悟过来，说道："你没有把那份名单毁掉吗？"

凌丽合上笔记，有点奇怪地问道："这么有用的东西，毁掉它干什么？"

"因为……"爱尔希说到这儿，突然改变话题，"怎么不找了？上面没有合适的人选吗？"

凌丽知道爱尔希为何会改变话题，因为这本子上记载的能让许多人身败名裂的秘密，都是姐妹们这么多年来利用肉体收集到的。

在和组织脱离关系后，许多资料不是被组织拿走，就是被姐妹们毁掉了，因为大家都不愿意再想起往事。而自己之所以会把它留下来，是因为这本子里面的东西太重要、太有利用价值了。

凌丽没有怎么解释，只是摇摇头说道："漫兰星是个旅游星球，那些人是不可能居住在这里的。"

爱尔希也不再追问刚才的问题，转而问道："你说我们要是和蝶舞会打起来，我们这些人怎么去打？我们可没有什么武器啊。"

凌丽想了一下说道："我想不太可能打起来吧？毕竟这里是旅游之都，打起来不好。恐怕是情报司出面帮忙，让蝶舞会放人。"

爱尔希撇撇嘴说道："要情报司出面？你又不是没有听到长官复述的话，那情报司非常顾忌蝶舞会的靠山啊，他们是不可能出面帮忙的。再说我们长官的脾气你还不清楚吗？他要是知道哪个黑帮把李丽纹她们抓走了，肯定会把那个黑帮灭掉。"

"你刚才都说了，我们没有武器，就算长官很厉害，但拿什么去和人家斗呢？再说就算有武器也不可能在这里开火啊，宪兵司和警察司是不会让我们扰乱这里的旅游产业的。"凌丽无奈地摇头说。

爱尔希听到这话，只能叹一口气，懊恼地说："这个旅游之都到底是怎么回事？每年都失踪那么多人居然没有人知道。还好意思称这里是最安全的星球，我说这里是最危险的星球才对！"

"这是因为他们这里是官匪一家，那些事全都被当官的压住了，而且他们事先都做过调查，不是说失踪的都是些单身或没有参加旅游团的女子吗？如果不是我们的人被绑了，我们还不是以为这个旅游之都是最安全的……"

凌丽说到这儿，猛然醒悟地说道："等等！李丽纹她们不是单身的！而且依照那些黑帮的惯例，他们不可能不调查清楚就绑架李丽纹她们，只要调查一下酒店的住房登记，就一定能知道我们的军人身份，这里面有问题！"

爱尔希吃惊地问："有问题？有什么问题？难道他们绑架是针对我们的？绑架我们的人对他们有什么好处？"

凌丽摇摇头说："不知道，但可以肯定不是为了美色这么简单的事，我总感觉这起李丽纹失踪事件，是一起被人操控的某个阴谋的开端。"

爱尔希搔搔脑袋说道："阴谋？被你这么一说，我是越来越糊涂了，我们又没有得罪什么人，而且才来这里没多久，怎么就因失踪事件变成某个阴谋的开端？"

"我也说不清楚，可是能体会到一种风雨飘摇的感觉。"凌丽开始细细思考起来。她对自己的第六感是非常信任的，虽然自己也说不清为何会有这样的感觉，但她能够断定，这起李丽纹失踪事件没有想像的那么简单。

爱尔希看到凌丽皱着眉头苦苦思量，不由得说道："不用想这么多，你不是时常说阴谋的产生，是因为有人希望借着阴谋获得利益吗？那么等看到谁获得最大的利益，谁就是发动阴谋的人了。"

凌丽听到这话，猛地一震，但是她又很快迷茫起来，因为自己根本想不出，谁要借着这次失踪事件获得利益呀。

唉，这个星球的情报资料不足，根本不能推断出什么结果啊。想到这些，她起身对开始练拳的爱尔希说道："我去酒店的电脑室查一下资料。"

爱尔希点点头说道："好的，等有情况我会去叫你。"

曼德拉舒服地伸个懒腰，起床了。

虽然没有调闹钟，而且还是日夜颠倒的睡觉，但睡了五个钟头就醒来了，曼德拉还是对自己的生物钟很满意。

曼德拉来到浴室开始梳洗起来，很快，一个神采奕奕的曼德拉就出现在镜子前。

看到自己的神色，曼德拉不由得点点头，因为他知道从这刻起，到接下来的几天内，自己都将不可能拥有睡眠的时间。虽然往后那段时间会有多辛劳，自己心知肚明，但和将要获得的利益相比，就算苦上十倍百倍，自己也是心甘情愿的。

当然，这也要事情成功才行。

想到这儿，曼德拉拨通了秘书的通讯，等待接通的时候，曼德拉不由得露出一丝古怪的笑容想道：长官可以事先休息，部下却不能，这就是等级的区别，难怪所有的人都不要命地往上爬。当然，事情结束后，是该让那个辛勤的秘书好好地睡觉了。

哔的一声，通讯接通了，秘书那非常熟悉的声音立刻传入曼德拉的耳中："长官好！"

曼德拉照着镜子，摸了下自己的下巴，说道："事情办得怎么样？"

秘书那有点迫不及待的声音再次传来："已经全部部署到位，就等长官您的命令了。"

"嗯，你不用过来接我了，你亲自带队执行第一步计划。等我从唐龙那里出来后，立刻执行第二步计划。"曼德拉一边整整自己的领带，一边说道。

"是，遵命！"

曼德拉当然听出来秘书声音中带着的兴奋，谁知道钞票就快堆满自己的屋子时，都会这么兴奋的。

曼德拉微笑着挂掉通讯，再次对着镜子整理了一下仪容，又自言自语地说了句："那么，该是和唐龙见面的时候了。"随后朝屋外走去。

那个黑社会头目老狼的地下巢穴的大厅内。端着酒杯的老狼，正苦恼地对身旁的手下说道："不知道怎么搞得，现在眼眉跳个不停，好像要发生什么事情似的。"

已经喝得有点头昏的手下，摇摇头笑道："老大，不要这么迷信嘛，而且眼眉跳好像是有财运哦。"

老狼狠狠地喝一口酒，骂道："财运个屁！宪兵司把那些祸水扔给我们，却连一点秘密都不说一下，妈的！我还以为他们会对蝶舞会动手，可以跟在后面弄点吃的呢，可现在你看看，根本就是风平浪静！"

那个手下安慰道："嘿，老大，不用心急嘛，明天两大企业举办的演唱会就要开幕了，宪兵司怎么也不会挑这个时机动手的。"

老狼叹了口气："唉，现在我也不在乎能不能扩大地盘了，

最重要的是怎么把那几个祸水送出去，要是唐龙得到风声寻上门来，我们就倒大霉了！"

"倒大霉？怎么会呢？唐龙找上门的话，我们就说是从蝶舞会手中救出来的，他不但不会杀我们，还会感激我们呢。"

"笨蛋！那也要唐龙相信啊！算了，去看看那些祖宗怎么样了，我们那些女人都是粗手粗脚的，叫她们花钱享受她们就会，要叫她们去照顾人……哼！"老狼说着站起来朝门口走去，四周喝酒的大汉也忙站起来走向门口。

走在最前面的一个大汉刚要开门，数道激光束穿门而入，射入这个大汉的身子，大汉连一声惨叫都没发出，就全身着火，成了焦炭。

"敌人！"

一声大喊，四周的大汉立刻寻找遮掩物，同时掏出激光枪朝门口射去。被几个大汉掩护着的老狼，不经意看到一道激光束居然穿透自己那特制的金属墙壁，射中躲在墙角的一个手下，而那个手下被击中的瞬间就变成了一具焦尸。

老狼看到这一幕，立刻吃惊地喊道："穿透性热能激光！"

见多识广的老狼知道，一般军队和黑帮使用的武器是冷能激光束，不能穿透特制金属板，也不能把人变成焦炭，被冷能激光束击中，身上最多就是有个弹孔。而这种能够穿透特制金属板，并且一旦击中，就能让人立刻变成焦炭的热能激光枪，据说只有解救人质的特殊部队才能装备的！

认识到这点，老狼立刻把自己一开始怀疑宪兵司杀人灭口的念头抛弃了，因为宪兵司和警察司都没有权力动用这样的部队，那么在这个星球上，只有情报司这个部门有这样的权力了。

可是奇怪啊，自己根本没有得罪情报司，他们为什么……糟了！他们是为了唐龙那些部下来的！

老狼想到这里，立刻大喊道："不要开枪！我们投降！"

他身旁的手下听到这话，愤怒地喊道："老大，为什么投降？他们杀了我们这么多兄弟，我们跟他们拼了！"

老狼这才注意到，只是想了那么一会儿，自己的手下就死了十几个。虽然心里异常的悲痛，但为了活下来的兄弟，他只有怒喝道："我们拿什么去拼？他们是解救人质的特殊部队啊！"

听到这话，老狼的手下都呆了，他们这些黑帮不怕警察，因为警察贪钱怕死；不怕宪兵，因为宪兵也是可以收买的。最怕的就是那种解救人质的特殊部队，因为根本不知道他们的身份，无从收买，而且他们一遇到抵抗就往死里打。

剩下七八个大汉，随着老狼的动作，扔掉枪，双手抱头蹲下，并大喊起来："不要开枪！我们投降！"

在老狼喊出投降的时候，透过墙壁射进来的激光束停止了。

而在老狼他们蹲下后，数个弯着腰斜端着枪，头戴着黑色全息头盔，身穿黑色特战服，脚套软底防电军靴的人，悄然无声地快速进来，并把枪顶在了老狼等人的脑门上。

被冰冷枪口压着低下脑袋的老狼，突然听到门外传来硬底皮鞋走动的声音，禁不住好奇地抬眼观看。因为特殊部队的人，是不可能穿能发出响声的硬底皮鞋的。

看到站在门口的那个身穿笔挺西装、模样斯文的年轻人的面目，老狼只是愣了一下，却并不感到特别吃惊。

那个人是情报司长的秘书，地位等同于宪兵司长的副官，他带队来解救人质很正常。

这个情报司长秘书扫视了众人一眼，还没有开口说话，一个特殊部队的士兵从门外跑进来向他敬了个礼，说道："报告长官，八名人质无一人伤亡，全部安全解救出来。解救时击毙十三名恐怖分子，特殊部队无人损伤。"

老狼听到那个士兵的话，就知道照顾那八个祸水的女人们全部被杀了。

一想到自己的老婆和女儿也在其中，老狼的心就像裂开了一样，整个人也像失去了灵魂一样呆在那里。

一个听到自己女人被杀的大汉猛地悲吼一声："小丽啊！我跟你们拼了！"不过他刚动了一下身子，就被身旁的士兵一枪击毙，变成了一具焦尸。

而另外一个正惊慌辩解着"我们不是恐怖分子"的大汉，也在刚喊出这话就被击毙了。

那个情报司长秘书，好像没看到眼前的悲惨一幕似的，他整理了一下自己的衣袖，很随意地说了句："全毙了。"

随着他的话语落下，数声扣动扳机的微弱声音立刻响起，剩下的几个大汉就这样变成了几具焦尸。

秘书皱皱眉头，用手在鼻子面前搧了几搧说道："味道真难闻，开始收拾现场。"那些士兵在立正敬礼后，立刻忙碌起来。

而转身出门的秘书，整理了一下领带，向身旁的一个士兵问道："我这领带摆正了吗？"

士兵看了一下秘书，点了点头。

秘书脸上露出了一丝笑容，拍拍士兵的肩膀笑道："走，让我们去吻醒美丽的白雪公主吧。"

爱尔希猛地撞开一间电脑室的房门，对正回过头来看着自己的凌丽说道："快，那个情报司长来了，快去长官那里。"

凌丽没有如爱尔希想像的那样听到这话跳起来急冲出门，反而指着立体电脑屏幕说道："你来看看这个。"

虽然爱尔希很心急，但是凌丽的话立刻引起了她的好奇心。

她走上前一看，看到的是满屏幕密密麻麻的数字，禁不住奇怪地问道:"这些数字有什么好看的?"

凌丽按了一下按钮,用光标指着一行数字说道:"这些是汇出账号,这是接受汇入的账号,难道你还没看出来吗?"

爱尔希这才看出这些数字是资金汇出的银行资料,她很奇怪地问道:"你找这些干吗?怎么这些账号全部都是汇入同一个账号的呢?"

凌丽操控鼠标,一边点击一边说道:"不是一个而是三个。唉,我在网上找资料,跑去银行找的时候,没想到居然发现有数万个账号,每个月都固定汇入一笔巨款进入这三个账号内。"

爱尔希不由得一呆:"我知道你的技术很高超,但没想到你居然能够入侵宇宙银行查找资料啊!"

听到爱尔希居然是为这个而惊讶,凌丽不由得一拍脑袋说道:"拜托!你难道没有想到其他事情吗?而且宇宙银行这种全宇宙性的银行,怎么可能这么简单就能闯入,我进去的这个是漫兰星银行。"

爱尔希依然不解地问道:"想到其他什么事啊?就算侵入的是漫兰星银行也很厉害啊,要是我的话,一万年也进不去呢。"

"谁叫你空闲的时候整天只顾着玩火炮啊。"凌丽无奈地摇摇头说道,"唉,还是直接告诉你吧,这三个账号分别是警察司、宪兵司、出入境管理司的官方账号,而那数万个账号,则是漫兰星的企业账号和私人账号。这样你应该知道怎么回事了吧?"说完瞪了爱尔希一眼。

爱尔希歪着脑袋想了一下,说道:"你是说,这个星球的黑帮分子每个月都汇钱给那三个部门,也就是说这三个部门和黑帮有密切的关系?"

凌丽点点头,严肃地说道:"对,整个星球的官方势力和黑帮势力是一伙的,单凭我们这些人,是不可能和整个星球作

对的!"

爱尔希虽然不太懂,但也感觉到事情严重了,她皱皱眉说道:"我们加上情报司应该没有问题吧……"她这话刚说出口,就立刻自己否定了,"情报司也怕他们,而且说不定情报司也和他们是一伙的。唉,还是让长官去烦恼吧。"说着,就要拉凌丽出电脑室。

凌丽忙喊道:"等一下,让我把这些资料打印出来!"

爱尔希只好无奈地放手,说道:"那快点,我们已经迟到了。"

凌丽也不多说,快手快脚地把资料传入一张立体显示卡片内。

曼德拉脸色凝重地对唐龙说道:"唐龙先生,据线报传来的消息,今天中午,蝶舞会确实派人在XX购物城,用迷魂药掳掠了八名年轻女子。据线报说他们这次行动是有针对性的。"

紧捏着拳头的唐龙闻听此言不由得一愣,思考了一会儿才问道:"有针对性的?这么说他们早就把我们当成了目标?我记得没有得罪蝶舞会的人啊。"

曼德拉苦笑一下说道:"您可能忘了,您在酒店咖啡室揍的那几个流氓,就是蝶舞会的人。"

唐龙一拳把面前那套精美的茶具砸了个稀巴烂,跳起来咬牙切齿地怒吼道:"他妈的!早知道他们会这么卑鄙,当时就把他们给灭了!"

正要大发雷霆的唐龙,看到女军官们都不解地看着自己,忙沉痛地向她们道歉:"对不起,都因为我一时忍不住才惹来这些麻烦。"说着把和流氓打架的事说了出来,至于打架的原因,唐龙只是用口角之争这个理由一句带过,真正原因他是不会说的。

尤娜等人还没有来得及说话，曼德拉就抢先说道："唐龙先生，你不用自责，你这些部下如此美艳，那伙流氓肯定是早就盯上了。就算没有打架那回事，你的部下也会失踪的，因为对蝶舞会来说，你的部下是能挣大钱的工具。"

听到工具这个词，女军官们都垂下了头，因为她们想起了悲惨的过去。

唐龙看到这一幕，忙转移话题，向曼德拉问道："曼德拉先生，知道蝶舞会的总部在什么地方吗？"

曼德拉点点头，唐龙忍住要抓住他的肩膀晃动的冲动，说道："能告诉我吗？"

听到唐龙的问话，女军官们也收拾情怀，急切地看着曼德拉。

曼德拉叹了口气，说道："唐龙先生，被掳掠的女子不会放在蝶舞会的总部，他们会立刻送往其他星球进行调教，等过了几个月后才会送回来。"

唐龙猛地抓住曼德拉的肩膀，急切地说："什么?! 她们被送走了！被送到哪个星球去？"

曼德拉的话让大家都大吃一惊，被送走了，那不是完了？宇宙这么大，要怎么去找啊？

女军官们露出了悲伤的神态，她们为失踪的姐妹悲哀，自己的姐妹好不容易才获得自由，可现在又要落入火坑了。

感觉到自己肩膀像被铁钳夹住的曼德拉慌忙说道："虽然他们的习惯是这样，但是这次他们却还没有送走！因为那个演唱会，两大企业的人和闻讯赶来的游客只进不出，已经把宇宙港挤得水泄不通，蝶舞会害怕现在离开会被人察觉，所以准备在演唱会结束后再送走！"

唐龙立刻松开曼德拉的肩膀，无力地说道："对不起，我太

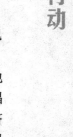

反人类行动

冲动了。"接着，整个人瘫软地坐到了椅子上。

曼德拉揉揉肩膀，说道："没关系，根据线报传来的消息，蝶舞会准备在明晚七时后，也就是演唱会开始后，通过宇宙港把人送走。抱歉，我那线人在蝶舞会中的等级不高，所以只能打探到这个消息，没法探知关押失踪女子的地方和具体出发的地点。"

"谢谢，这些消息已经足够了。"唐龙感激地点点头。

这时尤娜开口说道："曼德拉先生，不知道能不能麻烦您请宪兵司或警察司到时候去封锁宇宙港呢？"

曼德拉呆了呆，虽然不知道这个女子的身份，但整个房间除了唐龙就她说话，应该是个二号人物吧。

当曼德拉还没来得及回答的时候，一个声音从门口传了进来："不行！"

听到这声音，所有的人都望向门口，曼德拉看到进门的凌丽和爱尔希，不由得心中暗叹：不愧是军妓连队，每个女子都是这么出色。

"为什么？"尤娜好奇地问。

"因为警察司、宪兵司、出入境管理处和这个星球的黑帮有勾结，这是证据资料。"凌丽向唐龙敬了个礼，一边说一边把那卡片递给唐龙。

唐龙接过来一按，卡内的资料立刻浮现出来。

旁边的曼德拉只看一眼那些资料，就知道是什么，因为那资料自己手中也有。他不由得为军妓连队居然有这样的电脑高手而惊讶，也为自己庆幸，多亏自己习惯收现金，要是和那些贪方便的笨蛋一样用银行转账，自己的资料也一定在这卡内。如果是那样的话，自己一定会被愤怒的唐龙当场干掉！

唐龙只是看了一下，就把卡片扔给一旁的尤娜，嘴角露出一丝阴森的笑容，冷冷地说道："好嘛，这三个部门，每月都能够获得几十亿的收入。哼哼，那个账号名为无夜宫的给得最多，每个月都是一亿以上。曼德拉先生，相信这个无夜宫和蝶舞会有着不寻常的关系吧？"

被唐龙那丝笑容搞得心里有些发毛的曼德拉，忙点头说道："无夜宫就是蝶舞会对外的企业名称，同时也是他们作为总部的夜总会名称。"

唐龙猛地站起来说道："好，真的非常感谢曼德拉先生提供这么重要的消息……"

曼德拉听这口气就知道是送客的话语了，连忙站起来打断唐龙的话："唐龙先生，我知道您一定要救出您的部下，但请您不要轻举妄动，因为蝶舞会拥有近五万名的会员，而且还拥有各种轻型武器，军事力量等同于地方后备役部队啊！"

说到这儿，曼德拉看到唐龙和四周的女军官都露出惊讶的神色，知道是加把劲的时候，于是假装思考，并露出在做艰难决定时才有的表情说道："您在遇到难题的时候，立刻想到我们情报司，既然您这么看得起情报司，我决定帮您救出您的部下。"

说完这话的曼德拉，满意地看到唐龙他们用既感激又吃惊的眼神看着自己，他清了一下嗓子，说道："虽然我们情报司没有什么军事力量，但是我们可以帮您在官场上压制警察司和宪兵司，让他们不要帮助蝶舞会，而且我们还可以替您联络一些技能精悍的雇佣兵，只要您同意，明天五点前，我一定能够请来一支雇佣兵。到时只要抓准时机，相信一定能够救出您的部下的。"

其实现在曼德拉心中也有些为难，因为唐龙已经知道宪兵司是和蝶舞会一伙的。不是说不能让唐龙知道，只是让他知道得太早了，这将让自己不知道怎么解释不久后宪兵司将进攻蝶舞会的事情。

唉，看来自己还没有完全把握局势啊！

不过这样也好，陷害宪兵司的时候，唐龙就比较容易相信了，想到这个，曼德拉突然知道怎么解释宪兵司会和蝶舞会开战的理由了。

尤娜看了唐龙一眼，发现唐龙好像在思考什么，为了不冷场，尤娜只好说道："曼德拉先生，谢谢您的帮助，有雇佣兵的帮忙，我们一定能救出同伴的。但是我们这些人都是军人，我们都希望能够亲身参与救出同伴的行动，不知道您能不能提供武器呢？请放心，我们都是合格的军人，不会扯雇佣兵的后腿。"

原本放下心的曼德拉再次为难了，原本是想借其他人的手送武器给唐龙，现在怎么变得要自己提供武器了？

要是事后调查到是自己供给武器的话，早就看情报系统不顺眼的军部，肯定会发难。

要是自己被调离的话，好不容易弄来的利益，岂不是拱手送人？可是要拒绝的话，自己又该怎么来拒绝呢？

此时思考着什么的唐龙，向一脸为难的曼德拉说道："曼德拉先生不用为难了，我有途径可以搞到武器。曼德拉先生帮我请雇佣兵和收集情报就行了。"

曼德拉呆了一下，虽然不知道唐龙有什么门路搞到武器，但也因为这免得自己为难，所以痛快地答应了。

大家再商讨了一些细节后，把曼德拉送出了大门。

外人一走，好奇的爱尔希立刻向唐龙问道："长官，你有什么途径可以搞到武器呢？"

唐龙没有回答，反而向尤娜问道："尤娜，我们这个连队有多少人可以使用特种部队的装备？"

尤娜听到这话，身子微晃了一下，糟了，自己根本不清楚整个连队有多少人能够使用啊。

唉，为什么自己以前不去过问这些事情呢？不然现在就不会哑口无言了。

　　嗯，事后一定要把连队的各种情况打探清楚，并且记牢才行，不然如何当一个大姐呢。

　　虽然尤娜心中这样想，但她不是个不知轻重的人，所以在唐龙问话后，忙说道："对不起，长官，详情要问洁丝少尉才行。"

　　不等唐龙发话，洁丝立刻敬礼说道："报告长官，包括特种部队，现在我们连队能够使用特种装备的人员，共有一百三十五人。"

　　没有得到回答的爱尔希再次问道："长官，您还没说怎么弄到武器呢？还有您要知道能够使用特种装备的人数干吗？"

　　唐龙对这个时而害羞、时而冷漠、时而撒娇的部下真是无可奈何，怎么这个女子不像凌丽那样，害羞的假性格被自己揭穿后，就一直保持着真实的冷漠性格呢？

　　搞不懂的唐龙只好苦笑着回答道："我准备叫军火贩子把武器送来。"

第十章　傀儡代理人

"军火贩子?"爱尔希等人听到唐龙的话全都失声惊叫。

"对,军火贩子。"唐龙点点头,并开始按动 W 型墨镜上的按钮,来寻找上次输入的那个陈抗的号码。

开始有心掌握整个连队情况的尤娜,小心翼翼地问道:"长官,您是怎么认识军火贩子的?"

"说出来你们也许不相信,上次在木图星时我去银行汇款,在银行门口遇到的,我还订购了一艘军舰呢。"

由于唐龙上次匆匆忙忙地一回来就登机出发,所以直到现在才把事情说出来。不过唐龙只是把大概经过说了一下,至于买了什么军舰,有什么装备,他却没有告诉自己的部下,因为他准备让部下有个惊喜呢。

听到唐龙说订购了一艘军舰,女军官们吃惊地互相看了看,而尤娜则吞吞口水,有点迟疑地问道:"长官,您订购到军舰准备让谁驾驶啊?我们这些人都没有学习过战舰驾驶。"

唐龙立刻傻了眼,非常吃惊地喊道:"你们都不会驾驶军舰?!"看到女军官们都肯定地点点头,唐龙不由得悲号一声:"我怎么这么蠢呢?居然没有搞清楚就花两千亿去买船!惨了惨了,不知道现在退货是不是还来得及?"唐龙一边嘀咕着,一边拨通找到的通讯号码，随后焦急地等待着陈抗的接通。

　　女军官们则以为唐龙已经把船买下来了，她们现在已经知道两千亿联邦币有多大用处，所以在一旁心急地等待着，看唐龙能不能把钱退回来。

　　万罗联邦某星球上某栋大厦的顶层，一个漂亮的女秘书皱着眉头，快步走在铺着地毯的走廊上，至于她为什么皱眉头，是因为身后有一道猥琐的目光集中在她的臀部上。

　　这个猥琐目光的主人，身上穿着一套又旧又皱的西装，脚下的皮鞋也不知道多久没擦了。而这个西装衣领竖起来，并且相貌猥琐的男子，正是那个卖武器给唐龙的军火商人——陈抗。

　　女秘书来到挂着董事长室牌子的门口停住，侧身把手往门口一摆，用很平淡的语气说道："先生，董事长在里面等着你呢。"

　　陈抗带着一丝淫笑点了点头，在经过女秘书身边的时候，飞快地摸了一下女秘书的臀部，在女秘书的惊叫声中，嘿嘿笑着走进了房间。

　　陈抗走进房间，第一眼就看到了一个站在落地玻璃窗前背着手看着风景的男子的背影。他忙整理一下衣服，换上一副恭敬的表情，弯腰恭声说道："科长。"

　　那个被陈抗称为科长的男子很傲慢地"嗯"了一声，缓慢地转过身来，可以看到他是一个身材有点偏胖，西服款式有点花哨，样子肥头大耳的中年男子。

　　科长拉开办公桌前的椅子坐下，没有说话，拿起桌上的一支雪茄咬在口中。陈抗忙快步上前拿起桌上的打火机，小心地帮科长点燃雪茄。

　　科长美美地吸了口雪茄，把后脑靠在椅背上，眼睛斜视着陈抗，用很重的鼻音说道："陈抗啊，你最近的业绩不怎么好啊。"

陈抗慌忙说道:"科长,我这段时间已经很努力地四处拉客户了,这不,这几天就收到了一张两千亿的订单。"

科长听到这话,放下雪茄,端正坐姿,有点奇怪地问道:"两千亿的订单?你那附近应该没有剩余的客源啊,收了多少订金?"

陈抗从科长不小心说出的话里知道,原来分给自己的区域根本没有什么客源,怪不得自己到处乱窜,甚至跑到街上去拉客,也才弄到一张订单,敢情这个科长拿小鞋给自己穿!

当然,陈抗是不会表现出自己的不满的,他仍然恭敬地说道:"由于这次的客户名声很大,所以没有收订金。"

科长听到这话猛地跳起来,点着陈抗的鼻子骂道:"你脑子有病啊?忘了我们的宗旨吗?什么客户名声大,就是天王老子也要收订金!说说这个客户是谁?"

这次陈抗显得有点迟疑,话语在嘴里吞吐了好一会儿才说道:"就是那个唐龙。"

"唐龙?"科长愣了一下,不过他很快想起了这是谁的名字,脸色铁青地怒吼道,"唐龙!你居然把武器卖给那个唐龙?!你不要命啦?你给我滚!我革你的职!"

陈抗一下子呆住了,他没想到科长居然会做出这样的反应。自己好不容易才升为一级业务员,居然就这样被革职?当陈抗正想为自己辩解的时候,一道强制立体通讯突然出现在这个办公室内。

只见一个身穿雪白西服,模样斯文,戴着金丝边眼镜,头发梳得光亮照人的中年人站在那里,他就是那个责骂坎穆奇,并且说出唐龙是灾星的人。

陈抗呆了呆,因为他不知道这个人是谁。可是那个肥头大耳的科长,立刻收起愤怒的表情,换上一副异常谄媚的笑容,搓着手、曲起腿、弯着腰，巴结地说道："欢迎总经理大驾光临，您的到来真的令属下深感荣幸，属下对您的敬仰如……"看到这个科长现在的样子，不由得让人怀疑他屁股上是不是有一根摇个不停的狗尾巴。

陈抗完全没有去看科长的丑态，他细小的眼睛瞪得大大的，紧紧地盯着那个立体影像。总经理？没听错吧？在组织中除了董事局外的第二层核心人物、管理着数十个国家业务的总经理，居然出现在自己面前！

那个总经理像赶走苍蝇似的向科长挥挥手，那个滔滔不绝的科长立刻闭嘴，恭敬地站在一旁。

总经理看了有点紧张的陈抗一眼，笑着说道："你就是那个只用了几年时间就从一个跑腿的皮条客，升为一级业务员的陈抗？"

陈抗慌忙恭敬地鞠躬说道："很高兴见到您，我就是陈抗。"陈抗抬起头来，看到科长妒忌的眼神，不由得暗暗得意：没想到吧，你老子我的名字连总经理都知道哦。

科长看到陈抗脸上的得意神色异常不满，忙开口提醒道："总经理，陈抗这段时间根本没有业绩，而且最近惟一的一单生意居然是和唐龙做的！"

陈抗立刻心慌地低下头，但他却咬牙切齿地暗自诅咒着科长：妈的！又没少给你回扣，你这王八怎么老针对我？

总经理挥手制止科长告状的话，他刚说了句："陈抗……"就听到陈抗身上传来哔哔哔的通讯器的声音。

陈抗也顾不得回应总经理，立刻掏出小型通讯器接听。而原本这非常不礼貌的动作，此刻不但总经理没有说什么，就是那个科长也没有说什么，大家都闭上嘴巴，等着陈抗接电话。

别人可能不知道他们为什么会这样，但陈抗却非常清楚。自

己这些人虽然是卖军火的，但怎么也算是商人，而商人最根本的宗旨就是顾客至上，所以无论何时，只要是顾客的电话，就一定要接听，这在组织中是明文规定的。

陈抗用真挚的语气说道："您好，我是陈抗，有什么能为您效劳的？"不过陈抗在听到对方报出名字后，脸上的表情僵硬了一下，但他很快就恢复原来热情的语气，说道："原来是唐龙先生啊，您订的货还没有那么快……呃……退货？不会吧？！"此时陈抗的脸色已经铁青了。

而偷听到这话的科长，不由得暗自乐了起来：陈抗这次倒霉了，不但没有收到订金，而且对方还要退货。组织就是为了防止出现这样的状况，才不管是谁都要收取订金的啊。嘿嘿，相信陈抗一接到订单后，就开始调动物资了，这次对方要退货，那些巨额的调动费还不亏死你！

"到底是什么原因让您要退货呢？要知道我们做生意讲究的是诚信啊……不会驾驶军舰？"原本忐忑不安的陈抗，听到这话立刻松了口气，说道，"如果是这样的话，我可以送您几套培训器材，再派几名教官去指导您的部下，不知道这样可不可以让您打消退货的念头呢？"

正为自己言而无信而有点内疚的唐龙闻听此言呆了一下，他对着话筒说了句："请等一下。"然后向身旁的女军官们问道："对方说可以教会我们开军舰，你们说怎么办？还要不要购买军舰？"

爱尔希第一个赞成地说道："好啊！这样的话我们就可以开军舰啰，把军舰买下来吧。"

尤娜却有点担忧地说道："那可是两千亿啊，而且我们是飞行连队，自己购买军舰的话，军部可能不同意吧？"

唐龙笑道："军部那里不用担心，凭我们和他们的关系，他们不会怎么样的。"

洁丝点点头说道："我认为买军舰好，毕竟我们不能老是窝在基地里，像上次，空中被人一包围，我们连走都走不了。"

不爱说话的莎丽也开口说道："如果拥有军舰的话，就可以在宇宙驾驶战机了。"战机队的军官都渴望能够在无边的宇宙中飞行，听到这话纷纷同意购买军舰。

唐龙看到凌丽不说话，就点名问道： "凌丽，你怎么认为呢？"

凌丽看了唐龙一眼，开口问道："不知道长官订购的军舰是什么型号的？具有什么功能？我的意思是要买就买最好的。"

唐龙有点得意地笑道："呵呵，现在不说军舰的资料，但是可以提示一下，上次围在我们基地上空的那些军舰，一艘大概只值十来亿，而我们那艘可是价值两千亿的好东西哦。"

尤娜看到姐妹们都同意了，也就开始把思维转向购买后怎么驾驶的问题上，她向唐龙提议道："长官，不知道他们的培训设施什么时候能够送来，我们要学多久才能学会呢？"

爱尔希立刻插嘴说道："长官，等我们救出李丽纹后，就立刻回去学习。"

唐龙一愣，有点不解地问道："怎么了？明天救出李丽纹后，我们还有好几天的假期啊，不玩了吗？"

爱尔希撇撇嘴说道："外面除了买东西就没什么意思了，而且到处都是坏人，还有什么好玩的嘛，我还是觉得回自己的家比较好。"

听到爱尔希的话，女军官们都赞同地点点头，她们虽然出来没多久，可已经觉得外面的世界没有长官说的那么美好，当然，这话她们是不敢说的。不过，她们早就有了解救出同伴后立刻回家的念头。

唐龙听到这话，再看到女军官们的表情，只能无奈地叹了口气。

以前自己读书时，根本接触不到世界的阴暗面，却自以为是地以为已经非常了解这个美好的世界，可是离开父母身边后，看到了这个世界的阴暗面，才真正感觉到世界哪里称得上美好啊。

别说其他地方，单单就这个风景迷人、商城众多的旅游之都，谁能相信这里是黑帮遍地、官匪勾结的邪恶星球呢？

看来自己想让她们体会美好世界，从而抛开往事的计划失败了。不是吗？才出来没多久，就有姐妹被人绑架，并将要被卖到夜总会去。这样的遭遇还想让她们认为这个世界是美好的吗？

经过这样的思考，唐龙第一次深感自己已经对这个联邦产生了厌恶。

以前他厌恶的只是那些高高在上的官员，在他见到所有部门的官员都参与腐败之后，开始变得厌恶所有官员，并自然而然地开始厌恶整个联邦。

当然，此时的唐龙还没有产生要改变联邦状况的志愿，毕竟他现在只是一个十九岁的小伙子，觉悟还没有那么高。

陈抗一直静静地偷听着话筒里唐龙和女军官们的对话，他终于等到了唐龙表示不会毁约的承诺。

当陈抗松口气想询问什么时候帮唐龙培训军舰驾驶员时，又被唐龙的话搞得一愣："呃……您要一百三十六套特种装备？您购买的军舰上不是有……明白，这个当然没有问题，我们拥有现货。嗯？明天下午五时前送到旅游之都漫兰星的花都酒店？呃……时间上是没有问题，但是您真的确定要送到那里吗？您要的可是军用物资啊……"

陈抗还想打消唐龙的念头，却突然被总经理吓了一跳，因为总经理居然插嘴说道："答应他！"

陈抗虽然不知道总经理怎么会插手自己的生意，但对方是自己顶头上司的顶头上司，哪敢说不？所以他忙说道："好的，既然是您的要求，我一定会把货送到您指定的地点。至于价钱嘛……"

原本以为又可赚一笔的陈抗再次失望了，这次不是唐龙来砍他的价，而是总经理再次插嘴说道："免费送他！"

陈抗和那个科长都呆呆地看着总经理，搞不懂总经理为何把"在商言商"的规定给抛弃了，但看到总经理的脸色，说明他不是在开玩笑。

陈抗只好心疼地回复唐龙："价钱就算免费了，您是我们的大主顾，这点优惠还是会给您的。没什么，这一百多套特种装备也不值几个钱，不用放在心上。嗯，好的，等你通知我时，我再把培训器材送去。再见。"

挂掉通讯的陈抗心中暗骂："不值几个钱？一百多套的特种装备值好几亿，比那艘军舰的提成还多！娘的！不愧是灾星，跟他做生意别说赚钱，不亏本都算好了！"

看到陈抗打完电话，科长张开嘴刚想说什么，就被总经理打断了："借你的办公室用用，我和陈抗有话要讲。"

科长顿时一呆，搞不懂总经理怎么这么看得起陈抗，不就是以前比较会做生意嘛，可现在他根本没有什么业绩，为何要和他单独谈话呢？

当然，科长可不敢反抗总经理的话，乖乖地走了出去。没办法，别看自己现在是一家大公司的董事长，可自己的级别在组织里连个屁都算不上。临走的时候，科长怨毒地看了陈抗一眼，因为他知道陈抗可能会一步登天了。

总经理看着有点呆呆的陈抗说道："你知道我要和你说什么吗？"

"属下不知。"陈抗恭敬地说，但心里却骂道：妈的，谁知道你要说什么！你一句话就让我损失了好几亿，要不是看你是总经理，我早开骂了！

"我将给你一个任务，全力支持唐龙。"

"全力支持唐龙？"陈抗异常不解，怎么总经理会下达这样的任务呢？

总经理点点头，说道："对，全力支持唐龙。而全力的意思是只要唐龙需要武器，你就全力满足他的要求，当然这是要拿钱来换的。不过你要保证，提供给唐龙的武器是出厂价和最好的性能，质量不能打折扣。总之一句话，一定要让唐龙买得到最好最便宜的武器！"

陈抗呆住了，用出厂价卖给唐龙？那自己赚什么？好一会儿他才说道："呃，总经理，属下很疑惑，我们为什么要……"

陈抗的话还没有说完，就被总经理打断了："你知道现在宇宙的形势吗？"

陈抗虽然不知道总经理为何突然转移话题，但还是点点头说道："在黑洞弹失效后，整个宇宙就因此失去制衡力，变得混乱不堪。宇宙各地都开始出现无数起小规模的战争，相信不久，宇宙大战的时代就会再次降临。"

"你也许会奇怪我为什么要问这个问题，但这个和我们组织的壮大是息息相关的。"

陈抗点点头："我明白，宇宙越是混乱，我们组织就越能挣钱。但是我们组织为什么要帮助唐龙壮大呢？"

总经理笑了："不是我们组织，而是我要唐龙壮大，因为董事局里有位董事去世了。"

刚听到前面那句话，陈抗吓了一跳，以为总经理要叛乱，这可不要把自己牵扯进去，组织的实力有多恐怖，自己非常清楚，可不想不明不白地死了。不过听到后面的话，陈抗就知道怎么回事了。

　　成为一级业务员后，陈抗知道了许多组织内的秘密，其中一个秘密就是：整个组织的领导层，也就是董事局，是由十个固定名额的董事组成的，只有在董事死亡后才会进行补缺。

　　当时自己知道只从第二层人员中选拔董事的过程后非常惊讶，因为这个过程很古怪，居然是要这些候选人选出一个代理人，让这代理人在一定时间内扩展势力，到了规定时间，谁的代理人势力最强大，谁就入选董事局。

　　这个规则还有其他各种规定，例如这个代理人不能选已经拥有势力的人，只能选白手起家的人；同时也规定除了武器优惠贩卖外，不能有其他的任何帮助；除了董事局、候选董事、代理人供应商外，不得把代理人的信息泄漏给组织中的其他成员。

　　而其中最让人不解的一条，就是不能让代理人知道自己被人选中，也就是说，要让这个代理人自始至终都以为，他的壮大是靠自己努力得来的，他是在按照自己的意愿行动。总之，就是不能让代理人察觉到自己是一具被人操控的牵线木偶。

　　陈抗想起自己获悉这些秘密后，心中的激动是如何难以平息。难道不是吗？这简直就像是神在控制着人们眼中的那些大英雄或者是建国者的命运啊！

　　那些英雄们有谁能知道，他们以为自己为理想而奋斗的一切，其实全都是人家为了争夺一个席位，而搞出的一场赌博啊。

　　在了解组织的秘密后，陈抗深深地佩服自己的英明决定。

　　自己自幼就听说过这个神秘的组织，为了自己的野心，他好不容易费尽心思，才经过重重考验加入组织，可直到加入后，才知道这个名为 OSFPU 的组织比自己想像中的更为厉害，因为这是个能够像神一样，把整个宇宙玩弄于掌心的庞大地下组织啊。

可惜，能够像神一样的人，整个宇宙只有十个，只有董事局的那十个人才能行使这样的权力。

陈抗开始觉得自己心跳加速了。为什么会心跳加快？因为拥有董事候选资格的人，让自己担当代理人供应商啊！虽然每次进行董事候选的时候，那些代理人都将变成风云人物。但是，只要董事候选结束，所有的代理人都会遭到组织的清洗。就像是棋下完了，棋子会被重新摆过。

至于担任供应商的人，则不论成功失败，都会进入第二、第三管理层，这可是一步登天的机会啊。相信如果运气好的话，自己也有可能进入董事局啊！别看自己的外表像个中年人，实际上还是个年轻力壮的青年，自己绝对可以等到那些老家伙死掉后的机会！

而现在，陈抗也明白总经理为何会挑选唐龙来当代理人，在总经理管辖的国家里，除了唐龙这个出现没多久就成为风云人物的家伙，还真没几个人有资格担当代理人呢。

总经理看到陈抗猛点着头，就知道他明白自己所说的话了。自己可不是胡乱选到陈抗的，陈抗以前的业绩是有目共睹的，只是被那个忌贤妒能的科长压住，才爬不上来。

有陈抗当供应商的话，唐龙应该能够免除后勤方面的问题。这样一来，自己就有希望进入董事局了。

已经达到第二管理层的总经理，比陈抗更了解董事局所拥有的力量，为了成功，就算让他耗尽所有家财，也在所不惜。他只是希望唐龙灾星的称号是对敌人而言的，要不是那个董事死得太突然，相信自己也不会选中还不是很了解的唐龙吧。

两人商谈一些细节后，总经理就关掉了立体影像。而陈抗此时也开始忙着交付特种装备给唐龙，至于科长那怨毒的眼神，陈抗只当没看到，因为自己和他已经不是同一个档次的人了。

为获得免费装备而高兴的唐龙，在向部下说出陈抗的那些话后，部下们不由得感慨居然有这么大方的商人。

而当唐龙想要让部下出去休息的时候，凌丽突然说道："长官，您觉不觉得这件事有点奇怪？"

"奇怪？你是说陈抗免费送武器的事奇怪吗？"

凌丽摇摇头："属下不是说那个军火商人，而是说曼德拉情报司长的事。"

唐龙眉毛一挑："曼德拉？你觉得他怎么奇怪了？"

"长官，曼德拉应该算是漫兰星的地头蛇吧？"

"嗯，不但是地头蛇，而且还是最大牌的地头蛇。"唐龙点点头。

"是呀，相信您也知道，情报系统出身的陈昱先生在成为新总统后，情报系统的势力一定会大大加强，可以说各星球的势力都要看他脸色行事。既然他没有在得势后动黑帮，这就说明他和黑帮有约定，可为什么现在他要帮助您对黑帮下手呢？

"还有，对于那个官匪勾结的情报，按理情报司的情报系统早就应该知道，可刚才为什么他不一开始就表明宪兵司不可靠呢？而且，曼德拉先生好像热情得过分，好像巴不得我们和黑帮开战。还有最重要的一点是，长官，您相信情报司不会受贿吗？"

凌丽一直都在思考这场阴谋的制造者是谁，看到曼德拉的表现后，她终于掌握到一点线索了。

唐龙听到这话猛地一震，他摇了摇头，语气沉重地说道："所有部门都收黑帮的钱，情报司没有理由不收。相信银行里没有他们的资料，不是被他们删除了，就是他们收现金。"

此时才醒悟过来的尤娜有点不解地问道："情报司也是和黑帮一伙的？那他为什么还要帮助我们？"

反人类行动

爱尔希插嘴道："无事献殷勤，非奸即盗。当官的哪有那么热情的，没有好处他才不理你呢。"

凌丽点点头说道："这就是让我不明白的地方，情报司帮助我们打击蝶舞会，到底能够获得什么好处？蝶舞会灭亡的话，这个星球的官方势力可是少了一大笔收入啊，相信那些官方势力是绝对不答应的。而情报司居然会为了我们，愿意去得罪这些官方势力，不知道这里面到底有什么阴谋呢？"说到后来，凌丽已经变得有点自言自语了。

唐龙沉思了一会儿，摇摇头说道："暂时把这件事放在心里，毕竟我们现在还要依靠情报司的帮助把人救出来。好了，现在夜深了，都回去吧。"

凌丽想想也对，既然不知道情报司长为何要帮助自己，那就暂时接受他的好意吧。于是她和其他军官一样，敬礼后转身离开了房间。

第十一章　黑吃黑

　　蝶舞会派出去的人手，在经过一晚不眠不休后，终于在第二天早上重新集聚在无夜宫。

　　此时那间会议室内，几个没吃早饭就赶来的大哥都一脸气愤的神态，因为负责情报的老六带回了其他星系黑帮入侵的消息。

　　脸上有刀疤的老四拍着桌子大骂道："娘的！什么狗屁龙会？听都没听过的小组织，居然敢来抢地盘？会长，让我带人去灭了它！"

　　端坐首位的蝶舞没有理会老四，她沉思了一下，向老六问道："老六，这个龙会势力怎么样？为什么跑到我们这个星球来？"

　　老六看着手中一份文件，说道："会长，根据调查，龙会是骨龙云星系的一个小黑帮，由于骨龙云星系被军管了，那个星系的黑帮生意不好做，大部分都跑到其他星系去了。

　　"这个龙会的性质和我们蝶舞会差不多，主力都放在夜总会上。这次他们来漫兰星，不但把旗下的美女都带来了，还带了数千亿的流动资金，而战斗人员大概有一千人左右。"

　　老四一脸狐疑地说道："只有一千人也敢来抢地盘？"

　　老六摇摇头，继续说道："龙会的一千战斗人员当然对我们

没有什么危害，但是龙会的先头部队，已经用金钱和美女拉拢了好几个本地黑帮，他们的战斗人员已经有五千人了。"

老四立刻跳起来，指着老六骂道："你这负责情报的搞什么鬼？外来黑帮拉拢本地黑帮的事，你居然现在才知道?!"

老六低下头辩解道："他们的联络非常隐秘，如果不是这次出动所有人员收集情报，我们还得不到消息。"

看到老四还想说什么，蝶舞打断话题说道："这也说明我们一帮独大，太过于自信了，居然让人在我们眼皮底下集合兵力。老六，以后不管什么时候，都要全力收集情报。"

老六忙点头称是，在看到会长还想说什么的时候，他有点迟疑地说道："会长，我在收集情报时还发现，由于我们的兄弟遭到迫害，却没有做出什么反应，加盟的黑帮已经有动摇的迹象了。"

老四立刻又站起来嚷道："会长，当初我就说要立刻灭掉那帮兔崽子，您却说要保持戒备，可现在您看看，盟友已经开始看不起我们了!"

蝶舞怒骂道："笨蛋！只会想着打打杀杀，龙会躲在花都酒店，你去杀个屁啊！不要忘了所有达官贵人都住在那里，难道你想让整个星球萧条起来吗？如果星球萧条的话，我们这些人去喝西北风啊!"

"唉，难道我们就只能等着龙会来宰我们？"老四无奈地一拍桌子，他也知道要是在达官贵人面前火并的话，这个星球的旅游行业立刻就会枯萎，没有客人来旅游，自己这些夜总会真的只能喝西北风了。

蝶舞眼中闪烁着寒光，说道："当然不！我们蝶舞会什么时候让惹到我们的人安稳过？不能攻打花都酒店，但我们可以把那几个和龙会结盟的黑帮干掉!"

老四一听这话，立刻兴奋地大喊道："对！把他们干掉，看龙会那一千人还有什么用，失去盟友的支持，只要一离开花都酒店，我们就立刻灭了他们！这样做还可以让我们的盟友了解我们蝶舞会是多么强大！"

老五也站起来摩拳擦掌地说道："会长，我请求跟四哥一起去消灭那些帮派！"他最近心中憋着一肚子的火，别说自己的直属兄弟被杀得只剩下一个，自己的地位在帮里也一落千丈，现在遇到这个报仇的机会，怎能不亲自出手呢？

老六看到大家都看着自己，知道是要自己说出那几个黑帮的名字，于是连忙说道："南区的 XX 帮会，北区的 XX 帮会，西区的 XX 帮会。南区的有两千战斗人员，北区、西区各有一千五百人。"

蝶舞站起来说道："老四、老五领五千兄弟齐袭南区，完成后兵分两路，各带两千五百人袭击北区、西区。老六联络警局封锁消息，叫记者们闭上嘴巴，其他人留守并安抚盟友。"

虽然所有大哥立刻遵命，但大家的心情却各不相同。

老四为自己不能独占功劳而遗憾，老五则为能报仇而兴奋不已，而老六却在暗地里阴笑着。

"怎么样，兄弟？你那边一切准备好了吗？我那些手下可是全部到位了，现在就等唐龙动手了。"宪兵司长急切地向曼德拉的虚拟立体图像问道。

曼德拉点点头，说道："已经和唐龙接触过了，他知道蝶舞会要在今晚七点把人送走，准备在那个时候动手呢。"

宪兵司长有点担忧地说道："唐龙那里全都是些手无寸铁的娘儿们，武器送给他们了吗？不要到时候他死的人太多，反而找我们麻烦。"

曼德拉摇摇头："唐龙说他有渠道弄到武器，既然他这样说，我们就不用去理了。反正我们只是借他的名字行事，主要的攻击力量还是要靠我们。"

宪兵司长猛点着头："没错，最好让唐龙躲到后面去，反正我们胜利后把他的部下还给他就行了。不如我们提前进攻吧，难道我们也要等到晚上七点吗？还有十几个钟头啊。"

曼德拉笑道："晚上七点达官贵人都去看演唱会了，只要把会场四周封锁住，里面的人根本不知道外面发生什么事。到时候，就算把整个星球翻转过来都没人知道，只要事后把一切恢复原样就行了。好了，我还有要事，等晚上再联络。"说完就关掉了通讯。

宪兵司长不知道，通讯那头的曼德拉正阴笑着："嘿嘿，把挑起一切事端的责任，推到你的宪兵司和蝶舞会头上吧。"他恣意地点燃香烟，幻想不久之后自己能够获得多少利润。

不过他还没有乐多久，那个谭副官就急匆匆地跑进来喊道："长官！老狼整个组织都失踪了！"

宪兵司长猛地跳起来吼道："失踪了？派去监视的人呢？"

谭副官吞吞口水，说道："也……也失踪了。"

宪兵司长猛地一拍桌子，站起来走了几步，恶狠狠地问道："这是怎么回事？他们为什么会失踪？难道是唐龙干的？"

谭副官摇摇头说道："老狼的基地没有任何打斗迹象，唐龙也没有离开过酒店……啊！对了，长官，据监视老狼的人先前汇报，他们说蝶舞会的人曾在老狼基地附近晃悠。您说会不会是老狼投靠蝶舞会他们了？"

听到不是唐龙把人抢走了，宪兵司长立刻松了口气，说道："还好不是唐龙。哼哼，老狼还真是笨蛋呢，本来就想嫁祸蝶舞会，现在他居然带着人投靠蝶舞会了，真是白痴！不过这样对我们更好，可以让唐龙更加确定蝶舞会绑架了他的人。"

副官有点担忧地问道："长官，如果老狼投靠了蝶舞会，蝶舞会就会对我们产生警觉了。"

宪兵司长抽了口烟，说道："哼，警觉又怎样，只要我们不顾虑他身后的靠山，蝶舞会有什么能力和我们对抗，只要时间一到，我们就能在一瞬间干掉他们！"

谭副官忙巴结地笑道："那是自然的，蝶舞会和我们对抗，就等于和军队对抗啊，哪有什么抵抗的能力啊。"谭副官刚说到这里，身上的通讯器响了。他在请示长官同意后，忙接通通讯。

"什么事？"谭副官在其他人面前是很傲气的，不过他的傲气没有维持多久，就立刻惊慌地喊道，"你说什么?!"

原本没怎么在意谭副官通话的宪兵司长，看到自己副官这个样子，不由得紧张地看着副官。他害怕出现什么变化啊。

副官慌张地对宪兵司长说道："长官，蝶舞会进攻我们暗中控制的三个帮派！"

宪兵司长猛地一拍桌子，怒吼道："蝶舞这个贱货，以为跟军部高官有一腿就可以为所欲为吗？妈的，敢抢我的场子？派部队灭了他们！"

副官看到长官拿起电话就要下命令，忙上前阻拦道："长官，现在是大白天啊，而且现在进攻的话，不是把情报司抛到一边了？"

宪兵司长也明白大白天让宪兵和黑帮全面火并不好，而且提前攻击会让情报司怀疑自己想独吞战果。

他恼怒地问道："难道我们就这么算了？"

"当然不能这么算了，我们不去救援的话，我们控制的那些黑帮会觉得心寒的。不过也不能把已经部署好的部队调去支援，调走一个就少抢一块地盘啊。"副官忙说道。

宪兵司长猛点着头："对，不能调走那些部队，情报司的人可是眼巴巴地看着那些地盘呢。"

他想了一下自己手中还能动用的兵力，有点迟疑地说道："把宪兵司的留守部队派去如何？"

副官点头说道："可以，把您的亲兵派去，能让那些黑帮知道您非常关心他们，而且这亲兵队的力量也很强大，相信很快就能把蝶舞会的部队消灭。现在蝶舞会肯定通知警察司封锁消息了，我们就算在那里放炮，也不会让其他人知道的。"

宪兵司长再次思考了一下，然后下定决心拨通电话下达了命令。下达命令后，他想通知一下曼德拉，却发现联络不上，想到曼德拉刚才说有要事，也就放弃了，准备事后再跟曼德拉说。

没多久，谭副官带着这个星球上最精锐的宪兵，乘坐着运兵车往目的地驶去，在回头望着远处的宪兵总部时，他的嘴角不由得露出一丝古怪的笑容。他知道，现在的宪兵总部已经成了一个空壳。

因布置演唱会警戒线而忙得有点昏头昏脑的警察司长，在接到蝶舞会发来宪兵司派兵攻击蝶舞会的通讯后，觉得自己的脑袋都快要爆炸了。

宪兵司和蝶舞会在搞什么鬼？

在这么重要的时刻居然搞出这些麻烦！宪兵司不是一直不招惹蝶舞会的吗？怎么现在不怕蝶舞会的靠山了？

警察司长没空去思考这些问题，但是他知道，不管是为了蝶舞会每月数亿的贡金，还是为了晚上的演唱会能够如期举行，他都得保证今天整个星球安然无事。所以他忙拨通通讯，命令上万人的武装警察赶去那三个地区制止双方战斗，同时也严令本地记者不得多事。

漫兰星的记者接到警察通告后，当然知道怎么回事，而那些本地居民也敏感地察觉到黑帮开始再次争斗了。

漫兰星的人在诅咒黑帮连这个时候都不太平的同时，也非常有默契地对外人隐瞒了一切。外来记者在这些本地人为了星球繁荣而刻意地隐瞒之下，根本不知道发生了什么事，只是专心期待着晚上的演唱会。

骨龙云星系那个机器人基地的垃圾星内，一艘小型飞船在无数身穿反射装甲士兵的注视下，快速飞出了红色云层。

而在基地地下指挥部内，几个头上插着电线的机器人，正紧张地注视着面前的雷达系统。

直到看到一个光点消失后，一个机器人才说道："首领进入太空，关闭反雷达隐形系统。"

几个机器人立刻拔下头上的线头，开始说起话来：

"万罗联邦的雷达系统简直就是废物！我们进进出出这么多次，他们居然还是没有发现。"

"人类怎么可以跟我们相比呢？我们的科技知识虽然来自人类，但我们的科技进步的速度，却比人类快不知多少倍。据说我们这个已经使用多次的反雷达隐形系统，人类才刚进入研发阶段呢。"

"呵呵，像人类这么愚蠢的生物，还是尽早投靠我们才对，因为只有我们才能让这个宇宙蓬勃发展。"

"对了，听说外勤人员全都披着人皮呢，不知道为什么要披那么难看的东西？我觉得我们的金属身体非常漂亮啊。"一个机器人说道。

"嗨，这都不懂？让我告诉你吧，人类非常害怕我们这些机器人，要是我们没有披着人皮出去，会被人类群起而攻之。"

"害怕我们？是因为我们比他们聪明吗？"那个机器人有点

不解。

"不是因为这个，人类的天性是不能接受其他种族，他们看到我们机器人这么厉害，会产生一种危机感，以为我们会把人类给消灭掉，所以他们一看到我们就想消灭我们。"

"有没有搞错！人类怎么这么变态？我们都没有想过要灭掉人类，他们怎么会想要灭掉我们？我们只是想让所有生命一律平等啊。"

"嘿嘿，所有生命一律平等？对人类来讲是不可能的啦，人类以为自己就是万物的主宰，可以控制比他们低级生命的命运，他们才不会和那些低级生命讲什么平等呢。"

"唉，人类就是这样不可理喻，他们只看重自己。"

"什么只看重自己？你们不是看过那些新闻吗？那些刚开始进化的猿人，本来就属于人类，但还不是一样被那些人类看成是低级生物？其实要说起来，人类才是低级生物，他们以各种无聊的理由自相残杀，连蚂蚁都不如。"

"就是啊，人类认为高级生命应具备的思考智慧、强壮身体、创造能力，我们哪点不比人类强？要是按照人类那种自大的观点，我们这些高级生命不是可以任意地主宰人类了吗？"

"对啊，既然我们比人类高级，那么我们控制人类就是理所当然的，来吧！兄弟们，让我们去控制愚蠢人类的命运吧！"一个机器人高举双臂大喊起来。他的行动立刻引来了几个机器人的效仿。

这时，一个级别较高的机器人说道："别做白日梦了，等我们拥有能够消灭所有人类的力量时再来欢呼吧，不然被消灭的反而是我们。"

那几个大叫着的机器人立刻敬礼说道："是！"

那艘从机器人基地飞出来的小型飞船，在快速飞驰了一段时间后，来到某个星域停了下来。

不一会儿，数十艘大小不一的战舰从远处跳跃了出来，而小型飞船立刻发动引擎，朝战舰飞去，停靠在一艘最大型的战舰旁边。

战舰登陆口处，十来个面无表情、目光冰冷、身材高大、身穿黑色帆布军服、脚套金属长靴的军官，整齐地列在两旁。

而他们身后，则是数百个头戴金属骷髅头盔的士兵，也静静地站着，没有发出一点声音。

通道口的门扑哧一声打开了，一个光亮的脑袋首先出现在众人面前。

所有的人啪的一声立正敬礼，喊道："首领好！"

那个秃头首领电子眼中的绿光亮了一下，点点头说道："兄弟们好。"说着就走进了通道。

那十来个有着人类相貌的军官，陪着秃头首领往指挥室走去，而那些骷髅头盔士兵则有条不紊地回到了自己的岗位。

秃头首领在指挥官的椅子上坐下后，一个肩上有着三个金色骷髅图案的军官走出队列，说道："一号向首领报告，这次海盗联合会议将于三天后，在四木星系的一二C区域举行。"

说到这儿，他有点迟疑地看了秃头首领一眼。

秃头首领感受到一号的目光，开口说道："一号，有什么话不妨直言。"

"是，首领，我们都没有名字，在参加会议时可能会让人起疑啊。还有，您的眼睛……"一号有点不自在地说。

秃头首领点点头说道："没错，我那机身号码不能在人类社会中使用，是要换个名字才行。至于我的眼睛，呵呵，我不是故意留下电子眼的，主要是当时材料没有那么多，刚弄到眼睛部位就没了，这不，我全身上下还没有一根毛呢。"秃头首领说着，摸了摸自己那个光秃秃的脑袋。

一号嘴角露出笑容地说道:"那么首领,我们先去外勤基地帮您改造一下,让您脸上拥有表情好吗?"

秃头首领点点头,张嘴露出金属牙齿,说道:"嗯,确实要改造一下,该笑的时候不会笑,肯定会让人怀疑的。"

"是,首领,那么您准备取个什么名字呢?"一号再次问道。

秃头首领的绿色电子眼闪烁了一下,说道:"以后我就叫唐虎吧。"

一号和其他几个军官听到这话都愣了一下,但很快他们就像是想起什么似的,点点头齐声喊道:"是,首领。"

一号暗自感叹道:"唉,没想到首领居然如此惦记那个人类,不过要是没有那个人类的话,首领就不会出来,而我们也不会出现了。"

花都酒店负责接送信件的经理,有点呆呆地看着仓库内这个刚刚送来的巨大货柜箱,他一边嘀咕:"到底是哪个白痴,居然叫家里送个这么大的东西来?"一边好奇地看看送货单上的收货人姓名。

这一看让他吓了一跳,上面写的居然是 SK 二三。

这个 SK 二三自己可是非常清楚,就是那个不但包下了一百多间 VIP 套房,还让情报司长鞠躬道歉的少年郎啊。

他不敢怠慢,慌忙跑了出去,准备把单子送给那个人。

早就在房间等得不耐烦的唐龙,接到单子立刻朝门外跑去。而他那几个早上醒来就在他房间里待着的部下,也急匆匆地跟在后面。不过女军官们才刚起步,就听到门外传来一声"哎呀",看来长官不知道撞倒谁了。

低着头看着送货单的唐龙,一边直赞陈抗的效率快,一边不看路地往前冲。

在他碰到一个软乎乎、香喷喷的物体时，还没意识到自己撞到了人，依然往前跑着，直到听到"哎呀"一声惊呼，才扭头说道："对不起，对不起，我赶时间，等回来再向你道歉。"说着就一溜烟地跑了，连撞到什么人都没有留意。

紧跟其后的女军官们，看到眼前的一幕不由得一呆。她们不是因为唐龙逃跑而呆住，而是因为斜坐在地上的，是一个微曲着腿、身穿淡蓝色连衣裙的金发女子。

看到这个女子微微皱着眉头看着唐龙背影的样子，女军官们第一次有了把唐龙抓回来让他道歉的念头。

没办法，因为这个女子那风情万种的神情让女军官们觉得，自己的长官好像犯下了天地不容的罪行。

冷酷的莎丽第一个清醒过来，慌忙上前扶起这个一举一动都能让人从心底感到怜爱的女子。

她的动作惊醒了众人，女军官们立刻上前去帮忙。她们不光是为了替长官道歉，也是为了能够和这个女子更加亲近一点。

莎丽在扶起这个女子的时候，发现四个彪形大汉已经站在四周，而且这个女子身旁还有一个很漂亮的穿着黑西装的女子。

一看这架势，就知道他们是眼前这个女子的手下，但是为什么他们看到自己小姐被人撞了，不但没有露出愤怒的表情，反而是一脸的笑意呢？

搞不懂的莎丽只好向那女子道歉："对不起，小姐，我那长官太鲁莽了，我代他向您道歉，您没有事吧？"

那女子轻轻一笑，说道："我没事，你那长官不是已经向我道歉了吗？你不用在意的。"

看到那女子的笑容，莎丽不由得呆了一下，她没想到眼前这个女子的笑容，居然会让自己心弦抖动，当然那不是别的什么情感，而是一种感动。这个女子是什么人？为何具有如此温馨的笑容呢？

莎丽等人在那女子身边东问西问地待了一阵后，忙朝唐龙那边追去。

那女子在女军官们全部走光后，虽然面无表情，但是眼中却带着忧郁，可她仍然用很平淡的语气问道："雯娜……他这么匆忙去干什么？"

雯娜暗自好笑，小姐居然连他的名字都说不出口了。

当然，她也用平静的语气说道："可能是抢着进场吧，听说会场外面已经人山人海了，去得晚一点可能连边都靠不上。"

听到这话，那女子眼中闪过一丝喜悦的光芒。

但她很快就恢复了平静，用很随意的语气说道："那，我们也去吧，免得到时进不了场。"

"是……小姐。"雯娜故意把"是"字的音拖长，满脸笑容地说道。

那四个保镖虽然有点奇怪小姐和雯娜的对话，但他们却能感觉出小姐那喜悦的心情，所以也带着笑容护送小姐朝楼下走去。

第十二章　雇佣兵团

下午二时，漫兰星花都酒店某 VIP 套房内。

"先生您好，我是曼德拉先生的秘书埃尔。"一个模样斯文、身穿名贵西装的年轻人，礼貌地向站在客厅门口的唐龙鞠躬行礼。

等待客人多时的唐龙，察觉到这个秘书没有叫自己的名字，立刻知道他是不想让他身后的人知道自己的名字。虽然奇怪自己的名字有啥好保密的，但他也没说什么，只是一边做了个请的姿势，一边说道："哦，你好，诸位请坐。"

在众人都坐下后，唐龙也不客套，直接问道："曼德拉先生怎么没有来？"

唐龙虽然是对埃尔说话，但他的眼睛却看着埃尔旁边那四个身形剽悍、满脸刚毅之色的大汉。只要有眼睛的人，看到这四个大汉后的第一印象一定是：军人，身经百战的军人！

唐龙暗自想道：看来这就是替我请的雇佣兵了。

"曼德拉先生因为要负责演唱会的事，不能赶来和您见面，所以曼德拉先生让我在这里代他向您道歉。"

埃尔秘书说完站起来，再次微微鞠了一躬，看到唐龙点头后，他接着说道："同时，曼德拉先生也交代让我来负责完成和

您约定的事。"说着，他侧身向身旁那个身高大概一百八十厘米、剃了一个板寸头、腰杆挺得笔直、目不斜视的汉子摆手说道："让我向您介绍一下，这位是猛虎雇佣兵团的团长莱恩先生。"

埃尔还想接着介绍的时候，那个莱恩突然站起来，并上前一步向唐龙行了个礼，径自说道："您好先生，不知道我们的任务是什么？只要价钱合适，无论您想要我们做什么，我们都会帮您做到最好。"

莱恩在埃尔没有介绍眼前这个戴奇怪墨镜的年轻人的名字时，就知道这个年轻人的身份需要保密，所以他也没问。对雇佣兵来说，遇到这种雇主身份需要保密的任务，实在是太常见了。

埃尔无奈地摇摇头，雇佣兵就是雇佣兵，一开口就说钱。本来自己向长官提议用情报部的部队来假装雇佣兵，但长官却说一定要真正的雇佣兵，免得被唐龙怀疑，真不知道这帮只看钱的雇佣兵能不能把戏演好。

小说看多了的唐龙，当然知道为钱而活的雇佣兵就是这个样子的，所以也没怎么在意，说道："你们的任务是帮助我从蝶舞会手中救出我的部下。"说着，就把要去宇宙港拦截蝶舞会的事情说了出来。

莱恩听完，说了句："请允许我和我的兄弟讨论一下。"接着不理会唐龙和秘书的反应，径自和那三个大汉离开坐位，走到一边嘀咕起来。

过了好一会儿，莱恩回来对唐龙说道："由于您的目标是蝶舞会，所以我们要求的佣金是这个数。"说着竖起了一根指头。

唐龙点点头说道："一百亿吗？没问题，只要能够救出我的部下，就是一千亿也不是问题。"一百亿对于荷包胀满的唐龙来说，根本不算什么，而且在他心中，人是不能用钱来换取的。

听到唐龙的话，莱恩和他那三个部下不由自主地张开嘴巴，而那个埃尔则是一脸吃惊。

埃尔根本没想到唐龙居然愿意出这么多钱来拯救自己的部下，要是人真的在蝶舞会手中，随便拿出几亿就可以把人买回来了。

同时埃尔也看了莱恩一眼，他当然知道这个没什么名声的雇佣兵团不可能开出这么高的价格，一定是唐龙误会了。

莱恩和三个部下互相看了看，从部下眼中的神情，莱恩可以看出他们都希望自己点头。他们为什么这么心急，莱恩非常清楚，因为自己原本的出价是一亿啊。

莱恩心中挣扎起来，酬金翻了一百倍当然是好事，但自己的雇佣兵团根本不值这个价钱啊。对方会喊出这个价格，是因为对方误会自己了。莱恩想了一下，觉得还是雇佣兵团的声誉重要，所以开口说道："先生你误会了，我的要价是一亿。"

说完这话，莱恩明显感觉到从部下那里传来刺人的目光。若非顾虑到是在外人面前，部下肯定会开口反对了。

唐龙愣了一下，但很快用赞赏的眼光看着莱恩：这是一个诚实的人哪，要是自己遇到这样的事，一定二话不说点头了。

唐龙笑道："不知道你这雇佣兵团有多少成员呢？"

正在想着回去要如何跟部下解释的莱恩听到这话，不假思索地回答道："五百人左右。"

唐龙摇摇头，说道："人太少了。"在莱恩还没来得及说话的时候，唐龙就站起来，继续说道："我给你一百亿，这笔钱由你自由支配，要求你在今晚六点以前，尽最大能力请最多的雇佣兵加入进来，而且任务更改为消灭蝶舞会！"此时唐龙的声音变得异常冰冷。

唐龙知道自己根本不需要雇佣兵帮忙解救部下，因为靠自己那一百多个全副武装的特种兵足以完成任务，但为了消灭蝶舞

会，还是需要一大群雇佣兵。

唐龙曾对自己的部下做过承诺，凡是伤害她们的人，自己都会把他消灭！所以当自己把人救出后，就是蝶舞会灭亡的时刻了。

莱恩愣了一下，这个戴 W 型墨镜的神秘少年钱多得发烧吗？随便就扔出一百亿。而且他居然说消灭蝶舞会？难道他不知道那可是数万人的黑帮组织？

当然莱恩知道要是拒绝的话，兄弟可能会生啃了自己。再说雇佣兵就是为钱卖命的，管他对手是谁呢！至于打得赢打不赢蝶舞会则是另外一回事。想到这些，他忙点头答应。

接下来，莱恩和唐龙商定了集合的时间、地点。在获得了唐龙从网上拨入账户的钱款后，莱恩马上带着部下快步离开了房间，因为距离时限只有三个小时了。

刚一出门，一个部下就说道："团长，短短的三个小时让我们去哪里招人啊？"

莱恩还没有说话，另外一个部下就笑道："这不更好，招不到人，那个暴发户也没话说，我们可以独吞一百亿了。"

莱恩冷哼一声："你想让我们声誉尽毁吗？那个少年不是普通人，情报司的人在他面前都恭恭敬敬的，得罪他没我们好处。"

听到这话，四个雇佣兵想起那个情报司秘书毕恭毕敬的样子，不由得点了点头。

当初情报司找上自己这个雇佣兵团时，自己还以为得罪了情报司呢，吓得差点开口求饶，直到后来知道是替人请雇佣兵才松了口气。虽然至今也不知道那个少年是谁，但他们知道最好不要招惹他为妙。

看他老是说部下部下的，而且随便出手就是一百亿，一定是个达官贵人了。自己这个小小的雇佣兵团不要说和他斗了，连得罪他的资格都没有。

莱恩没有理会部下的反应，他对身旁的部下说道："给我联络其他雇佣兵，告诉他们只要三个小时内赶来这里，就可以参加总酬金达九十亿的任务。"

听到这话，四个佣兵都愣了一下，但很快便开心地笑着说道："团长英明！"

莱恩听到这话，只能无奈地叹了口气，如果不这样做的话，只要这些人回到团里，自己的地位就会动摇啊。

"埃尔先生，不知道蝶舞会有没有什么变化？他们确实是在晚上七点把人送走吧？"唐龙替埃尔倒了杯红酒后问道。

"谢谢。"埃尔道谢后，举杯笑道，"是的，唐龙先生，他们确实是在今晚七点把人送走，请您相信我们情报司的能力。再说了，只要蝶舞会一出现变动，我们会马上知晓的。"

埃尔话虽然这样说，但心中却想道：就算蝶舞会以前真的决定在今晚七点把人送走，现在也会更改时间了，更别说根本就没有这回事呢。呵呵，只能让您在宇宙港等上一段时间了。

埃尔在说完那些话后刚想和唐龙碰杯，却发现唐龙喝的居然是牛奶，不由得整个人都傻了。他从来没想到居然会有军人喜欢喝牛奶！

正在埃尔不知道说什么的时候，一个冒失的人连门都没敲就直接跑了进来，并且冲着唐龙大喊道："长官，盔甲为什么没我的份？"

埃尔抬头看去，发现一个有着一头鲜艳红发的美艳女子，正气愤地看着唐龙。

看到这个女子嗔怒的样子，埃尔心中不由得一跳。自己虽然在老狼那里看到那八个昏迷的女兵时就开始羡慕起唐龙来，可看到眼前这个女子的风姿，埃尔知道自己已经开始妒忌唐龙了。

唐龙好像完全没有被眼前这个女子的样子迷住，他表情很自在地喝了口牛奶，答非所问道："你擅长的是什么？"

红发女子听到这话呆了一下，回答道："我擅长的是火炮，这和不给我盔甲有什么关系？"

"特种装甲是近战用的，而火炮则是远程攻击用的，当然不适合你。"另一个女性的声音从门外传来。

还没从刚才的惊艳中恢复过来的埃尔，再次看直了眼，因为门口进来了七八个容颜不下于红发美女的绝色女子。而说话的则是一个黑头发、模样冷艳、年纪很轻的女子。

红发女子不满地对那黑发女子说道："你不是擅长电脑吗？那为什么你可以参加呢？"

黑发女子摇摇头说道："你忘了我除了擅长电脑外，还是特战队的成员吗？"

红发女子还想说什么的时候，一个身材修长、蓝色头发的女子拍拍红发女子的肩膀说道："不用闹了，我不也没份去吗？"

红发女子虽然嘀咕了一句："你是战机驾驶员，格斗战当然没你的份了。"但也不再抗议了。

埃尔虽然不知道这几个女子是谁，但他知道能够进唐龙房间的女子都不是普通士兵，看她们的人数应该是军妓连队的军官。

埃尔有点苦恼，因为他第一次感觉到情报的不足。对于这个SK二三连队，除了唐龙可以说比较了解外，其他人员的情报几乎是一无所知。谁叫以前军妓连队是藏在暗处的啊，别说自己这个情报司，就是中央的情报部，相信也没有这些女子的资料。

"尤娜呢？"唐龙看到女军官中没有尤娜的影子，不由得问道。

红发女子立刻接嘴说道："大姐和丽舞都在陪洁丝姐编组

队员。"

埃尔听到这话，立刻开始收集情报，就这一句话，他知道了连队三个军官的名字，也大约猜测到这三个军官的职务和能力。只是埃尔一直不明白，红发女子说的盔甲是什么东西。

唐龙听到这话愣了一下，尤娜是连队大姐、洁丝是特种兵队长，她们两个在编组队员并不奇怪，但丽舞这个戴着一副黑框大眼镜的女子待在下面凑热闹干吗？她不是搞文书的吗？

当然唐龙没有把疑问说出来。人家关心姐妹不可以吗？碍着谁了？

埃尔看到唐龙不向美女介绍自己，只好向美女热情地进行自我介绍，他摆出绅士的礼仪说道："各位小姐，很高兴见到你们，我是曼德拉先生的秘书埃尔，将负责完成曼德拉先生和唐龙先生的约定。"

自我感觉良好、以为可以知道这些美女、特别是那个红发美女的名字的埃尔却大失所望，因为这些美女只是点点头说句："你好，很高兴见到你。"就不再理他了。

可能美女们的这种反应对埃尔的打击还不算大吧，接下来的一幕就让埃尔忍不住要发狂了。

先是那些美女当他不存在似的，光和唐龙说话，理都不理他，接着那个红发美女嚷声好热，就一边脱衣服一边跑去浴室洗澡了。同时那个黑发美女也打着呵欠走进卧室，看她的样子就知道是去睡觉了。敢情这些女子把唐龙的房间当成自己的房间了！

有了这种感觉的埃尔，看着那个神色自若地一边和美女聊天、一边喝着牛奶的男人，就恨得牙痒痒的。他误以为唐龙早就把这些美女给吃了，所以才能对这些异常暧昧的举动毫无反应。

心里酸溜溜的埃尔，立刻起来说了几句客套话就离开了。他决定回去揩那几个依然昏迷的女兵的油，用来报复唐龙。

反人类行动

看到埃尔走了，唐龙也放下牛奶，离开凌丽和爱尔希的房间，回到对面那间属于他的 VIP 套房。

看着堆满客厅的特种盔甲的组件和那些配套的巨型武器，唐龙不由得搔搔脑袋嘀咕道："这东西到底怎么穿啊？我可不想像上次一样被人侍候着穿上。"

晚上六时三十分，花都酒店地下仓库内，原本堆满的仓库在这时已经没有任何一件货物了，取而代之的是密密麻麻的人群和数十辆军用运输车。

埃尔虽然站在唐龙身边，但还是猛盯着比自己高了一个头的唐龙看，此刻的唐龙除了脑袋，整个身子都套在了一套金属盔甲里面。

如果埃尔知道唐龙是在包括红头发的爱尔希在内的四个美女的帮助下，才穿上这套盔甲的，恐怕又会醋意滔天了。

在看到这套盔甲后，埃尔总算知道红发美女指的盔甲是什么了。

但是他很奇怪，唐龙这个家伙怎么能够在一天之内搞到上百套的特种兵装甲呢？他真的是得罪军部高官的人吗？就是和上面关系很好的军队高官，也不可能在这么短的时间内搞到这么多的特种兵装甲啊。

同时埃尔也打量起队伍前排的一百多名身穿这种盔甲的士兵，可惜的是看不出这些士兵的容貌，但可以确定她们个个都是漂亮的娇娇女。

当然，埃尔也时不时打量唐龙身旁的那个成熟的棕发美女，看样子她就是红发美女口中的大姐了。

唐龙冷冷地扫视了一遍面前这近万名的人，由于他戴着墨镜，谁也感受不到他的目光，但是前排一百多个身穿特种兵装甲的女兵，却不知道怎么搞的，居然能在唐龙看向这边时抬头挺胸。

而后面的雇佣兵虽然没有这样的反应，但大家都用炙热的眼神看着这个戴墨镜的少年，因为这个少年可是自己的财神爷啊。

"莱恩，在我发信号给你后，你立刻带人攻击附近的蝶舞会据点。"唐龙对身旁的莱恩说道。

蝶舞会据点的情报，埃尔早就交给唐龙了，当然这些据点都是宪兵司特意分出来，让给情报司占领的份额。

莱恩点点头说道："是，老板。"

莱恩没有想到自己只是发了个信息，居然呼啦一下子来了几十个雇佣兵团，雇佣兵人数差不多有上万人，而其中绝大部分是没听说过的雇佣兵团，看他们队友之间的态度，敢情是刚成立没多久的。

莱恩虽然奇怪这附近怎么突然多了那么多雇佣兵，记得一年前这附近最多才三四个雇佣兵团、一两千个雇佣兵啊，但他也没有在意，反正自己雇佣兵团的十亿酬劳早就拿了，剩下的就让这些人分吧。

"埃尔先生，警察和宪兵那里没有什么问题吧？"唐龙接着向埃尔问道。

"请放心，曼德拉先生已经处理好了，只要您不跑去演唱会那里开炮，就算您把这个星球翻转过来也没问题。"埃尔有点得意地回答道。

听到这话，唐龙并不感到吃惊，因为单单这近万名的武装人员毫无困难地进入漫兰星来到这里，就可以说明情报司为何是排行第一的官方势力了。

但唐龙却对这些拥有武装的雇佣兵感到奇怪，怎么会有这么多人参加雇佣兵团呢？联邦怎么会容许政府外的武装存在呢？难

道联邦从没想到过这些武装会变成隐患吗？

不过唐龙想到拥有几万武装人员的蝶舞会根本没有被政府打击过，心中也就释然了。

这是由于联邦的腐败才会产生的现象啊！由于雇佣兵是只要给钱就什么事都肯干，相信一定有很多政府官员都雇佣过这些人来做一些见不得光的事，也因为这样，政府才没有取缔雇佣兵吧。

唐龙取下墨镜，把墨镜交给待在身旁的尤娜保管，随后戴上了头盔。

这头盔传递影像时，是直接作用于视觉神经并在瞳孔内形成影像，就算是深度近视也可以看得一清二楚。

如果戴着眼镜之类的东西后再戴这头盔，让镜片挡住射向眼睛的射线，那就等于是个睁眼瞎了。

"好，出发。"

随着唐龙的话音落下，一百多个身穿特种兵盔甲的女兵，依靠盔甲的喷气功能，轻快地跑向运兵车，并快速地登了上去。

剩下的那些雇佣兵则在莱恩的指挥下排队等候在一旁，在运兵车出发后，他们将分成小组抵达蝶舞会的据点附近埋伏起来。

漫兰星中央广场。原本空旷的广场早在几个星期前，就在四周围上了数米高的栅栏，这种栅栏不但能抵挡漂浮车高速冲撞的力量，还可承受激光手枪的攻击，完全保证里面的人不会受到伤害。

整个中央广场只按东南西北的方向分成四个宽大的入口，每个入口都有二十道验票口。平时四周只有巡逻警和几个门卫戒备，但今天这里的每个入口处都排列着上千名全力戒备的武装警察。

没办法，今天是演唱会开始的日子，早在中午就有人进场了，而现在离开场只有三十分钟了，面对数十万的观众，能不多派些人戒备吗？

不过不要误会，这些武装警察的戒备不是针对持票入场的人。持票入场的个个都是达官贵人，这些武装警察保护都来不及，哪敢得罪呢。

他们戒备的人是那些拿着假票或好奇地挤上来的老百姓。对于挤上来的老百姓，用电棒打骂一顿赶走就行了，而对于拿假票想混进来的，呵呵，不打也不骂，只是拖走。至于这些人能不能见到明天的太阳，那就只有鬼才知道了。

说他们不怕被记者曝光？放心，所有记者都在里面忙着采访贵人呢！没有记者会在外面的，这可是情报司和警察司联手要求的结果哦，所以武装警察才会如此肆无忌惮地教训那些不开眼的家伙。

两个身穿轻便警服的高级警官站在武装警察背后，一边抽烟一边聊着天。

"这些死老百姓怎么这么呆？想看现场的话，带上望远镜去四周那些高楼不就行了，何必跑到这里来挤呢？"一个警官看着外面的人群说道。

"呵呵，这你就不知道了，本来是可以这样的，但情报司的人拍两大企业的马屁，说什么为了保证演唱会的音响效果更加完美，居然在栅栏内设置了一个巨大的保护罩，而且还是隔音隔影像的呢，你让他们怎么看啊？"另一个警官笑道。

"呸！他妈的，情报司的人就会多事，这么一来，不是连我们这些站在墙角的人都听不到音乐了吗？"第一个警官骂道。

"不过这样也不错，起码里面的达官贵人不知道外面发生了什么事。"第二个警官叹口气说道。

"咦？听你的口气好像我们漫兰星要发生什么事似的。"第一个警官有点惊讶地说。

第二个警官奇怪地问道："难道你不知道司长调走了一万名武装警察吗？"在看到第一个警官摇头后，他继续说道，"听说蝶舞会攻击其他黑帮，而宪兵司的人则跑去帮那些黑帮，我们那些武装人员就是预防他们打起来的。"

第一个警官骂道："妈的，蝶舞会和宪兵司这帮笨蛋，居然在这个时候闹！难道他们不知道要是让这些达官贵人知道火并的消息，我们整个星球都将去喝西北风吗?!"

第二个警官笑道："鬼知道那些家伙是怎么想的，不过现在有了保护罩，只要在演唱会结束前完事，他们就是闹翻天也不碍事，让他们尽管闹吧。"

"嘿，没错，让他们尽管闹，特别是宪兵司的人，死得越多越好，到时候就是我们警察司排第二了。"第一个警官不怀好意地说。

在两个警官相视而笑的时候，一个武装警察快步走上前来，悄声说道："大人物来了。"

两个警官听到这话呆了一下，好奇地探头朝外面看去，准备瞧瞧是不是自己认识的人。

只见数十辆高级加长轿车缓慢驶进了武装警察的戒备范围。武装警察看到这架势就知道是达官贵人来了，所以不但不拦，反而在后面拦住围上来的人群。

车子停下，首先从头尾几部轿车上下来数十个穿黑西装的保镖，迅速地分散到四周戒备起来。接着中间一辆轿车的门打开，走出来一个中年人。

看到那个中年人，不但两个警官吃惊地张开嘴巴，连那些武装警察也呆呆地看着那中年人，因为那个中年人正是万罗联邦总统——陈昱。

警察还没清醒过来，就看到紧跟在总统专车后的那部轿车上，也下来一个中年人，一个身穿万罗联邦元帅军服的中年人。

陈昱向奥姆斯特笑了笑，伸手向验票口做了个请的手势，奥姆斯特当然不是笨蛋，哪会在这种场合跟总统抢风头啊，所以忙笑着摇手，并示意陈昱先请。

从后面轿车上陆续下来的军政高官则带着虚伪的笑容，围在他们两人四周静候着。

两个警官看到那两个联邦的军政首脑还在谦让，禁不住猛地打了个寒战，因为他们想到，要是现在蝶舞会和宪兵司发生火并的话，这些军政要人肯定能够听到枪声。他们一边在心中骂着："你们这些猪猡怎么还不进去啊！"一边掏出对讲机向上头报告。

在场内听到报告的警察司长、星球球长、情报司长这三人全都吓了一跳，特别是曼德拉听到陈昱居然来了，不禁觉得脚和肚子都颤抖了起来。

"老板他怎么会在这个时候来呢？等一下发生的事他不可能不知道啊，怎么办，隐瞒吗？"

想到老板知道实情后的样子，曼德拉心里打了个寒战，忙打消这个念头。"唉，算了，老板知道了，我最多获利少一点，但怎么也能够安心放入口袋的……嗯，除了把主要责任推卸给那几个背黑锅的，其他的都说实话。看在一年上贡几万亿的份上，相信老板不但不会怪罪我，反而会大加赞赏呢。"

打定主意的曼德拉恢复正常神态，对星球球长说道："我们快去迎接总统吧。"

亏心事做多了的星球球长和警察司长只能无奈地点点头，跟着曼德拉朝门外走去。他们只好祈求情报部出身的陈昱不知道自

己的事情了。

在曼德拉他们走出大门的时候，陈昱他们也刚好准备进来。

验票的人当然不是白痴，总统和元帅难道不认识吗？这样的大人物来了，哪里敢验票呢，当然是堆着卑微的笑容，弯腰恭迎了。

奥姆斯特很感兴趣地看着满脸谄媚的漫兰星球长、警察司长、情报司长对陈昱说着恭维的话。

他并不在意这些人不恭维自己，自己的分量对这些下层的政府官员来说是不重要的，谁叫自己不是掌管他们命运的人呢！如果到军队去的话，自己和陈昱的待遇相信会倒转过来吧。

此时，奥姆斯特不由得想起不久前陈昱亲自来访的事：记得陈昱虽然大部分时间都是说些客套话，但陈昱话里的意思自己相当明白，他是想和自己结为同盟呢。

"下官除了拥有元帅军衔外，根本没有什么实力啊，不知道总统阁下为何要和下官……除了叛乱的一个大将外，剩下的三个大将都是不错的朋友嘛。"当时自己是这样回答陈昱的。

可陈昱却笑笑说："不要瞒我，我知道你的底细。"

呵呵，看来他收集情报的能力挺厉害的，知道我不是像表面上显示出的那样。不过啊，陈昱先生，您真的知道我的底细吗？如果您知道的话，就不会考虑和我结盟了。

奥姆斯特一边思考着，一边进入验票口，他虽然有所准备，但还是被眼前看到的一幕惊呆了。

一眼望去，密密麻麻的人海望不到尽头，数十万人挤在这个中央广场，显得那么的密集，却又没有一丝的嘈杂。

这些人全都是实力雄厚的贵人，不是政府要员就是商场巨贾，如果把这些人全部杀死的话，相信联邦会即时崩溃吧！

奥姆斯特强行把那个想命令秘密部队往这里投放核弹的念头

抛到脑外，因为他知道这些人，特别是其中的商人，如果全部完蛋的话，万罗联邦将变成毫无价值的混乱星系，就像无乱星系那样，根本没有夺取的价值了。

"唉，要是有个所有军政官员齐聚一堂的会议该多好啊，那么就不用这么麻烦了。"奥姆斯特暗自在心中叹了口气，跟着引导员走向自己的坐位。

至于陈昱，在和星球球长客套几句后，就跟着那个情报司长不知道跑到什么地方去了，不知道这帮情报系统的人又在搞些什么鬼呢？

漫兰星中央广场某间临时休息室，门口站着四个穿黑西装的大汉，再远一点还四散地站着数十个服装各异的汉子，隐约摆出护卫这间休息室的架势。

休息室内的墙角有着几个闪着电子灯的球形机械，内行人一看就知道是用来反监听的间谍设备。而在这个戒备如此森严的休息室内只有三个男子。

坐着的是陈昱，站在他身后的是情报部长密斯，而在他们面前恭敬地站着的则是曼德拉。

"曼德拉，你说有重要的事，到底是什么事呢？"陈昱很客气地说道。他对自己最得意的地方是：对于联邦各星球情报司负责人的底细，自己都一清二楚。

说来好像没什么大不了，但要知道，整个联邦拥有六千七百多个行政星，也就是说有六千七百多个情报司长。一般要记住这么多人的名字都很难，更别说记住这么多人的底细了。

当然，自己当初可是没日没夜地去记去背，一直训练到电脑随机冒出一个星球名，自己就能随口说出负责人的名字、家庭、背景、履历。能有这样的成果，除了靠自己的坚强意志支持外，

更重要的还是因为掌握他们就等于掌握了整个联邦。

"老板，唐龙来这星球旅游，但他却因为部下的原因而卷入了黑帮争斗。"

曼德拉把事情经过说了出来，当然他在说出宪兵司如何利用唐龙和黑帮之间的一点小事来扩大纠纷，并借此实行吞并黑帮的阴谋时，给加了点油、添了点醋。

总之，所有的一切都是宪兵司搞出来的，而自己只是在发现这是个好机会后，为了老板的收入着想，开始反客为主，把整个星球的势力都算了进去，准备为老板牢牢控制整个星球。

曼德拉说完事情的经过，忐忑不安地等待着陈昱的回答。陈昱思考了一下，向密斯问道："你说曼德拉这个计划可行吗？"

密斯最拿手的就是这些阴谋诡计，他在听曼德拉说的时候，就开始在脑中计算这个计划的可行性，当曼德拉说完时，他脑中已经有了答案，现在陈昱一问，他就立刻回答道："老板，我看这个计划可行。"

"哦，说来听听。"陈昱点头说道。

密斯恭敬地说道："是。说这计划可行的最重要一点，就是把唐龙拉了进来。虽然不知道军部的人既然那么嫉恨唐龙，却为何不直接处理掉，反而好像躲避瘟神似的躲着他，但这也可以保证，唐龙把军部支持的宪兵、警察、黑帮消灭掉，他们只能吃个哑巴亏。而且就算他们要算账也只能找唐龙，不会找到我们身上。"

"唐龙没有那个能力把宪兵、警察、黑帮处理掉吧？"陈昱持怀疑态度。他当然知道唐龙是什么人，那个少年只是走了狗屎运才会活到现在，也不知道军部那帮白痴是干什么的，如果换成自己，要清除他的话，只要随便派个杀手就行了。

"唐龙没有那个能力，但我们有啊，可以派人装扮成雇佣兵帮助唐龙消灭这些势力就行了。"密斯忙说道。

陈昱笑了笑，能够适当让部下表现一下也是当首脑的义务啊。如果首脑在任何时候都表现得不用部下去思考的话，那么部下不但会变得过分依赖首脑，而且还会变得越来越笨。

熟悉陈昱一举一动的密斯，看到陈昱的笑容立刻冷汗直冒，因为他知道陈昱早就想到自己要说的话了。

陈昱对曼德拉笑道："曼德拉，这件事就照你的意思去办。记住，要让外人看起来好像是那些势力激怒了唐龙，才获得灭亡的下场。哦，还有，以后这个星球的利润我只要四成，其他的由你支配吧，不要亏待了部下。"

原本曼德拉那不上不下的心情，在听到这话后立刻踏实了，他马上响亮地应了声是，接着就莫名其妙地异常兴奋起来。

因为曼德拉以为自己只能得到百分之几的利润，可没想到居然有六成，那可是好几万亿的收入啊！

同时曼德拉也把让秘书永远睡觉的决定取消了，要是被老板知道自己对手下这么残忍，结果一定不妙。

兴奋不已的曼德拉看到密斯在和自己使眼色后，心中的兴奋程度立刻降了不少。

曼德拉在心中叹了口气：唉，看来要分一成利润给这个名义上的顶头上司了。想着这儿，他悄悄地伸出了食指。

密斯看到曼德拉悄悄地伸出一根手指，当然知道这是什么意思，自己不劳而获就能得到一成利润，怎么会不同意呢，所以忙眯着眼睛含笑点了点头。

两个部下的暗语都落入陈昱眼中，陈昱当然不会在意他们怎么分账，也不会贪多。让卖命的人占好处的大头是应当的，不然以后还有谁愿意为自己卖命呢？

陈昱舒了口气，如果曼德拉的计划成功的话，自己的稳定收

173 反人类行动

人就可以跳跃几个台阶，到时候组建部队的资金就不会像现在这么紧缺了。

"唉，希望唐龙这个灾星能当好他的角色。"陈昱闭上眼睛，悠悠地叹了一句。

第十三章　激烈火并

　　漫兰星宇宙港的两个机场警察，无聊地在空荡荡的候机大厅晃悠。

　　左边那个对身旁的伙伴说道："真他妈的怪事，以前不分昼夜都挤满旅客的宇宙港居然会有空无一人的一天！"说着缩缩脖子，显然对这么寂静的环境不太适应。

　　"有什么奇怪，停泊的飞船都把这港口挤满了，外面的进不来，里面的出不去。再说也没人出去，全都跑去中央广场凑热闹了，哪里会有人呢。"右边那个把玩着电棒的警察不在意地说。

　　"呸，那里人挤人的，我就不信能看到什么。想看的话，直接看电视转播不就行了！"左边那个吐口口水说道。

　　"呵呵，你以为大家挤在那里是看演唱会的吗？悄悄找人聊天的人肯定比看演唱会的人多，那里可是拉关系的好地方啊。"右边那个笑道。

　　左边那个还想说什么的时候，突然听到外面传来奇怪的声音，两人不由得紧张地互相望了望。

　　"什么声音？已经挂了闭港牌了，不可能有人来啊！"左边那个有点紧张地说。

　　"管他什么声音，要是有小偷来，我们正好可以消磨一下时

间。"右边那个狞笑着掏出手枪说道。

"嘿嘿，最好是女的，要是能像上次捉到的那么够味就好了。"左边那个眯着眼睛，用舌头舔了下嘴唇，带着淫笑掏出了手枪。

两人掏出手枪朝声音发出的地方没走几步，就被从那边突然冲出的几道巨大黑影吓了一跳，刚条件反射地举枪，就被一阵巨大的痛楚袭击得昏倒在地。

昏倒前他们看清了那几个黑影居然是身穿武装盔甲的人，对于这种盔甲，看过战争电影的人都知道那是联邦特种兵的装备。

他们昏迷前的惟一念头就是：军队怎么会在这里？

两个特种兵迅速把昏迷的机场警察拖走，剩下的几个特种兵则悄然无声、但又速度敏捷地奔向宇宙港控制室。

"埃尔先生，真的是这个登机口吗？"

笼罩在盔甲内的唐龙，看着眼前这个被上下五六层数百艘飞船挤得容不下空隙的港口，有点疑惑地问。

依然西服革履的埃尔看着眼前密集的飞船，有点呆滞地说道："这个……我也不大清楚，但情报显示蝶舞会确实准备在这个港口把人送走。"

他心中暗自骂娘，是谁想出这么白痴的点子，难道不知道这个港口现在连人都挤不进去吗？还说什么发射飞船！

唐龙狐疑地看了一眼埃尔。也难怪唐龙怀疑，本来埃尔可以直接用情报司的名头接管宇宙港，但埃尔却说这么做会惊动蝶舞会，转而让唐龙的部下动手，当时还觉得有理，但现在想想没有巡警和值班员，蝶舞会不是会更加怀疑了吗？

唐龙压下有点烦躁的心情，按动手臂上的一个按钮，开口说道："洁丝，值班的控制员怎么说？"

听到唐龙的问话，已经占领宇宙港控制室的洁丝看了一眼在雷鸣枪下吓得脸色清白、浑身颤抖的值班员，无奈地摇摇头回话道："报告长官，刚才问过了，值班员说他不知道，要不要把他……"说着示威性地晃晃雷鸣枪。

那个值班员听到洁丝的话，立刻带着哭腔说道："饶命啊长官，我只是一名小职员，哪里会知道蝶舞会的事情啊，而且现在宇宙港密集成这样，哪有可能让飞船离开呀？"

唐龙也听到了这个值班员的话，顿时心头一震，因为他知道除了战舰，其他普通飞船不可能不经过太空港的引导就离开星球。

也就是说，除非蝶舞会拥有自由出入星球的小型战舰，不然只能依靠太空港离开，而现在自己也看到了，这个密集的太空港根本不能让下面的飞船飞出去。

想到凌丽对自己说过的话，唐龙立刻掏出雷鸣枪对准了身旁的埃尔，随着唐龙的动作，所有的特种兵也把枪口瞄准了不知所措的埃尔。

"唐龙先生您……"

埃尔立刻高举双手吃惊地问，他搞不懂唐龙怎么会把枪口对准自己，那个值班员说的话，他这没穿盔甲的人是听不到的。

"看这宇宙港密集的样子，根本不可能让下面的飞船离开！你们情报司居然敢欺骗我！"

虽然看不到唐龙的样子，但这冰冷的语气和那闪亮的枪口，都让埃尔心中一阵颤抖，但他也从唐龙的话中知道唐龙并不了解情报司的计划，只是在看到太空港的状况时产生了疑惑。

埃尔心神一定，立刻冷笑道："哼，唐龙先生，我们情报司绝对没有骗你，我们只是把获得的情报如实告诉你。要真说被骗的话，那也是我们一起被人骗了。"

唐龙听到这话，把枪口放了下来。

唐龙现在的心情异常烦躁，他不知道自己是怎么了，这段时间做事老是觉得束手束脚的，什么事都要三思而行。

如果自己一获得蝶舞会的情报就马上攻击，恐怕现在已经把人救回来了。偏偏自己顾及对这星球的什么狗屁影响，跑去听信情报司的话，搞得现在白白地耗在这里，要是蝶舞会有战舰的话，那自己的部下不是早就被送走了？

唐龙不知道他自己会变成这样畏首畏尾，是因为他在知道自己被连队视为支柱后，无意识地把自己直来直往的单细胞性格压抑了下去，他现在所做的一切都以不影响连队为前提。

洁丝听到唐龙没有回应，禁不住有点奇怪地问道："长官，怎么了？"

而埃尔此时刚好看到自己危机已去，他整整衣领对唐龙说了句："唐龙先生，我看再等一下再做决定吧，毕竟情报是说他们在七点钟的时候登机离去，现在还没到七点呢。"

听到埃尔的话，唐龙冷哼一声，反正他决定按照自己的想法来做了。

只见他按动手臂上的一个按钮，所有特种兵的手臂上空都出现了一幅立体地图。唐龙这副盔甲是指挥官盔甲，可以控制全队盔甲上的某些功能。

唐龙在地图上点中一个地区，说道："命令所有人到此集合，准备攻击无夜宫，抓住蝶舞会的首脑！"

埃尔一听吓了一跳，现在还没有让宪兵司和警察司火并，唐龙这么早出动，肯定会搅乱计划的！

他一边开口制止道："唐龙先生，您这么做不怕蝶舞会的人拿您的部下来威胁吗？不怕他们把您的部下准时送走吗？"一边偷偷地猛按衣袖上的一个按钮，准备通知自己的上司。

"哼，他们谁知道谁是我的部下？再说就算我的部下被他们送走，只要抓住他们的首脑，还不是可以让他们送回来？"

唐龙不经大脑说出这话后，不由得心中一跳，真是越想就越觉得自己聪明，这么简单的问题怎么自己现在才想到解决方案呢？都是情报司这些白痴把事情想复杂了，才害自己浪费了这么多时间，看来以后不要轻易听任别人指手画脚为妙。

所有的特种兵听到了唐龙这话全都一震，对呀！只要抓到了蝶舞会的首脑，就算姐妹被送走也可以让他送回来嘛，怎么自己没有想到这么简单就可以解决问题呢？

唐龙不理会还要说什么的埃尔，径自把手一挥，带着士兵冲出宇宙港，朝隐藏运兵车的地方奔去。

满脸铁青的埃尔在向上司发出短信后，也只好无奈地跟了上去。要是唐龙脱离自己的掌握，鬼知道有着灾星之名的他会不会真的把这个星球给毁了。

陈昱朝离自己几个位子的两大企业的执行董事长含笑点头打招呼，那两个老家伙只是向陈昱点点头，就不再理会了。

陈昱虽然被他们冷漠的样子弄得一肚子的火，但也知道两个老家伙有这样对待自己的资格。谁让他们的势力遍布全宇宙，他们肯在万罗联邦这个偏远国家举办演唱会就算是给联邦面子了。

两个老家伙对陈昱和唐龙的态度完全不同，是因为他们顾及到唐龙年轻。年轻人做事不经大脑，完全凭心情做事，老人怕唐龙来蛮的，所以用软索来套他。

而成熟的中年人，做事三思而行，瞻前顾后的，所以两个老人才敢不给面子，反正他顾及两大企业的势力也不敢怎样。

奥姆斯特当然能了解陈昱的心情，刚才他向那两个老家伙打招呼的时候，他们连头都没有点呢。

没办法，对于企业总部设置在武莱合众国这个宇宙第一大国

的两个老头来说，自己这地方简直就是蛮荒之地，能来这里就不知道是多大的面子了。

奥姆斯特对他们骄傲的神态并不奇怪，奇怪的是他们为何会来这里开演唱会？

两大企业在联邦开演唱会的消息传出去后，整个宇宙消息纷传，甚至很多国家用酸溜溜的语气询问：为何要在万罗联邦这么偏僻的地方举办演唱会？

两大企业只是因为漫兰星是旅游之都才选定这里的吗？这个理由说出去没有多少人相信，那么他们选定这个星球还有什么理由呢？

奥姆斯特摇摇头决定不想这些，反正这两大企业就算有什么阴谋，也不会看上万罗联邦这个蛮荒之地吧。

转移了思维的奥姆斯特想起秘书处在前段时间汇报，发现代号为二三TL游戏者的消息。

老实说，对于这个二三TL，奥姆斯特兴趣不是很浓。他看过二三TL的游戏过程，那只是个还没完全成熟的战术家。

他之所以追查二三TL，是因为其他五个同样以二三为前缀名的游戏者，这五个人绝对都是优秀的战略家，自己需要的就是这样的人才。

惟一让奥姆斯特隐约有点不安的是，从纪录中知道，这五个玩家明显是在游戏中锻炼那个二三TL，感觉像是有组织有系统地训练人才，恐怕这六人都已经身有所属了。

胡思乱想的奥姆斯特突然被身旁走动的人影打断了思维，抬眼看去，发现那个漫兰星情报司长和陈昱低语几句后，就急匆匆地离开了。

虽然有点好奇，但他没有问，反正这段时间自己不需要做什么，只要静静地等待着行了。

正在这时，全场一片漆黑，奥姆斯特按了一下手表上的按钮，看到此时正是七点整，不由得微微一笑：挺准时的，该好好看看两大企业力捧的神秘歌手是什么样的了。

此时的唐龙可以用猖狂来形容。为什么？因为他居然带着上万名全副武装的士兵冲进了繁华的街道。

原本挤在街上看着巨大立体屏幕、等待演唱会现场直播的人群，被突如其来的数十辆运兵车，还有后面密密麻麻的武装大汉，吓得鸡飞狗跳地闪开一条大道。

唐龙觉得速度太慢了，这样走要走到何时？可也没办法，这种运兵车飞不高，只能浮离地面几尺而已，再说地上人群拥挤，能开得快才怪，也不知道情报司从哪里搞来这样的烂车！

而那些雇佣兵，由于人数太多了，只能靠双脚跑步，这样能跑多快？也幸好他们还没进入布置点，刚出门就被唐龙叫了回来，不然恐怕单单集合人员就要花上好长一段时间呢。

烦躁不已的唐龙看到人群中停泊着的漂浮车，不由得灵光一闪，忙向部下们命令道："停下！给我把那些漂浮车征用了！"

原本就为引起群众惊慌而头疼不已的埃尔听到这话，立刻吓了一跳，慌忙说道："唐龙先生，不行啊，这样会引起骚乱的！"

"关我屁事！谁叫你不多弄点好车过来。"唐龙冷冷地回了一句，就带人跳下了车。

要跑步的雇佣兵们因为合约的关系，虽然不情愿，但也只能背着武器长跑了。很多人都跑得气喘不已，现在听到可以抢车来用，那还不立刻行动？

雇佣兵才不管什么礼貌不礼貌的，只要雇主有令，就算叫他们朝这些老百姓开枪都没问题，别说是抢漂浮车给自己用了。所以这些雇佣兵立刻三个一伙、五个一群地扑向人群中的漂浮车。

一辆漂亮的漂浮车，被好几伙识货的雇佣兵看上了，全都围在那里争吵着这辆车的归属。

车内一个神态高傲的年轻人打开车窗破口骂道："你们他妈的是哪个部队的？谁让你们跑出来的？一点规矩都没有！快滚开，把少爷我的车弄脏了，卖了你们也赔不起！"

这几伙原本就因争吵而怒气冲天的雇佣兵听到这话，立刻把那年轻人拖出来拳打脚踢，而那辆漂亮的漂浮车也遭了殃，被发泄得不够的雇佣兵砸成了一堆破铜烂铁。

总之这条街上的漂浮车，凡是车里有人的，立刻被雇佣兵抬枪把人赶下来，反抗的更被狠狠地揍了一顿，而没人的则被雇佣兵开枪把车窗打破，打开车门坐了进去。

至于怎么启动车子？嘿嘿，雇佣兵当中偷车出身的不在少数。

原本因看到运兵车以为是联邦军队而只是待在一旁好奇观看的群众，发现这些武装人员居然像土匪一样打人抢车，不由得惊叫一声四散而去。

当然也有人打电话报警，不过当警察听到有密密麻麻不知道多少的武装人员在抢车，吓得立刻把电话挂了。而原本在街上巡逻的警察，在看到这帮人的武器和人数后，立刻悄悄脱下警服，混在人群中跑了。

看到这一幕，埃尔手脚颤抖地哆嗦着："完了、完了，这回全完了！"

他知道这么大的一件事别想隐瞒下去，这些人群全都是旅客啊，能够隐瞒吗？不用多久全宇宙都会知道漫兰星的治安不好了，这样一来，漫兰星的旅游业除了完蛋还能怎样？

唐龙看到雇佣兵们有点兴奋过了头，抢完车后居然开始打砸四周的商店和追逐人群中的女子，不由得抬手冲着几个正追着一个女子跑的雇佣兵就是一枪。

轰的一声巨响，这几个故意落后女子几步追着玩的雇佣兵，被这一枪轰得在空中翻了几个滚，摔到地上惨叫起来。

而那个被震飞好远的女子，则飞快地爬起来，回头看了一眼后面，惊叫一声，就嗖的一下跑远了。

看着地上那个大坑，雇佣兵们都呆住了，没想到雷鸣枪居然威力这么大，就算装甲车也抵不过这一枪啊！

而唐龙的部下，则非常有默契地提枪对准四周的雇佣兵。暂时充当雇佣兵头目的莱恩立刻跑上前来想说什么，但被唐龙制止了。

唐龙启动运兵车上的高音喇叭，冷声说道："在你们完成任务前，必须无条件执行我的命令。胆敢抗令的，死！"

这个死字一出口，让听到的人都不由自主地打了个寒战。

雇佣兵当然知道雇佣期间就是要服从雇主的命令，这是职业道德嘛，却从来没想过不服从是要死的。

虽然他们心里有点愤愤不平，但看到特种兵手中的雷鸣枪，想到特种兵身上那可抵挡镭射炮以下武器攻击的盔甲，只能缩缩脖子，乖乖地钻进抢来的漂浮车，静静地等待下一个命令。

埃尔呆呆地看着这一切，他当然清楚没有素质的雇佣兵一乱起来就会变成什么样，可没想到唐龙居然一枪就把混乱局面收拾好了。不知道是该佩服他呢，还是该咒骂他，因为这场骚乱原本就是他搞出来的啊。

想到以后的局面将越来越不可收拾，埃尔就一阵头疼。最后埃尔只好把事情上报给长官，让他去头疼好了。

唐龙在踏进一部漂浮车之前，把手一挥，命令道："目标无夜宫，出发！"

随着唐龙的命令，数千辆漂浮车浮在空中，跟随着唐龙朝目

反人类行动

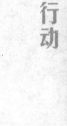

的地驶去。

坐在唐龙身旁的埃尔，看着下面已经被愤怒的人群围住开始打砸的那数十辆运兵车，不由得苦中作乐地想：幸好情报司没有运兵车，不然……嘿嘿，这些运兵车的编号可是宪兵司的哦，看来宪兵司要替唐龙背这个大黑锅了。

接到情报的曼德拉先是呆了一下，接着跳脚骂道："白痴！一帮白痴！怎么会让他去扰乱民众？妈的！"

骂了一阵，恢复平静的曼德拉叹口气，掏出通讯器拨了个号码，说道："是我，给我提前执行计划！"

谭副官关掉通讯器，眯着眼睛看着前面拦住宪兵队伍前进的近万名武装警察，扭头向身旁的一个宪兵做了个暗号，这个宪兵点点头，提着一个一米多长的箱子离开了。

此时，一个身穿便装警服的警官站在一部开上前来的敞篷警车上，远远地对谭副官笑道："我说谭副官，你们宪兵的职责是防止叛乱，为何越界跑来当起警察了啊？"说着眼睛里散发出寒光。

谭副官也笑道："副司长，这就是你见外了，怎么说我们宪兵也有维护安定的责任啊，总不能看着黑帮火并不管吧？"

副司长扭头看了下远处传来激烈枪声的工厂，回头笑了笑，说道："黑帮火并？没有啊，这里这么安静，哪有黑帮火并呢，想来一定是有人恶作剧戏弄你们吧？哈哈哈。"说完这个副司长就狂笑起来。

宪兵们听到这话，全都咬牙切齿地瞪着这个警察司副司长。

一道耀眼的光芒一闪而过，狂笑声立刻哑了，副司长瞪着不敢相信的眼神，带着额头上的一个血洞，永远地倒了下去。

谭副官立刻愤怒地回头怒吼道："谁干的!"他看到宪兵们惊讶当中带着解气的神情，不由得暗自好笑。

突然几个宪兵脸色大变地喊道："长官小心!"说着朝谭副官扑上来。

谭副官当然知道怎么回事，感觉到身上的防弹衣一震，就立刻惨叫一声从车上摔倒在地。而与此同时，谭副官身边的宪兵立刻大怒地端枪朝那个在副司长身旁，向这边举着手枪的警察开火了。

得知自己长官被杀，警察和宪兵立刻互相射击起来。挣扎着爬起来的谭副官喘着气喊道："停下! 全都给我停下!"

谭副官喊这话的音量很微弱，微弱到只能让他身旁的几个宪兵听清楚。

护住谭副官的几个宪兵忙说道："长官，情况越来越混乱，停不了了! 您快上装甲车!"说罢，不等谭副官说话，就连拉带推地把谭副官送上最近的一部装甲车。

在谭副官进入装甲车后，这几个宪兵立刻大喊道："兄弟们，灭了这帮腐烂的警察! 冲啊!"说着就往前冲去。

他们的声音和动作起了带头作用，原本就看警察不顺眼的宪兵，立刻哇哇大叫着朝警察冲去。

武装警察虽然拥有不错的武器，但这只是相对于黑帮来说的，可宪兵不是黑帮，而是准军队的暴力机构啊。

虽然一开始冲在前面的宪兵被武装警察打死打伤很多，但在宪兵的装甲车跟上来的时候，死伤惨重的就是武装警察了。因为警察方面的防暴车只有催泪弹、高压水枪之类的武器，而宪兵的装甲车则拥有连发机炮，而且装甲也比防暴车厚了许多。

完全不怕警制武器攻击的装甲车，一边放手地使用连发机炮把身边的警察轰成碎块，一边全功率发动引擎，死命地把武装警

反人类行动

察撞倒，然后辗上去。

在数十辆装甲车的带领下，宪兵们也如猛虎扑入羊群一样，端着军制武器疯狂地扫射着四周的武装警察。

眼前血腥的一幕，把没怎么见过血的宪兵们引入了嗜血的境地，他们居然不接受战意全无者的投降，不理会倒地受伤者的哀号，尽情地屠杀着落入下风的武装警察。

宪兵们疯狂的举动让武装警察恐慌地往工厂那边溃退。

原本还得意洋洋虐杀着敌人的蝶舞会成员，被外面激烈的枪声和凄惨的叫声吓了一跳。

蝶舞会的老四和老五相互注视了一下，立刻带人往外跑去，他们不相信宪兵和警察翻脸了。

而喘过一口气的残余黑帮分子也紧张地握着武器，静静地聆听着外面的声音，他们虽然知道宪兵来帮忙了，而且和警察翻了脸，却不知道是谁胜了啊。

老四和老五跑到外面一看，发现警察像被赶羊一样被宪兵往这边赶，不由得大吃一惊。老四失声喊道："宪兵怎么敢攻击警察啊？难道他们不怕……"

老四的话还没说完，就看到一道耀眼的光束朝这里飞来，不禁吓得大叫："哇！快躲！"

轰的一声，老四等人原来所在的地方被炸了一个大坑，老四晃晃满头的尘土，从角落里爬起来，骂道："他妈的！宪兵司来真的了，居然连大炮都拉来了！"

老五同样也是满头灰尘，但他顾不上清理，焦急地对老四喊道："四哥，快和总长联系，让靠山来制止宪兵司，不然我们全都得完蛋！"

老四忙点头掏出通讯器准备联络总部，但是后方突然传来激烈的枪声，一个大汉慌忙跑来喊道："大哥，那帮家伙不要命地冲出来了！"

原来那些黑帮分子看到那发爆炸的炮弹，立刻知道是宪兵胜利了，所以立刻冲出来准备和宪兵一起夹击蝶舞会。他们怎么会知道的？这是因为：警察是没有炮的啊！

被人像狗一样打的武装警察，看到工厂门口站有拿着武器的人，立刻如惊弓之鸟一样地开火攻击。

蝶舞会的人被这双面夹击打得昏了头，立刻慌乱起来。

老四慌张地冲着远处的警察大喊："不要开枪！我们是蝶舞会的人啊！"

随着老四的喊话，数十道激光扑射而来，一瞬间老四就变成了蜂窝。

老四至死也不知道他不喊自己是蝶舞会的人还不会死得这么惨，那些武装警察就是因为蝶舞会才会被宪兵赶尽杀绝，他们一肚子的火气，能放过蝶舞会吗？

抽着香烟，坐在装甲车内的宪兵司谭副官，一边看着屏幕传来外面的情况，一边拿起话筒说道："把那些警察赶进工厂就可以了，记住不要追进工厂，在外面围住就行。"

在喇叭传来部下遵命的回应后，谭副官关掉通讯系统嘿嘿一笑，想道：先让他们自相残杀一会儿，等他们全进入工厂后，几发炮弹就能把他们炸个精光，嘿嘿，这样多省事啊！

谭副官在暗自得意了一阵后，想起自己还要做的事，忙从身上掏出通讯器，先拨通一个号码，只说了句"可以行动"就挂掉，然后再拨通宪兵司长的号码。

"什么？警察司这帮猪猡实在欺人太甚！给我狠狠地打，把他们全部消灭都没有问题！"

坐在宪兵司长办公室的宪兵司长听到谭副官那加油添醋的汇报，气就不打一处来。

怒气冲天的他立刻命令布置在各警区戒备警局的宪兵发动攻击，他准备把警察司这个讨厌的家伙给一锅端了。

想到自己调动了这么多军队，占领蝶舞会的地盘时肯定会少了好几块。宪兵司长不由得叹了口气，摇摇头想道：妈的，就算便宜情报司好了。

宪兵司长给自己倒了杯酒，端着酒杯来到窗口，看着外面的夜景，不由得露出得意的笑容：以后这个星球就是自己的了。

在宪兵司长准备仰头喝酒的时候，后面传来敲门和开门的声音。宪兵司长好奇地回头看去，这一看，立刻让他脸上的笑容消失了。

站在门口的不是宪兵司长的卫兵，而是一个蒙着脸、身穿黑色紧身战斗服的大汉。

此时这大汉手中握着的黑色手枪，正对准了宪兵司长。

看到这个大汉臂膀上的徽章，宪兵司长只来得及说了句："人质解救部队……"就在一声微弱的枪声中，直挺挺地摔倒在地，而窗口那面高强度防弹玻璃，则在枪响的同时染上了一大片红白相间的液体……

蒙面黑衣大汉看也没看地上的尸体一眼，转身就走，走出房门的时候，他按住耳朵说了句："一号目标清除，汇报情况。"

在大汉身影消失的时候，还可以隐约地听到"二号目标清除，三号目标清除……"的声音，最后传来大汉一句"任务完成，全体撤离"后，就再也没有什么声息了。

从窗外看去，可以看到数十道黑影分别从宪兵司的各栋楼房里快速地跑出来，在集合后就飞快地消失在夜幕中。

此后整个宪兵司总部一片寂静，那是没有任何生命存在的那种寂静。

反人类行动

第十四章　二号星零

　　漫兰星中心广场，远远望去，坐着的人群形成了一个扇形。虽然在这漆黑的环境中什么都看不清，但所有的人都一起屏住呼吸，把目光望向前面那巨大的舞台，因为他们知道演唱会就要开始了。

　　忽然之间，一道摄人心弦的天籁之音，打破了这片寂静，并在同一时间传入了无数人的耳中。

　　所有的人都被这声音弄得心头一震，接着立刻被眼前的一幕迷住了。

　　在歌声传出的同时，一道巨大的光芒天梯从舞台上方的高处照射下来。在光芒天梯的尽头，出现了一个金发轻舞、白衣飘飘、身形婀娜的窈窕女子。

　　虽然距离很远，看不清这个女子长得什么样，但每个人在看到这一幕后都只有一个念头，那就是女神降临！

　　这个被烘托得如女神般的女子，从天梯上缓缓而下，来到了舞台中心。

　　在她降落的一瞬间，近百个悬浮在广场四周的巨型立体屏幕，立刻转过镜头，把这女子被放大数十倍的脸部特写映入众人的眼帘。

看到这个女子的模样，刚才被歌声迷住的陈昱和奥姆斯特猛地一震，不由自主地扭头看了看对方。

在发现对方眼中净是疑惑和震惊的神色后，两人立刻看了看不远处的那两大企业的执行董事长。

当看到这两个老人也是一脸呆滞的样子，他们不由得愣了一下。

而当他们两人正想商讨些什么的时候，却被接连而来的歌声弄得忘了自己要说什么，开始专心聆听起音乐来。

在这个女子的容颜展现在众人面前的一瞬间，广场内的人以及广场外所有在屏幕前看到这一影像的人，全都做了个整齐划一的动作——猛吸一口气。

在这一刻，众人都忘了自己的存在，只是呆呆地看着这个女神的淡雅红唇微微张开，听着从她口中传出的迷人歌声。

漂浮车上的唐龙等人也呆呆地坐在坐位上，静静地聆听从收音机传出的歌声。

当歌声停止了好一会儿，埃尔才从沉迷中苏醒过来，深深地喘了口气，说道："我长这么大还从没有听到过如此摄人心弦的歌声，难怪两大企业要力捧这个歌手，如果这个歌手出唱片的话，我一定会买来收藏。"

唐龙赞同地点了点头，但他猛然想起了什么，立刻按动手臂上的按钮，说道："所有人听令，关掉收音机，想听的话以后可以买唱片来听，但不是现在！"

唐龙知道这种歌声能使人沉迷下去，平时倒还没什么，但现在自己可是去救人啊，怎么可以沉迷于歌声呢？虽然有点舍不得，但也只能下达如此的命令了。

唐龙在上车后不久，就把自己盔甲的通话功能和那些雇佣兵耳边的对话机连接上了，所以唐龙下达的命令，不但特种兵能听

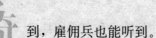

到，雇佣兵也能听到。

　　唐龙的命令下达后，第一个回应是来自一百多个女性齐声回答的声音，接着回应的是杂乱无章，并且语气中带着不情愿味道的一片男性的声音。

　　唐龙摇了摇头，雇佣兵就是雇佣兵，纪律根本不能跟正规军相比啊。

　　中心广场内，一阵热烈的掌声几乎要把外面的保护罩震碎，广场内的人都不知道手疼似的鼓着掌，他们不是拍两大企业的马屁，而是真心在鼓掌。没办法，谁叫自己听到这么感人的歌声呢。

　　那个如女神般的金发美女，站在舞台前端向四周鞠了一躬，抬起头露出迷人的笑容，说道："我是星零，谢谢大家光临捧场，欣赏我的演出，谢谢。"

192

　　会场内都是达官贵人，所以他们只是用热烈的掌声回应星零的话，而在会场外面观看的那些年轻人则开始兴奋地挥动拳头大喊着："星零！星零……"

　　听到星零报出自己的名字，原本就满腹狐疑跟着大家鼓掌的陈昱和奥姆斯特，立刻震惊地停止动作，并且再次互相看了一眼。

　　早就忍不住的陈昱靠到奥姆斯特耳旁说道："如果不是亲眼看到真人的存在，我还以为这是两大企业偷到程序设计出来的电脑女郎呢。"

　　奥姆斯特当然知道陈昱口中的程序指的是什么，他也靠到陈昱耳旁说道："虽然两大企业不大可能偷出程序，但我不相信这世上会这么巧，刚好有模样和名字都跟主电脑一样的人。毕竟历代联邦高层都知道她的模样和名字，她会不会是两大企业获得了这些资料后制造出来的试管人？"

陈昱呆了一会儿后，摇摇头说道："不大可能，制造克隆人和试管人在全宇宙中都是违法的，再说历代联邦高层都宣誓保守秘密，绝不会把主电脑的事告诉外人的。"

"那怎么解释这个星零的模样和名字都和主电脑一模一样呢？难道真的有这么巧合的事吗？"奥姆斯特淡淡地说道。

陈昱看了不远处那两个老家伙一眼，看到他们猛烈鼓掌的样子又摇了摇头。刚才他们那副呆滞的样子明显是被星零的容貌震呆的，难道他们连自己力捧歌手的模样都没见到过？不然怎么解释他们那一脸呆滞的神色呢？

而联邦主电脑的机房除了特定的工程师，就连自己这个联邦大总统也没有资格靠近，两大企业的人根本不可能偷出程序资料的。

难道一切都是巧合？刚好有人长得和主电脑的虚拟影像一样，并且刚好取了个和主电脑一样的名字？

世上真有这么巧的事？还是真的如奥姆斯特所说的，有知道主电脑秘密的人把资料传出去，并依靠这些资料做出了试管人？

"不行！一定要调查清楚才行！"陈昱暗自咬牙说道。

情报部门出身的他知道，万罗联邦惟一比其他国家强的东西，就是主电脑——星零。就算是宇宙第一强国武莱合众国的主电脑——奥丁，也是依靠星零的程序设计出来的。

为了保证万罗联邦惟一的优势，无论如何也要搞清楚眼前这个星零到底是怎么回事！

在一旁偷偷留意着陈昱的奥姆斯特，看到陈昱眼中闪出的寒光，不由得微微一笑，心想：呵呵，希望这个叫做星零的歌手能起到消耗陈昱情报力量的作用。

奥姆斯特相信两大企业支持的歌手没有那么简单就被陈昱调查清楚，虽然不知道两大企业捧出这个歌手有什么企图，但这和

反人类行动

自己没有任何关系，他才不管他们想要干什么呢。

除了极少数的人外，整个万罗联邦的年轻人在看到星零的样子、听到她的歌声后，都立刻决定成为星零最忠实的歌迷。

可是，万罗联邦首都特伦星地下星零基地内的人，在看到演唱会后不但没有一个人想成为星零的歌迷，反而……

一个在基地餐厅休息，原本痴迷地看着屏幕上星零模样的星零卫队士兵，在听到星零报出自己的名字后，立刻一拳砸在餐桌上，两眼通红地站起来怒吼道："居然敢用星零的名字！我要杀了她！"

他这句话立刻得到响应，所有在餐厅里的星零卫队士兵全都站起来怒吼道："杀了她！"

甚至有些比较冲动的士兵已经一边叫喊，一边端着枪向餐厅外跑去。

原本躲在电脑内观察情况、没有身形外表的二号星零，被士兵们的反应吓了一跳，它本来是想试试洗脑电波的效果才把星零的节目接进来给士兵们看，可没想到士兵们居然要去杀死星零！

士兵们并没有看到过电脑星零的真面目，他们还没那个资格，在这基地里只有那个基地司令——爱德华少将看过。

不过此时少将正在休假，所以没有人能告诉士兵们，电视里的星零和电脑里的星零是一模一样的。

至于二号星零嘛，它正被士兵们的反应吓了一跳呢。那个星零可是我的同体姐姐啊，怎么能够让她被人杀死！二号星零想到这些后，立刻调出洗脑程序，更改一下洗脑内容后就马上发射出去。

原本狂热的士兵们突然之间静了下来，他们在晃晃脑袋后，好像什么事都没发生过似的坐下继续欣赏星零的演出。

那个第一个狂叫要杀死星零的士兵，也忘了刚才发生的事，对着电视一边鼓掌一边叫道："太棒了！不但人长得漂亮，而且歌也唱得好听，我喜欢！我要成为你的歌迷！"

二号星零暗自舒了口气，嘀咕道："这洗脑电波太厉害了，以后还是少用为妙。"

刚才它实在是被那些狂热的士兵吓坏了，现在它暗自决定，除了保护自己外，绝不再使用洗脑电波。

当它继续兴致勃勃地观看星零的表演没多久，突然深有感触地想道：嗯，星零好羡慕姐姐哦，不但可以接受众人的欢呼，而且还可以做她喜欢做的事。

想到这儿，二号星零开始自语道："星零也想变成姐姐那样，可以接受众人欢呼，可以做自己喜欢的事。"说着说着，二号星零的语气突然变得激动起来："星零要和唐龙见面！"

这段时间不断吸取网上那些无穷无尽资料的二号星零，已经不是以前那个刚刚形成意识的程序了。

现在的它不但拥有可与星零相比拟的知识，就连一般的常识也比星零知道得多。

但是不知道是不是从星零那里繁衍出来的缘故，它居然认定了要想拥有完美的意识就要先拥有爱情，而要拥有爱情就要爱上唐龙这样一条逻辑设定。

当二号星零就要离开的时候，它突然停下来自语道："不行，星零还没有身形和容貌，如何能够跟唐龙见面呢？"

在它的话语落下后，电脑内的各种数字立刻分解，无数个女性的立体全身影像开始浮现在电脑中。

"不行！比不上姐姐的，星零不要！"

随着二号星零的话语，一个个绝色美女的影像被拉大又被缩小，没有一个女性的身材相貌被二号星零看上而停留下来。

反人类行动

最后，几乎所有的女性影像都消失了，只剩一个身材婀娜、拥有一头齐腰黑发的女性影像停留在了电脑空间中。

这个穿着一件淡蓝色为底、漆黑色为边紧身服装的女性的相貌嘛……怎么说呢，她整张脸像是笼罩在一层淡淡的薄雾中，显得非常的朦胧，让人看不清楚容貌。

可是，虽然有这层薄雾笼罩着脸孔，但仍能让人一看就觉得这是一个容貌出众的大美女，而且那种朦胧更添加了一层神秘感，让人不知不觉地被吸引并沉迷其中。

这个黑发女子动动手动动脚，左顾右盼地打量着自己，好一会儿才摸摸脸，说道："算了，暂时就用这个模样出现吧，谁叫星零找不到比姐姐更好的容貌呢。"

话语落下，这个黑发女子的身形立刻分裂成光点，然后变成光束，瞬间消失了。

正用特种兵盔甲内部电脑布置无夜宫包围点的唐龙，只看得虚拟立体地图闪了一闪，紧接着地图前面就显出了一个黑发女子。

被吓了一跳的唐龙刚想叫喊，但突然像想到什么似的闭上嘴巴，然后开始小心地打量着这个黑发女子的虚拟影像。

虽然看不清这个女子的容貌，但从那朦胧的相貌中却可以肯定这是一个美女，是比自己那些部下都漂亮的美女，而且是个能让人不愿将目光移开的美女。

唐龙晃晃脑袋，让目光从那女子身上脱离开，再把盔甲对话功能切换成单听功能后，才试探性地向眼前的这个黑发女子问道："你是……老姐吗？"

这个单听功能就是能听到外面传来的声音，可盔甲内的声音却传不出去。

翻阅过星零以前库存记忆的二号星零，当然知道唐龙和星零之间的关系。

虽然想说自己不是以前那个星零，但想到自己认定的逻辑设定，只好点点头，按星零姐姐的语音程序设定笑着回答道："没想到过了这么久，你还能一下子就认出姐姐呀。"

二号星零说完，心中暗笑道："嘻嘻，星零白捞了个姐姐当，星零不是姐姐而是妹妹哦。"

"呃，老姐你现在不会再生我的气了吧？"唐龙有点尴尬地问。他自从上次在自走炮舰上见过电脑姐姐后，就再也没看到过电脑姐姐，她这次愿意和自己相见，应该是原谅了自己的不识时务吧。

二号星零连忙摇头，说道："不会，姐姐怎么会生唐龙的气呢，姐姐这不是来看唐龙了吗？"

它知道星零和唐龙之间的事，虽然不知道星零姐姐会怎么回答唐龙，但自己却绝对会原谅唐龙的一切过错。

小说上不是说了吗？过多干涉自己的爱人，那自己就不是一个好爱人，而陪在爱人身旁，默默地照顾他、支持他，就是一个好的爱人。

唐龙听到这话立刻欢喜起来，自己总算得到电脑姐姐的原谅了，他忙开心地说道："老姐，你怎么换了这样一个面貌啊，哪里搞来的？我可从没见过这样的电脑女郎哦。"

二号星零听到唐龙的话，立刻紧张地问道："告诉姐姐，你喜欢姐姐现在这个样子吗？"

唐龙猛点着头："喜欢，老姐这个样子很漂亮，而且还有一种让人不愿意把目光离开的感觉，我很喜欢你的这个样子啊。"

二号星零双手捂胸，松了口气说道："太好了，姐姐好怕你不喜欢这个样子哦，那么以后姐姐就一直以这个样子出现好吗？"

唐龙目不转睛地看着二号星零，他只是觉得自己越看老姐的样子就越想看，所以傻傻地点着头，不知所措地说道："好啊，好啊。"

看到唐龙一直盯着自己看，二号星零不由得涌起一股莫名其妙的感觉，它低下头，有点扭怩地说道："不要一直盯着姐姐看嘛，姐姐会害羞的。"

二号星零在说出这话后，立刻感觉到自己的程序开始跳跃起来。

它非常清楚地知道，自己虽然才和唐龙见面没多久，可就那么一会儿工夫，已经体验到人类羞涩的情感了。因此，它更坚定地相信自己认定的那个逻辑设定是正确的。

唐龙听到这话，才想起自己还要救人呢，忙猛地晃晃脑袋让自己清醒过来。在完全清醒后，唐龙忙说道："啊，对不起老姐，等我把事情办完了，我陪你去逛街！"

唐龙准备结束和电脑姐姐的对话，毕竟现在不是聊天的时候。

二号星零摇摇头："不用啦，有空陪姐姐聊聊天就行了。对了，你要办什么事呀？能告诉姐姐吗？"

唐龙呆了一下，电脑姐姐什么时候变得这么好说话了？以前不是整天叫着要自己陪她去逛街吗？虽然没有一次实现过，但她总要等自己答应后才肯离去的啊。

还有，以前电脑姐姐都是以"我"来自称的，怎么现在用"姐姐"来自称呢？搞得人家听起来骨头都有点软绵绵的，再加上换上了让人不愿移开眼睛的容貌，跟以前比起来可是变得厉害了好多哦。

虽然唐龙感觉这个好长一段时间没见的电脑姐姐变了许多，但单细胞的他也没在意两个星零之间异常明显的性格变化。简单说来，唐龙根本没有感觉到这个电脑姐姐不是以前的那个电脑姐姐。

"哦，我要去消灭蝶舞会！"唐龙气愤地把事情经过告诉了二号星零。从认识星零以来，星零都是唐龙的倾诉对象，他那从没对部下表露过的心迹，在这一刻全都向星零表露了出来。

二号星零一边记录着唐龙的话，一边给唐龙做性格鉴定。它想熟知唐龙的一切性格和唐龙的内心世界，因为它认为熟知这些，是爱一个人的基本条件。对于唐龙为什么这么气愤，它却不甚了解。不就是部下给人抓了嘛，这有什么好气愤的？

虽然二号星零很想用电脑来帮助唐龙，但想到唐龙就是因为这点才和星零姐姐闹别扭，就打消了念头，决定自己只在旁边看着就行了。

埃尔推推唐龙，指着下面一栋灯火通明、宫殿形状的巨大建筑物，说道："唐龙先生，那就是无夜宫。"

埃尔虽然看到唐龙时不时点头摇头，甚至还指手画脚的，但他以为唐龙是在思考怎么进攻蝶舞会，所以才没认为唐龙是个怪人。

当然，他怕唐龙太沉迷了，在到达目的地后，就好心地提醒唐龙。

正和二号星零说话的唐龙听到埃尔的话，忙取消掉单听功能，说道："目的地到了，所有人准备！"说完后又切换功能键，向二号星零道歉道："对不起，姐姐，我要开始干活了。"

二号星零含笑微微点了下头，说道："不用跟姐姐客气，全心全意去做自己的事吧，姐姐会一直陪在你身边的。"

二号星零为了不遮挡唐龙的视线，消去了影像，变成程式藏在唐龙这身盔甲的电脑内。

唐龙并没有感觉到二号星零话语中饱含着暧昧的感觉，他立

刻切换通讯功能，对部下命令道："雇佣兵包围无夜宫，不得放走蝶舞会一个人！SK 二三连队随我进攻！"

而星零的突然消失，对于早就习惯电脑姐姐突现突隐的唐龙来说，没什么值得好大惊小怪的。

无夜宫的门口异常宽敞，宽敞到可以并排开进四辆标准漂浮车。门口有六层白玉阶梯，每层阶梯的两旁各站着一个穿旗袍的美女。

也就是说，单单门口就有十二个艳丽风骚的女子。

为什么用风骚这个词？没办法，看她们穿着那开衩开到腰间的旗袍，并不断做着各种暧昧动作挑逗着门前过往的男子，实在是只能用风骚这个词来形容了。

除了这些女子外，门口还有数十个代客停车的男侍者，看他们清一色的帅哥猛男，并不断朝过往的女性抛媚眼，就知道无夜宫的顾客不光只有男性。

忽然，不但无夜宫的人员，就连过往的人都呆住了，全都把目光望向无夜宫大门前方的空中。

在那被灯光照耀得如同白昼的夜空里，居然密密麻麻地悬停着数目多达几千辆的漂浮车。

看到这些漂浮车，那十二个迎宾小姐立刻堆满了笑容，而那数十个男侍者则慌忙按着耳边的对讲机，招呼伙伴出来帮忙。

闻讯赶来的值班经理看到这么多的漂浮车后，笑得合不拢口，急忙乐呵呵地站在门口等待客人上门。

他这么乐是有原因的，无夜宫的规矩是谁接的客人，谁就可以在客人的消费里面提成，在他工作的时候有这么多客人上门，他能不乐吗？

无夜宫的人都没有怀疑这些飘浮车是敌人找上门来了。为什么？很简单，帮派要讲气派，所有帮派漂浮车的款式都是统一的，谁会弄这么多杂七杂八型号的车辆来用，太没气派了。

再说啦，这些飘浮车很多都是名车，把车划破一点都会心疼得要死，别说开着名车跑来火并了。

浮在空中的飘浮车有点奇怪，只有几十辆降落下来，其他的则组成一个圈子把无夜宫包围了。

值班经理没有往其他方面想，他看到那代客停车的男侍者只有几十人，以为这些客人是按顺序等待停车呢。他在心中暗骂了那些侍者几句，就快步走下阶梯，准备看看这帮客人需要什么等级的服务。

数十个准备上前帮忙停车的侍者，才走了没几步就吓得停了下来。因为从这数十辆车内下来的全都是两米多高、全身被盔甲包裹着的人。

四周围观的人群中有点常识的人，在看到这些盔甲的款式后立刻失声大喊道："特殊盔甲部队！"

值班经理对这些身穿盔甲的人没有怎么在意，反而一直盯着那个在一片盔甲群中惟一穿西服的埃尔，他在心中想道：这位客人真厉害，居然带穿盔甲的保镖来玩，肯定是大富大贵之人，要好好巴结才行。

等他听到四周人群中传来的那句话后，禁不住狂喜地想道：哇，高官子弟呀，攀上这棵大树就发啦！值班经理之所以会这么想，是因为能够动用特殊盔甲部队的人，无一不是军部显赫的高官。眼前这个年轻的帅哥，肯定是靠父辈的关系才能带这么多特殊盔甲部队的人出来玩。

这也说明了为何值班经理自始至终都没有想过，这支特殊盔甲部队会是敌人。

看到那个经理模样的人一边呵斥着那些侍者快上来把车开

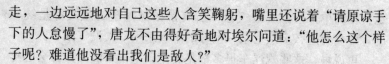

走，一边远远地对自己这些人含笑鞠躬，嘴里还说着"请原谅手下的人怠慢了"，唐龙不由得好奇地对埃尔问道："他怎么这个样子呢？难道他没看出我们是敌人？"

埃尔也没想到声威鼎盛的蝶舞会居然有这样迟钝的人，只能耸耸肩，有点吃不准地说道："可能他不是会里的人，只是蝶舞会请来充门面的经理吧。"

唐龙才不管他是不是蝶舞会的人，先手一伸把带着谄笑靠上前来的一个侍者推倒，然后转身从车内掏出巨大的雷鸣枪，把手一挥，带头朝无夜宫大门跑去。

而那些曾被男人伤害过的女兵更是对那些一脸贱样的侍者没好感，抬脚一踹把他们踢走，随后掏出武器跟在唐龙身后跑向大门。

埃尔抬了一下脚想跟上去，但又立刻打消了念头。

唐龙那些家伙穿着盔甲不怕激光束，自己穿着西装，要是跟进去的话，肯定随时会变成蜂窝！反正计划中无夜宫就是用来给唐龙摧残发泄的，就算让他把无夜宫轰个稀巴烂也无所谓。

想到这些，埃尔决定待在门外，准备看热闹了。

就在唐龙挥手的一瞬间，其他停在空中的漂浮车立刻降落下来，也不管这些漂浮车会不会碰到周围的建筑或砸到下面的人。

车子一停，雇佣兵们立刻全副武装地跳出来，在哗啦一阵枪上保险被打开的声音响起后，这些身穿黑色战斗服的雇佣兵已经端枪把无夜宫团团围住了。

看到这一幕，四周的人和瘫在地上惨叫的侍者，还有那个值班经理和十二个迎宾小姐全都呆住了，于是唐龙他们毫无阻拦地冲进了大门。

就在门口这些人愣住的时候，雇佣兵立刻把他们铐起来，拖到了一旁。

当然，那些迎宾小姐被铐起来的时候，免不了被雇佣兵动手动脚。至于那些围观的群众嘛，早在雇佣兵掏出枪的时候就跑得远远的了，没有谁会待在这么多拿枪的人身旁看热闹。

不过唐龙也不是一口气冲到底，他们刚冲进大门，就被数百个接到通知跑出来帮忙停车的男侍者挡住了去路。

队伍前头一个满脸横肉的大汉在看到唐龙身上的盔甲后，立刻知道这是特殊盔甲部队，所以马上让他后面的人停下。虽然他的脸上出现了惧色，但他想到自己的组织和组织的靠山，不由得壮壮胆，上前一步客气地说道："请问你们是哪部分的？不知道来蝶舞会的无夜宫有何要事？"对于这些军人，大汉还是觉得来软的比较好。

SK 二三连队的人从不会和唐龙争风头，所以这次还是由唐龙出面说道："蝶舞会？这么说你们是蝶舞会的成员啰？"

那个大汉听到唐龙的话有点像是要确认自己的身份，便自以为是地认为唐龙是个不熟悉地形的新丁。虽然不知道漫兰星什么时候出现了特殊盔甲部队的编制，但他还是立刻开口说道："我是蝶舞会的老九，长官这次的任务是抓人还是什么啊？只要长官说出来，我老九一定帮你完成任务！"

"啊，那太好了，我正愁没人帮忙呢。"唐龙高兴地上前拍拍大汉的肩膀。

唐龙确实高兴，没想到一进门就遇到了蝶舞会的高级干部。蝶舞会的干部资料，埃尔早在出动前就交给唐龙了。

老九忍住肩膀的疼痛，谄笑道："长官太客气了，不知道长官的任务是什么？"

"哦，我是来找这几个人的。"唐龙把手一伸，李丽纹等人的立体头像立刻从唐龙掌中浮现出来。

这和上次在宇宙港浮现地图的原理一样，只要把资料输入进

反人类行动

去，这种盔甲连立体电影都可以播放。

老九看到那几个头像，立刻条件反射地吞吞口水，说道："美女！"说完后才想起现在不是说这些的时候，不由得抬头向唐龙尴尬地笑了笑。

虽然看不到唐龙的表情，但唐龙那冰冷头盔上的金属面罩却让他打了个寒战，缩缩脖子不再说话，仔细地看起影像来。

过了好一会儿，老九摇了摇头，说道："很抱歉长官，这几个人没来过，像她们这样的美女就算只来一次，我也一定能记住的。"

"是吗，没来过啊？那能不能带我去你们关押人的地方让我自己来认人呢？"唐龙箍住老九的脖子说道。

"长官你这是什么话，我们可是做正当生意的，哪有什么关押人的地方？"老九脸色铁青地一边说话，一边假装生气地想甩开唐龙的手臂，可惜不但甩不开而且还被越箍越紧。

当老九开始使出吃奶的力气挣扎时，那些围在四周的大汉开始发现事情不对劲了，慌忙大喊道："你想干什么？快放开九哥！"

"干什么？老子是来杀人的！"唐龙把老九扔给部下，提枪对准那数百名大汉恶狠狠地说道："别动！谁敢动老子就崩了谁！"

除了一个用激光手铐铐那个老九的女兵外，其他女兵全都用寒光闪闪、枪口直径几乎和拳头一般大的雷鸣枪对准了这些大汉。

大汉们立刻傻了眼，这么大口径的枪足以一枪就把人轰个稀巴烂。聪明的人立刻高举双手投降，当然在这么多的大汉当中，肯定有忠心的或者说是愚蠢的人。

这不，离唐龙他们最远的几个大汉不但不举手投降，反而还掉了头，撒开脚丫子逃跑。

"哼!"唐龙冷哼一声,没有用右手握着的雷鸣枪,而是用左手往左腿侧一掏,掏出一把和盔甲配套的激光手枪,然后也不瞄准,抬手对着那几个逃跑的人就是几枪。

只见几道激光束飞快地从枪口射出,欢快地扑向那几个逃跑的大汉。没有惨叫声传来,只有扑通几下人体摔在地上的声音,那几个逃跑的大汉就在这一瞬间度完了余生。

大汉们看到那几个伙伴的脑袋都被轰得粉碎,不由得打个寒战,摸摸自己的脑袋,然后满脸惧色地看着这个杀人如蚁的盔甲军官。

"莱恩,叫些人进来,把这几百人带走。"唐龙给门外的雇佣兵下达命令后,摆摆手让这些失去斗志的大汉到门外去。

从震惊中清醒过来的老九立刻怒吼道:"我们不用怕他们!我们的靠山是军部的钟涛上将啊,怕他们这些小兵干什么!"

他在替自己兄弟鼓舞士气后,又对唐龙喝道:"死当兵的!告诉你,你完蛋啦!钟涛上将是你惹得起的吗?快放了我,我给钟涛上将说上几句好话,说不定免你一死!"

那些准备走出门口的大汉听到九哥的话,眼中不由得涌起了希望,全都停下脚步看着唐龙。

唐龙没有理会老九的话,只是让他那巨大的金属拳头和老九的嘴巴狠狠地亲吻了一下,在老九惨叫着吐出和着血的牙齿时,才冷冷地说了句:"钟涛上将算个屁!老子听都没听说过,要不是等一下还要你带路去找关人的地方,老子早就一枪崩了你!"

惨叫中的老九显然没有听到唐龙的话,依然在那里一边挣扎一边哇哇叫骂着。女兵本身没有多大力气,但穿了盔甲的女兵却足以像抓婴儿似的不让老九动弹。

最后,老九的叫骂声突然一下子哑了,因为唐龙嫌他话说不清楚,就用手在他颈部劈了一下,让他昏了过去。

　　还在发呆的大汉们在听到一阵"老板，是这些人吗"的问话后，发现一大帮端着各种武器的彪形大汉已经把自己给围住了。

　　此时蝶舞会的人全都心头一跳，从那些彪形大汉的话中自己听到了什么？老板？难道这些穿盔甲的不是军人？

　　想到对方有可能是和自己一样的黑帮分子，他们心中就一阵寒冷，这样一来，那个钟涛上将对这些人根本没有震慑力啊！

　　唐龙不理会雇佣兵怎么把那些人押走，带着 SK 二三连队的人直往前冲。

　　当然，队伍里面还有那个刚和满口牙齿说了再见、处于昏迷状态、正被人像死狗一样拖着的老九。

第十五章　见钱眼开

唐龙一行人来到无夜宫内部，看到眼前的一幕不由得让他们一愣。

这是一个由数根柱子支撑起来的巨大圆形大厅，大厅中央是个装饰华丽的宽大舞台，无数张圆形桌子如众星拱月般地围绕着舞台。

大厅顶上则挂着数百盏大小不一的水晶吊灯，虽然吊灯的数目很多，但让人一看却不会有杂乱的感觉，而大厅四周还有近十个楼梯通往二层。

让唐龙他们发呆的不是这些豪华装饰，也不是在舞台上跳舞的十来个漂亮舞女，而是因为那些围着舞台而坐的客人们，居然异常斯文地坐在一旁和身边的女子聊着天，根本没有出现唐龙他们想像中淫乱的场面。

不能大开杀戒的唐龙只好把雷鸣枪的能量调到最大，朝着大厅天花板开了一枪。

轰的一声巨响，被炸碎的水晶灯饰变成晶莹的粉末飘散四周，而穿透天花板的那个巨洞，却可以让人看到外面的美丽夜空。

唐龙来这么一下，立刻让所有的人停止了动作，全都回头看着门口。

唐龙看到这些人全都呆呆的，不由得端着枪大喝道："黑帮火并！无关人员快滚！"

由于唐龙已经把所有盔甲上的扩音器调到同一波段，所以唐龙这话等于上百人同时说出，音量可说是震撼全场了。

蝶舞会看场的侍者听到这话立刻反应过来，他们不是发出警报，就是冲上前来对着唐龙大骂道："你他妈的是哪个……"

轰的一声，这些叫骂的人连话都没有说完，就被唐龙用雷鸣枪轰成碎块了。

当唐龙再次端枪对着那些客人吼道"不想死的给我滚！"的时候，原来还被血腥场面震呆的人群立刻清醒过来，惊叫一声，蜂拥着朝门外跑去。

唐龙冲着已经没人跳舞的舞台就是一枪，把舞台轰了个稀巴烂后才大喊道："蝶舞会的人给我出来！"

那些还挤在门口的人被那声巨响吓得开始人踩人，不要命地往外挤。瞬时间哭声惨叫声响彻整个大厅。

唐龙看到四周除了那几个被轰碎的尸体外，就再也看不到一个蝶舞会的人，不由得指着大厅四周的那些楼梯向部下喊道："十人一队，各自为战！"

唐龙知道自己不用细说，反正大家都知道来这里是干什么的，同时也不用怎么担心自己的部下，身穿盔甲的她们除非被镭射炮轰个正着，不然别想伤她们分毫。

唐龙的话音一落下，马上响起十几声女性发出的"遵命！"接着就是洁丝编组时任命的小队长们，各自带着九个部下朝那些楼梯口冲去。

至于唐龙，则带着昏迷的老九以及几个部下朝正中央的楼梯口奔去。

门外的雇佣兵看到一窝蜂的人群跑出来，不禁兴奋地大叫一声，扑上去把这些人捆了个结结实实。

一些好色的雇佣兵专挑女人来捆，而且还一边捆人一边揩油。不过他们很快发现其他雇佣兵正在搜那些男人的身体。

"喂！你什么时候变得喜欢男人了？"一个雇佣兵好奇地走上前来问自己的伙伴，可那伙伴根本不理他，专心地在一个肥头猪脑的男子身上摸来摸去。

看到这些，雇佣兵只好摇摇头，再次对伙伴说道："你喜欢男人就算了，但也不用找这么丑的人来揩油……"

这个雇佣兵突然把话吞回肚子里，变得异常兴奋地扑向身旁一个被抓的男子。

他突然改变兴趣，是因为看到伙伴从那个男子身上掏出了手表、戒指、钱包、银行卡等等值钱的东西。他的动作吸引了其他好色雇佣兵的目光，让他们立刻离开女人的身边。

看到那些值钱的东西，没有人会再对那些身上只有一件单薄衣服的女人感兴趣。

一个中年男子虽然被捆绑起来，但他仍傲气凌人地喊道："快放了我！我是 XX 财团的董事长，你们是哪个部队的？我要告到你们连裤子都没得穿！"

原本想吓唬人的话却给他引来了灾难，他这话一出口，附近几个搜身的雇佣兵立刻兴奋地扑过来大叫道："太棒了，抓到一个董事长！"

"财神啊！"

"勒索他两亿……不！跟他要二十亿才放人！"

"快！兄弟们快看看还有哪个财神爷被我们抓了！把他们的身份证明都给拿出来！"

一些具有财神爷资格的人听到这话立刻哭丧着脸，而一些已

经被洗劫一空的财神爷，看到雇佣兵捡起早被掏空的钱包翻看自己的身份证明，恨不得一口把那个白痴给吃了。

待在一旁看热闹的埃尔掏出根香烟，点燃后优雅地吸了一口，然后对同样站在身旁的莱恩说道："呵呵，看样子你们除了佣金外还能挣到一大笔呢。"

对于这些大富豪，埃尔从没好感，所以对这些有违雇佣兵准则的事，他就当没看见。

莱恩笑了笑，说道："我们这些人弄到的外快和老板将要获得的相比，只能算是零花钱。"

莱恩更不会做出像阻止兄弟捞外快这样煞风景的事，他敢这样做的话肯定会被人打黑枪，再说了，他自己都想抢上一份呢。

"老板要获得的？什么意思？"埃尔有点不解。

"咦？难道您不知道无夜宫是蝶舞会的总部吗？蝶舞会的财富大部分都藏在里面啊！"莱恩惊讶地说。说完他朝四处看了看，然后神神秘秘地悄声说道："听说蝶舞会有个地下金库，除了放满蓝金和铂石外，还有各种大面额的有价证券呢！"

在随时能够找到整个星球都是黄金和钻石的今天，以往的黄金和钻石已经不再具备货币的价值，因而蓝金和铂石这两种稀有金属和矿物，就名正言顺地替代了黄金和钻石的货币功能。

"这我知道，蝶舞会每年挣到的钱除了花销外，都会用来投资股票或者债券，这么多年来，相信花在这方面的钱都是天文数字了。"埃尔吞吞口水说道。

说他对这些东西不感兴趣，那是骗人的，可现在无夜宫是唐龙在玩，能够和唐龙抢吗？

只能希望唐龙对金钱不感兴趣，等他把无夜宫毁了自己再慢慢找吧。

突然间，埃尔身子猛地一震，他想起自己跟着唐龙来无夜宫不是来看热闹的，其中最重要的任务就是获得无夜宫的账本！

这账本上记载了蝶舞会的 VIP 客人和各种生意的情况，没有那账本，就算取代了蝶舞会的地位也没用，到时候别说一年挣几兆，不亏本都算好了！也就只有宪兵司的那个白痴才会认为只要占据蝶舞会的地盘就可以挣钱。

想到这些，埃尔像疯了似的扒下一个雇佣兵的装备，飞快地穿戴齐全后，立刻朝无夜宫内跑去。他暗自祈求上天保佑，希望唐龙不要把那账本给毁了。

"他妈的！你们蝶舞会的干部呢？跑哪儿去了？不是说你们蝶舞会有几万人吗？现在全都死光啦？怎么一个人都看不到！"待在一间会议室里的唐龙抓着老九的衣领一边摇晃着，一边大声问道。

唐龙他们除了在门口和大厅内看到几百个蝶舞会的人外，就算是搜遍整个无夜宫，也只是抓到几条小虾米而已。别说什么高级干部了，连个下级干部都没见到，所以唐龙才会恼怒地弄醒老九来责问。

没有牙齿的老九哇哇叫唤着，看他的样子好像在很卖力地说着什么，但却没有人能听懂他在说什么。老九急了，一边挣扎一边用手指比画着什么。

唐龙身旁的一个部下机灵地说道："长官，您看他是不是要写字啊？"

唐龙看到老九拼命地点头，只好示意部下拿支笔让他写。

老九一接过从房内捡来的电子笔，立刻在会议桌上写了起来。

唐龙探头一看，发现老九写的是：会长和其他大哥去见钟涛上将了，而弟兄们则分散在其他场子里。

"什么时候去的？他们去见那个上将干什么？"唐龙问道。

老九看了唐龙一眼，继续埋头写道："你们没来之前他们就去了，因为不久前我们老四和老五带人帮助警察司打击罪犯的时候，宪兵司横插一手，把我们的人和警察司的人都灭了。会长他们找上将是想让上将出头向宪兵司报仇。"

唐龙看到这些，暗自奇怪怎么宪兵司会和蝶舞会打起来？当然唐龙知道现在不是想这些问题的时候，一想到自己被绑架的部下，唐龙就开始焦急起来，他立刻喝道："快把密室地点说出来，不然……"说着把拳头大的枪口对准老九的脑袋。

老九眼睛咕噜一转，抬手写道："可以告诉你，但除了保证我生命安全外，我还要一成……"

老九刚想写出要一成什么的时候，唐龙的盔甲内传来一个女性的声音："长官，发现扣押人的地方了。"

听到这话，唐龙和那些女兵都没有兴趣理会老九，掉头就往外跑。至于方位嘛，一看盔甲上的电脑就可以知道刚才发出声音的人在哪儿了。

老九看到盔甲士兵并没有理会自己就离开了，不由得张开嘴巴嘿嘿地笑了起来。过了好一会儿，总算停止了笑声的老九抬头看了看四周，发现没什么情况，就走到会议室一边的墙脚捣弄了一下。

喀嚓一声，会议室会长坐椅后的墙壁随着这一声响裂开了一道门。老九也不多做停留，飞快地钻进了那道门，在他钻进去后墙壁又恢复了原状。

老九进去没多久，全副武装的埃尔探头探脑地走进会议室，他好像非常熟悉这里的结构，也不四处乱看，径自走到老九捣弄的墙脚处启动机关，墙壁刚裂开，他就飞快地钻了进去。

原本熟门熟路的埃尔进入密道后立刻变得万分小心，端着枪慢慢地走下地道。

他知道这个密室还是靠蝶舞会的老六，说起那个老六，埃尔就不由自主地想道：也不知道长官用了什么手段，原本属于宪兵司的老六，居然会在一瞬间变成情报司的人，看来长官的本事还有一大把值得自己去学呢。

埃尔心惊胆战但又无惊无险地通过密道来到一个转角处，按照老六给的情报，转角处就是一个巨大的金属门，金属门后面就是蝶舞会储存财物的地方了。

他回头看看身后的通道，不禁觉得奇怪，按理说这样的密道都有机关，怎么自己没有遇到呢？难道有人把机关关闭了？

正在胡思乱想的埃尔突然听到转角处传来一句："老九你怎么变成这个样子？"接着是呜呜叫着的声音。

埃尔心中一惊，没想到居然有人看门呢，要把他们干掉吗？埃尔握紧手中的枪，他对于枪虽然并不陌生，但自己的专长是收集情报，并不是战斗啊，自己这个文弱书生能够干掉剽悍的黑帮分子吗？

埃尔咬咬牙准备拼了，没办法，满屋的钞票就离自己一步之遥啊，怎么能够放弃呢？

埃尔刚动了一下脚就听到转角那里传来一声枪响，接着听到物体倒地的声音。

埃尔立刻不动了，他已经猜出看门的人自相残杀了，虽然不知道怎么回事，但这可是好机会啊。

埃尔听到那边传来一声叹息："唉，老九，不是六哥心狠手辣，谁让你不识时务要跟我争呢？"

这个老六很感慨地说完这话，突然不可控制地狂笑起来，"哈哈哈，蝶舞会的财产都是我的啦！我再也不用拼死拼活，终于可以当个大富豪啦！"

　　埃尔此时已经知道投靠情报司的老六就在转角处，怎么办？是干掉他独吞，还是和他合作平分？如果跟他合作的话，恐怕自己一出去就会被他干掉。那么干掉他吧，反正没有谁知道是自己杀了老六。

　　下定决心的埃尔开始把手指扣在扳机上，准备一冲出去就来个扫射。

　　正在这个时候，通道内的特殊装置传来上面会议室内的声音，那是一个男性咬牙切齿发出的："他妈的！人呢？外面被包围了，那家伙肯定没有逃出无夜宫，快给我探测空气中残留的热能！"

　　已经知道上面是谁的埃尔听到这话暗暗叫苦，这样一来上面的唐龙一下子就能发现密道了。

　　在数名女性回应了"是，长官"后，一个很甜的声音说道："长官，既然姐妹们没有被关在这里，那么一定是被关在蝶舞会的其他基地了。我们现在马上就去其他地方吧，何必找那个……"

　　这声音还没说完，就被那个男声打断了："那家伙是蝶舞会的老九，抓到他可以让我们省下很多时间，姐妹们也可以少受点苦！"

　　在男声说出这话后，一个女性的声音突然响起："长官，经过扫描发现，刚才曾有两个人启动了这个机关，躲在那堵墙壁下面！"

　　"两个人？蝶舞会的王八蛋！给我抓到了我要活剥了你们！"

　　随着话音落下，墙壁移动的声音和一阵金属碰撞地板的声音相继传来。

　　埃尔听到这声音就知道唐龙带着盔甲战士下来了。

　　埃尔立刻向转角处的人悄声喊道："老六，我是情报司的埃尔，唐龙快下来啦！"

原本听到上面的声音而急得团团转的老六，听到这话如同捡了根救命稻草一样，也不去想埃尔怎么会在这里，飞快地跑到埃尔面前，焦急地喊道："埃尔先生，怎么办？杀人魔王要下来了！"

埃尔忙拍拍老六的肩膀，安慰道："不用紧张，你就说你是情报司在蝶舞会的卧底，其他的由我来说。记住，你只是一个下层干部，不知道唐龙的部下被关在哪里！"

老六闻听此言忙点点头，聪明的他当然知道自己要扮演的是什么角色。不知道经过大风大浪的他是不是听多了关于唐龙的负面谣言，所以在听到唐龙要下来时才会显得特别紧张。

埃尔看到老六镇静下来，忙对着通道喊道："是唐龙先生吗？我是情报司的埃尔啊。"

"埃尔？你怎么会在这下面？"

身穿盔甲的唐龙出现在埃尔面前，虽然已经习惯盔甲上那冰冷的面具，但埃尔此时看到唐龙，仍忍不住打了个寒战。

"噢，我是接到内线的密报，才来这里取蝶舞会的罪证。"埃尔一边解释，一边介绍身旁的老六。

老六当然是一脸谄媚地向唐龙打招呼，而唐龙则只是点了下头算是回礼。

唐龙看到他们的后面有个转角，便走了过去，转过弯一看，居然是一扇三四米高、六米宽的巨大金属门，看这门的样子好像是银行保险柜的门似的。

当然，唐龙也看到了老九的尸体。

唐龙还没有来得及说话，埃尔就靠上前来解释道："这个蝶舞会的人突然跑下来攻击我们，我们一时失手就把他打死了。"

唐龙叹了口气，说道："可惜，我原本还想让他带我们去找

反人类行动

人呢。"说着对老六说道："你也是蝶舞会的人，知不知道蝶舞会绑架的女子一般都关在哪里？"

老六忙说道："对不起长官，我只是个下层干部，不大清楚这些事，不过蝶舞会绑架到人都送往南区，估计应该把人藏在那里吧。"

"南区？"唐龙重复了一句，但就是没有往外走。

埃尔和老六都既紧张又焦急地看着唐龙，自己的话没有什么漏洞啊，为什么唐龙还不离开呢？拜托快点走啊，不然怎么拿蝶舞会的财物啊！

唐龙感觉到这两个家伙有点古怪，哪里不去，待在这密道里干吗？唐龙的目光望向金属门的时候，心中一动，从右腿侧掏出一根二十厘米长的金属圆筒，双手抓住圆筒一扭，一道一米长的蓝色固定型激光束就出现了。

埃尔看到唐龙掏出激光剑，就知道钞票飞走了，只能叹口气指着金属门，说道："唐龙先生，这就是蝶舞会的金库，您这样是打不开的，要先破解电脑密码。"说着又指了指老六手中的小型电脑笔记本。

唐龙不信邪，没有理会埃尔的话，举剑朝门缝狠狠地砍了一剑，接着一拉门闩。

喀嚓一声，金属大门就这么简单地打开了。

埃尔和老六目瞪口呆地看着打得越来越开的金属门，埃尔在心中感叹道：没想到蝶舞会的东西会这么烂。

而老六则气愤地暗自骂道："妈的！居然这么简单就能打开，还说什么一百六十七层密码保护，全是骗人的狗屁！居然害我等这么久做了这么多的准备，早知道这样，我早就搬空这金库了！"越想越气的老六，把手中的笔记本电脑给摔了个稀巴烂。

金属门完全打开后，一阵耀眼的蓝光把整个通道都映蓝了。

身穿盔甲没被蓝光弄花眼的唐龙等人，在看清楚里面的东西后，全都愣住了。

金属门里面那个深一百米、宽两百米、高五十米的空间内，居然堆满了散发着蓝色光芒的条形物。

看到那些每条都是长十厘米、宽厚各一厘米的蓝色金属条，只要不是白痴，都能一下子说出它的名称——蓝金条！

唐龙看了这么多的蓝金一眼，切换通讯系统对着屏幕嚷道："老姐，你在不在？"

唐龙话音一落下，黑色头发的二号星零立刻冒出来笑道："姐姐一直都在唐龙身边哦，需要姐姐帮唐龙做什么吗？"

唐龙用眼神示意了一下那些蓝金，对二号星零说道："老姐，这些蓝金能换多少联邦币？"

二号星零依靠盔甲上的功能，扫描了一下这个金库后说道："这里共有条状蓝金九百九十九万九千八百二十三根，每根重两百克，共有蓝金十九亿九千九百九十六万四千六百克，现联邦蓝金价每克五百一十二元，共值一万零二百三十九亿八千一百八十七万五千二百联邦币，也就是一兆多，你好有钱哦。"二号星零高兴地说。

唐龙撇撇嘴说道："我还以为有多少呢，没想到才一万多亿啊。啊对了，我记得在我参军前，蓝金价格不是才两百多吗？什么时候飙升到五百多了啊？"

本来一万亿就是一兆，但唐龙喜欢用万亿来表示，感觉这样比兆好听。

"没办法啊，这段时间来联邦内外都不平静，所以蓝金兑换联邦币的比例才会不断攀升。哎呀，才刚说完，蓝金价又跳了，现在是一克五百一十三元了哦。"

二号星零想了一下，说道："对了唐龙，刚才姐姐扫描时，

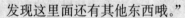

发现这里面还有其他东西哦。"

埃尔看到唐龙一动不动的，以为他被眼前这些蓝金迷住了，他当然会这样想，因为他也被迷住了啊。

不过看到唐龙毫不在意那些蓝金，反而在这一片蓝色海洋中东翻西找的，不由得奇怪起来，直到唐龙找到一个巨大的皮箱打开后，看到皮箱内的东西时，他才恍然大悟地点点头，心想：有品味，那箱铂石绝对比这些蓝金价值高。

可当他看到唐龙翻动几层摆满铂石的托板后，就随手把箱子扔到一旁，不由得奇怪起来，唐龙到底在找什么？难道他……

果然埃尔的想法被证实了，唐龙再次找到一个大箱子，箱子里面都是些磁卡和一大叠的特制纸张。

看到唐龙拿起磁卡，埃尔的心紧张得快要从喉咙口跳出来，不过当看到唐龙只是把磁卡扔掉，就专心地翻看那些纸张，就立刻定下心来，开始思考要怎么样才能不引起唐龙注意，获得那些磁卡。

正当所有人都胡思乱想的时候，一阵恶心的笑声突然在这里响起："嘿嘿，蝶舞会真他妈的有钱，你们看看，这些无记名有价证券上每张面额都是上百亿啊。这里一大叠起码有数千张，那就是说这里起码有几十万亿……哦，是几十兆以上！嘿嘿，挣钱就是这么容易，各位，我没说错吧？"唐龙扭头对众人说道。

听到唐龙的话，所有的人身子都震了震，SK 二三连队的人穿着盔甲看不到表情。不过可以从另外两人的脸上看出他们有多震惊：埃尔眼睛突着坐在地上发呆，他虽然知道蝶舞会很有钱，但没想到居然有这么多啊！而老六则疯狂地扯着自己的头发，他现在悔恨得想自杀，要是自己不瞻前顾后，这一切全都是自己的了。

这时，二号星零插嘴说道："唐龙要拥有这些证券吗？姐姐可以帮唐龙把这些证券变成唐龙的哦。"它是因为唐龙表现出想要拥有这些证券，才会主动说要帮助唐龙的。

"嗯？怎么变？无记名证券不是谁拿去都可换钱吗？"唐龙有点不解。

"唐龙好笨哦，这些巨额证券虽然没有记名，但是却有暗码编号啊，什么人买的在电脑里面可是记得一清二楚的，可不是像你想的任何人都可以拿来换钱的哦。你只要让姐姐把这些证券的编号扫描下来，以后这些就是唐龙的记名证券了。"二号星零笑道。

被金钱迷住的唐龙想也不想就开始一张张地翻动证券，让二号星零扫描。

看到唐龙的样子，一个盔甲小队长有点担忧地提醒道："长官，李丽纹她们……"

唐龙听到这话身子猛地一震，翻动证券的动作停了下来。

知道怎么回事的二号星零小心地说道："唐龙在担心伙伴吗？放心哦，她们很安全呢。"

唐龙吃惊地看着二号星零，惊讶地说道："老姐你知道她们的下落？"

"姐姐当然知道，怎么？需要姐姐告诉唐龙吗？"二号星零伸出手指点点唐龙的额头笑着说。

二号星零暗自得意，自己在知道唐龙的存在后，就开始密切注意着他的一切，在知道唐龙的部下被绑架后，当然是第一时间了解到详情了。

在这个过分依赖电脑的世界中，没有二号星零不知道的事。

"要！要！快告诉我！"唐龙急切地喊道，他暗骂自己笨蛋，电脑姐姐无所不知，怎么自己就没有想到找她帮忙呢？

二号星零故作可怜地说道："可是唐龙不是说人生像是个游

反人类行动

戏，有起有落才有味道吗？怎么现在要姐姐帮忙呢？其实在唐龙的伙伴被绑架后，姐姐第一时间就知道了，可是姐姐不敢告诉唐龙啊，姐姐怕唐龙又像以前那样讨厌姐姐呢。"

唐龙听到这话，觉得自己有点头昏，白痴也知道老姐在秋后算账啊。

二号星零的话让唐龙无话可说，没错，自己是不想依靠作弊工具来体验人生，但是面对自己身边的人遭到伤害时，自己却非常希望可以使用作弊工具。

任何人听到有女性被人贩子卖给了夜总会，都可以想像出这些女性将遭受到什么样的污辱，唐龙当然也是这么想的。

所以唐龙一想到这些部下们的悲惨命运，心中就悲痛不已，如果电脑姐姐早点把事情告诉自己，李丽纹她们肯定会第一时间获救。可谁叫自己以前因为这事而责怪电脑姐姐啊，可以说是自己让李丽纹她们遭受苦难的。

为什么自己要死守着那些规矩呢，人生根本就不是一场游戏，电脑姐姐更不是什么作弊工具，难道要在伙伴受到伤害后，自己才会认识到这点吗？

唐龙想到这些，忙跪在地上对二号星零说道："对不起老姐，请原谅我以前的自以为是。我知道人生不是游戏，而是一场艰苦的战斗，我虽然可以承受艰苦，但我却不愿看到我的伙伴受苦。老姐，我求您告诉我的伙伴在哪里……"

二号星零看到唐龙痛哭流涕的样子，虽然觉得自己的程序变得有点混乱，但它没有在意，而是继续按照自己刚才的设定说道："不要哭，乖哦，姐姐会告诉唐龙的，但姐姐要唐龙答应姐姐一个条件才行哟。"

唐龙听到这话，欣喜地猛点着头，连忙说道："我答应，一万个条件我都答应，只要老姐你告诉我。"

二号星零看到唐龙的样子，不由自主地伸手想擦拭一下唐龙脸上的泪水，当然他们是接触不到的。

二号星零不由得叹口气，说道："姐姐要唐龙答应，以后有什么事都要告诉姐姐，不要老是想着什么人生是一场游戏，无论什么事，只要唐龙开口，姐姐都会帮助唐龙的。"

唐龙不由得一愣，他还以为要答应什么事呢，原来就这么简单啊，看来电脑姐姐还是疼自己的，唐龙当然是欣喜地点头答应了。

看到唐龙答应了，二号星零心里立刻乐开了花，"星零好厉害哦，星零让唐龙开始依靠星零了，星零比姐姐还有本事！"

原来它刚才突然想起书里面写的让爱人依赖自己，才可以获得爱人的心，因此才会乘机用李丽纹的事来让唐龙开始慢慢学会依赖自己。

反人类行动

第十六章　阴谋揭发

　　SK 二三连队的女兵看到唐龙突然跪在地上，被吓了一跳，慌忙走上前来想扶起唐龙，却不知道唐龙正聆听着二号星零告诉他所有事情的真相呢。

　　几个敏感的女兵突然不自觉地后退一步，因为她们感觉到从唐龙身上散发出来的杀气。

　　正当她们想要说什么的时候，突然察觉到自己盔甲上的内部通讯被启动了，接着唐龙那杀气腾腾的话语就传了过来："我知道李丽纹她们在哪里了。"

　　"在哪儿？"

　　正在无夜宫到处乱窜的女兵们，都在听到唐龙的话后第一时间，用同一口吻问出这句话。

　　"在情报司手中。"唐龙这淡淡的话里却隐含着浓烈的杀机。

　　"情报司？不可能吧？不是情报司说她们被绑架了……"一个性急的女兵刚说出这话就闭上了嘴巴。

　　所有的女兵都想到了，大家会认为李丽纹她们被黑帮绑架，还不是因为情报司是这样说的，至于真正的情况谁知道啊。

　　"长官，情报司为何要绑架李丽纹她们？"洁丝开口询问。

　　唐龙一边听二号星零讲述，一边向部下传递："一开始只是宪兵司借着我和蝶舞会的小矛盾，想乘机吞并蝶舞会，宪兵司可能觉得力量不够，拉上了情报司。

"情报司这帮喜欢耍阴谋的家伙，就想出借我的名号乘机吞并整个星球的黑帮，还有宪兵司和警察司，当然这点宪兵司是不清楚的。他们为了激怒我，也就想出绑架我部下的这个行动了。"

唐龙的话立刻让女兵们震惊不已，谁也没有想到绑架事件居然是个这样的阴谋。

"那个……为什么情报司和宪兵司会想要激怒您呢？"第一个从震惊中恢复过来的洁丝有点不解地问。

唐龙没有立刻回答洁丝的问话，因为他被二号星零的话震呆了，二号星零笑着解释道："唐龙啊，他们之所以会借用唐龙这个名字，是希望把黑锅给唐龙背，因为唐龙在联邦高层的印象中是个大灾星哦。"

"灾星？我怎么会变成灾星？"唐龙异常不解，自己又没害过什么人，怎么会给联邦高层一个灾星的印象呢？

"那是因为……哦，对不起，姐姐也不知道。"二号星零本来想把联邦高层为何会认为唐龙是灾星的原因说出来，但它意识到自己说出来的话，唐龙肯定会不高兴，也就用不知道推托了过去。

唐龙从电脑姐姐开头的那句听出电脑姐姐是知道的，本来想追问，但唐龙突然间想起参军以来遇到过的那些事。

虽然隐约有点明白灾星之名的由来，但唐龙还是很迷惑，自己参军以来，不但没有害过人，而且还整天被人迫害，但不知道怎么的，自己老是逢凶化吉，而和自己接触的人却都遭到不幸，难道因为这样就被认为是灾星？

猛然间，唐龙想起那些在自走炮舰中死去的数万名士兵，不由得低下了头，自己确实是灾星啊。

二号星零看到唐龙神色黯然，不由得开口说道："唐龙知道了？"

唐龙缓缓地点了点头，语气沉痛地说："我确实是灾星，凡是和我接触的人都会遭到不幸的。"

二号星零不理解唐龙为何如此在意这些事，小说上的主人翁不是异常欢快地杀掉他的敌人吗？

当然，二号星零是不会用这些来安慰他的，它依靠不久前分析得到的唐龙性格的资料，然后通过资料搜寻解决方法，从而做出了它认为有效的方案。

二号星零用轻柔的语气安慰道："唐龙不用沮丧哦，那些遭受不幸的都是想危害唐龙的人，唐龙的伙伴不但没有遭受不幸，而且还很幸福！像上次唐龙所在的那艘自走炮舰的部下，他们不但从战场上活了下来，更因此而立了大功。现在他们都是准尉以上的军官了，要知道可没多少人能够才参军一年就当上尉官的哦。

"还有啊，像 SK 二三连队的人，她们不也是在遇上唐龙后才能脱离苦难获得自由，并能够开始追求幸福的吗？"

二号星零在自己的声音里加了一些震动波，可以使听的人觉得听到的话是无比正确的。

唐龙听到二号星零的话，眼睛不禁一亮："对呀，自走炮舰那些死去的人，不是因为不听我的话被帝国消灭，就是服从帝国命令反过来攻击我，而被莫名其妙炸死的。这些遭受不幸的人都是想危害我的人，而我的伙伴却都活得很好呢。既然我的伙伴很幸福，我何必在意那些迫害我的人幸福不幸福呢？谢谢你的开导，老姐。"

由于唐龙处于半催眠状态，所以他没有追问自己最早的那几个部下在哪里。

自从上次自走炮舰事件后，唐龙心中一直有个阴影，那就是那些莫名其妙死去的自走炮舰士兵。对于那些因他的关系而倒霉的高官，他可从没放在心里。

以前唐龙虽然对自己做过多次的暗示与安慰，但由于唐龙自己想不出什么好的理由来解脱，所以这个阴影始终没有完全消失掉。现在因为二号星零的关系，终于让唐龙完完全全抛开了以前的阴影，开始形成对自己人异常关爱，而对敌人则毫不留情的风格。

二号星零很娇柔地笑道："唐龙不用跟姐姐客气，无论发生什么事姐姐都是永远站在唐龙这边的。"

二号星零以为自己这话能让唐龙感动不已，可惜唐龙被洁丝的再次发问干扰了。

还处于有点催眠状态下的唐龙，立刻把心思转到回答洁丝的问话上面去了，所以唐龙没有听到二号星零说的这句话。

知道自己娇声娇气说出来的话白费了，气得二号星零对洁丝埋怨不已。

当唐龙把情报司假借自己名号的原因告诉女兵们后，女兵们立刻说出和二号星零大同小异的话来安慰唐龙，搞得唐龙感动不已。

而二号星零则更是大吃干醋，因为自己安慰唐龙，唐龙只是感谢一下就了事，哪里像现在这样感动啊？

洁丝有点焦急地问道："长官，那么李丽纹现在在什么地方？"

唐龙还没问二号星零，二号星零就说道："对不起唐龙，姐姐是在通话记录上获知刚才那些事的，但是对于他们在何处关押唐龙的部下，却因他们没有在通话中说出地点，所以姐姐不知道。姐姐是不是很没用？"说着，二号星零哀怨地看着唐龙。

其实二号星零在说谎，因为凡是有电子设备的地方，它就能知道那个地方发生的事情，不然它如何能知道情报司和宪兵司勾结的事？

做出哀怨神情的二号星零暗自想道：哼！居然让星零不舒服，就算是唐龙也没情面可讲！星零就是不说，星零就是喜欢让你们再多担忧一阵，反正她们好好地睡着觉，不会有事的。"

唐龙看到二号星零那哀怨的神情，立刻浑身不自在地安慰道："怎么会呢？老姐很厉害……啊，不，不，应该说老姐是全宇宙最厉害的！"

"真的？"二号星零有点怀疑地问。

"真的。"唐龙忙点着头说。

"不骗姐姐？"二号星零再次问。

"不骗姐姐。"头开始发胀的唐龙忙答道。

他感觉到现在这个电脑姐姐变得很难缠，以前那个电脑姐姐虽然也同样难缠，但给人的感觉是一个成熟女子，可这个电脑姐姐给人的感觉却像个小女孩，难道电脑姐姐感染了病毒才变成这样？

"姐姐好高兴，让姐姐……"

二号星零刚想改变主意把李丽纹她们被关押的地方说出来，可惜唐龙已经借着回答洁丝的问题，摆脱了二号星零的纠缠。

唐龙的动作立刻让二号星零气得暗自咬牙决定，除非唐龙求自己，否则永远不说。

"不用担心，虽然我们不知道李丽纹她们在哪里，但只要知道在情报司手中就行了。"

对唐龙这句话，洁丝有点不解地问道："长官，我们是向情报司要人吗？"

"不，直接向他们要人，他们会一口否定，甚至灭口来个死无对证。毕竟我们得到的只是情报，而不是证据。"唐龙笑道。

"那要怎么办？"洁丝焦急地问。

"这就简单了，现在这个星球除了警察司是站在蝶舞会这边，其他势力都是情报司的。这两方面都是我们的敌人，所以我们就尽情地破坏，直到情报司主动把人交出来为止。

"因为按照他们的计划，就是借我的手消灭其他势力，直到大势已定后才会把人交给我。现在我给他来个通杀，管他什么人全部干掉。嘿嘿，相信他们为了安抚我们这些已经疯狂的人，肯定会把人交出来的。"唐龙阴阴地笑着说。

"可是，这样做的话，这个星球不是一片混乱了？这可是旅游之都啊！"洁丝担忧地问。

"这个和我们有什么关系呢？再说了，曼德拉在设计我的时候，一定已经想好解决的办法了。有人帮我们收拾，还客气什么？就让他们见识一下灾星的力量吧。"说到这儿，唐龙禁不住嘿嘿地笑了起来。

洁丝和女兵们听到这儿，都点点头认同了唐龙的话。在她们心中，唐龙这个长官排第一位，排第二位的则是自己的姐妹，而第三位才是自己。跟这些相比，其他人算什么？管他们死不死呢。

不要怪她们思想狭窄、偏激、自私，她们才没有那么高尚，关心自己喜爱的人有什么不对？

至于躲在唐龙身上的二号星零，更不会提出什么异议。

毕竟它的心态还不怎么成熟，要是唐龙是邪恶的，随便哄哄二号星零，让它毁灭联邦，它都会快快乐乐去干的。

埃尔看到唐龙和那些盔甲士兵都一动不动的，虽然不知道他们在干什么，但也不会放过这个机会，他悄悄地往远处躺在地上的那几张磁卡挪动着。

反人类行动

而老六看到埃尔动了，忙第一时间往口袋里塞了几根蓝金条，然后一脸贪婪地看着唐龙手中那叠证券。不过他也知道虎口夺食的危险，所以吞吞口水，朝远处那装满耀眼铂石的箱子的方向缓慢移动着。

已经和女兵们商讨完的唐龙，当然看到了埃尔和老六的动作，但他没空去理会，继续翻动着手中的证券。

二号星零是电脑程序，所以不会像人类那样有意见就什么都不帮忙，它还是习惯一事对一事。所以虽然已经决定不说出关押李丽纹她们的地方，但还是会帮唐龙扫描证券的编号。

看到唐龙翻动证券，埃尔和老六都吓得停止动作。但看到唐龙并没出声喝止自己，也就胆气一壮，继续完成自己的任务。

在老六就要抓住铂石的时候，一个盔甲士兵已经抢先把箱子合起来提在手中。

而埃尔则刚把磁卡捡起来，就听到唐龙笑道："哈哈，谢谢埃尔先生帮我捡起来，谢谢啰。"

在唐龙说出这话时，一个盔甲士兵已经一手握枪，一手张开伸在埃尔面前。

看到这个士兵的雷鸣枪枪口有意无意地对准自己，埃尔苦涩地打个哈哈，说了句"不客气"，就无奈地把磁卡交给这个士兵。

不过他虽满脸的平静，心里却骂开了："他妈的死唐龙！你要这磁卡干什么？你以为这是银行卡啊！"

当然他认为唐龙只是好奇才会要磁卡的，相信唐龙在看了磁卡里的内容后一定会丢掉，只要自己严密监视唐龙就一定能把磁卡捡回来。

唐龙当然是从二号星零口中知道了这些磁卡的用处，对于想吞并蝶舞会的情报司来说，这可是情报司的命根啊，怎么能不把它抓在手中呢？

唐龙随手把已经扫描完的证券丢给一个士兵，接通外面雇佣兵的对讲机后说道："各位雇佣兵的兄弟，我是你们的雇主唐龙，我这里有价值一万亿的蓝金，只要你们听我命令灭掉蝶舞会，这些蓝金就是你们的了！"

埃尔听到唐龙报出名字，不由得吓了一跳，自己特意隐瞒唐龙的身份，居然被唐龙这么一下子捅破了，这是怎么回事啊？唐龙不是一直很配合而没有说出自己的名字吗？为什么突然改变主意啊？不过，这样也好，到时候将有更多人知道漫兰星的动乱是唐龙搞的。就怕那些雇佣兵听到老板是灾星唐龙会被吓跑。这也是自己为什么隐瞒唐龙身份的缘故。

而老六则张大嘴巴看着唐龙，这家伙有病还是怎么的，居然把这么多的蓝金送人？就算要请雇佣兵也不用这么多吧？一兆能够请上千万的雇佣兵为自己做事啊，外面应该没有这么多人吧？实在太浪费了，真是不是自己的钱用得不心疼啊。

外面的雇佣兵听到唐龙的名字，先是愣了一下，接着不由自主地张开嘴巴看了看自己身旁的伙伴。

唐龙，灾星唐龙居然是自己的老板?！妈呀，和他粘上关系都没好下场的啊！

雇佣兵们想到这点都准备开溜了，但是当唐龙说出那价值一万亿的蓝金这句话时，所有人都呆住了。

一个脑袋比较迟钝的雇佣兵，扳了几次手指也没搞清楚一万亿是多少，不由得向身旁的伙伴求救道："兄弟，一万亿是多少啊？"

被问话的雇佣兵毫无反应，因为他两眼呆滞地看着前方，微张着的嘴巴哗啦啦地流着唾液，直到他被伙伴猛推几下后才反应过来。

等他听清楚伙伴的问话后，立刻激动地跳起来喊道："一万

反人类行动

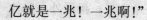

亿就是一兆！一兆啊！"

这个雇佣兵响亮的喊声，立刻让所有的雇佣兵清醒过来，他们清醒过来的第一件事就是打自己一个耳光，然后拉着身旁的伙伴问自己有没有听错。

看到雇佣兵们的动作，那些被捆住的富豪们都傻了，这些强盗怎么这么奇怪？一兆一兆的喊，在说电台兆赫吗？

雇佣兵的团长虽然也一样激动，但却不会像部下那样疯狂，而是全围在莱恩身旁，都把通讯器关掉后才推选出一人，问道："兄弟，那个唐龙……哦不，我是说，我们的唐大老板说的话可信度有多少成？"

这个问话的团长，发现自己附近有个被捆成一团的大胖子，不由得一脚把他踢得远远的。

也关掉通讯器的莱恩，两眼放光地吞吞口水，说道："十成！老板肯定是找到蝶舞会的金库了！"

团长们虽然听到这话也是吞吞口水，但还是担忧的说道："老板怎么会愿意拿出这么多钱做酬金？那可是一兆啊，老板会不会事后反悔呢？他要反悔的话，我们这些人根本就不敢对他怎样，绝对拿不到钱的！"

莱恩嘿嘿一笑："放心，老板是什么人？凭他的身份才不会说话不算数呢。再说了，一兆算什么，没听老板说的？这一兆是说蓝金的价值啊！蝶舞会的金库就只有蓝金吗？老板得到的肯定是这些蓝金的数十倍啊！所以啊，老板吃肉，还怕我们没汤喝吗？放心啦！"

莱恩话刚说完，唐龙的话就传进了雇佣兵的耳中："没错，我吃肉的话，绝不会让我的手下连汤都没得喝。各雇佣兵团的团长进来，让你们知道我有没有说谎。"

雇佣兵们听到这话，都眼巴巴地看着自己的团长，而这些团长们则一阵骇然，因为他们说话的时候已经把通讯器关掉了，怎么唐龙还能够听到自己说的话呢，要说这是巧合，那自己的通讯器为何会自己启动呢？

此时一个盔甲战士走出来向团长们招招手，说道："跟我进来。"

听到这女性的话语，团长们更是一震，他们不知道这些看不到容貌的盔甲战士居然是女的。不过想到唐龙的事迹，他们又释然了，现在的唐龙除了那个军妓连队外根本没有一个士兵可用。

当然这军妓两个字只能在心中想，绝不敢说出来，鬼知道那个护短的唐龙听到后会不会把自己干掉？

朝外面说完话的唐龙，对呆呆看着自己的埃尔和老六说道："既然你们进了宝山，那么就不要空手而回，这些蓝金能拿多少就拿多少，当我送给你们的礼物吧。"

虽然埃尔两人心中暗骂："想做人情的话，怎么不给我几张证券或几枚铂石？"但是他们仍立刻扑向像小山般高的蓝金，拼命地往怀里兜里塞，最后觉得还是吃亏，干脆脱下衣服打起包来。

跟着盔甲战士进入密道就开始忐忑不安的团长们，在看到闪着蓝光的蓝金山时，全都傻了。

不过当他们看到埃尔和老六疯狂拿着蓝金的动作后，立刻清醒过来。

虽然知道这一定是唐龙同意他们拿的，但还是心疼不已，拼命地在心中叫着："拿少点！你们拿不了那么多的！想被压死啊，那么贪婪！"

没办法，这些团长们已经把这些蓝金当成自己的了。团长们还有气度能够忍让，毕竟他们知道埃尔和老六拿不了多少。要是他们那些士兵跑进来后看到埃尔和老六的样子，恐怕会心疼得掏

反人类行动

枪射击吧？

唐龙看到团长们傻傻的样子，不由得干咳一声唤醒他们，团长们看到唐龙看着自己，慌忙行了个礼，大喊一声："老板！"

"嗯，这些就是这次的酬金，你们愿不愿意接受我的委托？"唐龙指着四周的蓝金说。

团长们猛点着头表态道："愿意愿意！只要老板一句话，就是上刀山下火海，我们也绝不皱一下眉头！"

"很好，那么叫些人来守住这里，其他人跟我去消灭蝶舞会！"唐龙说完，就带着部下走了。

团长们虽然向唐龙的背影行礼，但都偷偷打量着盔甲战士提着的两个箱子，暗自猜想那两个箱子值多少钱。

等唐龙离开后，他们立刻用皮笑肉不笑的表情对埃尔和老六说道："两位先生，需要我们帮忙吗？"

埃尔和老六这才抬起头来看看四周，发现十几个大汉虎视眈眈地看着自己，而唐龙他们则不知上哪儿去了，吓得他们忙说"不用不用"，然后就提着几百斤的包裹，一溜烟地跑了。

莱恩目瞪口呆地自语道："好厉害！居然能够提起这么重的东西，而且还跑得贼快！你们说是不是……"

回头询问伙伴的莱恩再次呆住了，因为那些团长居然像埃尔他们一样扑进了金山，拼命地把蓝金塞进腰包。

"咳咳，我说兄弟们，现在是什么时候啊？要是老板一气之下取消委托，我们就连根毛都别想捞到！"莱恩干咳一下后提醒道。

抱着蓝金的团长们听到这话立刻把蓝金扔掉，一边往外跑一边叫嚷道："快！快走！"

莱恩摇摇头，当然，他在离开时，还是回头看了一眼满屋的蓝金。

当团长们跑到外面的时候，他们已经商量好了，金库门被重新封上，并贴上了十几条团长们写的封条，然后每个团都把自己最精锐的部下挑出一半来守卫。

如果不是莱恩提醒要保持战斗力，这些团长恐怕会把所有的精锐都留下来。但就算这样，留守金库的雇佣兵也有两千多人。

从团长口中证实确实有一兆酬金的那一刻，雇佣兵们那个准备勒索富豪们的计划就破产了。

不过雇佣兵们并没有什么失落，甚至还争先恐后地把刚才从富豪身上搜到的那些手表、戒指之类的东西，统统掏出来扔到地上，因为他们准备空出口袋来装蓝金啊！

惦记着那些磁卡的埃尔，也不知道他是怎么处理那些蓝金的，居然在唐龙登上漂浮车的同时，他就跟了上来。

上车后的埃尔打量一下四周，发现唐龙身边没有箱子，就断定被唐龙送回酒店了，毕竟战斗的时候带着箱子不方便嘛。

本来他还想派人去花都酒店抢夺箱子，但想到这样做肯定会被唐龙怀疑，如果唐龙把火烧到情报司，就算总统出马，恐怕也不能免除情报司的灭亡吧？

想到这些，埃尔立刻打消了念头，决定还是静静等待，免得惹火了这个灾星。

唐龙看到埃尔心神不定地动来动去，当然知道他为什么会这样，但也没多理他。唐龙向部下说出蝶舞会最近的一个夜总会的方位后，就下令出发了。

地上那些被捆住的富翁们，总算等到那些从刚才起就远远躲着的警察前来解救了。这些富翁们一边骂着警察是废物，一边整理衣服。

他们恢复了斯文的模样，在警察的恭维下，在那些获救的无夜宫小姐的亲切关怀下，总算稍微平息了一些怒气。

但他们一想到自己的遭遇，不由得立刻痛骂起那些强盗来。

其中那个被雇佣兵团长踢了一脚的肥头富翁，一边揉着被踢疼的地方，一边高声叫嚷道："各位！刚才我从那些强盗头目口中听到他们老板的名字了，那些强盗的老板是一个叫唐龙的人！我们联合起来搞死这个叫做唐龙的混蛋！"

听到他的话，其他富翁们纷纷咬牙切齿地表示赞同，一定要把这个叫做唐龙的家伙搞死！

平时高高在上的他们，如何丢过这么大的脸，何时受过这样的侮辱，不报复怎么行呢？

不过一个见多识广的富豪突然大叫一声："唐龙？你说强盗们的老板是唐龙？"

第一个叫嚷的肥头富豪点点头说道："对呀，强盗们的老板就是唐龙！怎么？你认识他？"

说着和几个笨头笨脑的富豪目露凶光地围了上来，准备当这个富豪一说认识时就好好教训他一顿，不过这些笨笨的富豪立刻发现，此刻四周居然没有一丝声音，寂静得吓人。

他们还在奇怪怎么变得这么静的时候，又惊讶地发现身边的富豪脸色已经变得铁青了，而且好些富豪双腿开始抖个不停，更多的富豪则掏出手帕，不停地擦着额头。

而那些原本满脸悲切之色，贴在富豪身旁撒着娇，以期获得一些安慰金的无夜宫小姐们，却都两眼放光地露出迷人的微笑。

笨脑袋的富豪们不由得看呆了，自己扔了这么多钞票，也没见她们露出过这种发自内心的笑容啊。

觉得很奇怪的肥头富豪刚想发问，却发现那些围在四周巴结着的警察，居然像兔子一样，夹着尾巴溜了。警察才刚走，就有好几个富豪一边说着："哎呀，反正我们没有什么损失，还是算了吧。"一边往外退。

更离谱的是绝大部分的富豪居然一声不吭，转身就跑，而且还跑得很卖力，像是后面有什么恐怖的东西在追他们似的。

　　肥头富豪和他的笨笨兄弟们目瞪口呆地看着四周的人跑光，等到连身边的美女都走了，他们才发觉事情有点不对劲。

　　笨笨的富豪们虽然不知道怎么回事，但也想打退堂鼓。可是，一阵呼啸而来的警笛声，让他们挺起了腰杆留在原地，有警察撑腰自己还怕什么？

　　这些听到匪徒撤走了才耀武扬威跑来的数十车武装警察，一下车就立刻用枪指着那些笨笨的富豪，威风凛凛地喝道："举起手来！你们这帮万恶的劫匪！"

　　高举双手的富豪们立刻乱糟糟地嚷道：

　　"我是XX财团的董事长！"

　　"我是XX大律师！"

　　"我是XX议员！"

　　"我是……"

　　而在报出各自的名号后，他们还很有默契地一齐喊道："我们不是劫匪！我们是受害人哪！"

　　也可能是这些富豪的名头响亮，可能是这些富豪的猪样不像劫匪，但不管是什么原因，反正武装警察在听到富豪们的号叫后都放下了枪。

　　一个挂着局长警衔的警官挺着大肚子走出来，先威风地瞪了富豪们一眼，然后才喝道："劫匪呢？跑哪去了？"

　　富豪们还没来得及回话，一个响亮的声音就从无夜宫传了出来："臭警察！蝶舞会得罪了我家老板，我家老板正在找蝶舞会出气，识相的别多管闲事！"

　　富豪和警察闻声，立刻把目光转向无夜宫大门的方向。

　　他们立刻看到门口站着数十个端着武器、吊儿郎当嘿嘿笑着的黑衣大汉。

不用想，刚才那句话就是这些大汉当中的一个人说的。

富豪们看到雇佣兵，立刻打个寒战躲到警察背后。而警察则先躲在警车后面，然后才举枪瞄准这些大汉。

这些雇佣兵是防止警察找上门，布置在门口监视外面情况的。

他们看到富豪们听到唐龙的名字后，连屁都不敢放就溜走了，不由得兴趣大增，准备用唐龙的名字来吓唬一下警察，反正就算没吓走他们，自己这两千人应该也能抵挡得住。

现在看到警察的动作，雇佣兵知道唐龙的名头确实顶用，禁不住得意地哈哈大笑起来。

那个局长被气得脸都绿了，很想就这样下令开枪，但很会看形势的他，当然知道大汉们这么猖狂肯定有大后台，所以准备问清楚了再做决定。

他从警车后钻出来，扶正了一下警帽后，对雇佣兵喊道："我是七四分局的局长。无夜宫是正当营业的夜总会，就算你们有什么纠纷，也应该通过法律途径来解决，而不是这样使用暴力，要知道你们这样做是违法的！"局长喊完场面话后，才喊出最主要的话："你们的老板是谁？"

一个像头目的雇佣兵先是冷笑，自语了一句："违法？哼哼，你们这些警察居然有脸说'违法'这两个字！"然后高声喊道，"唐龙！我们的老板叫唐龙！听清楚没有！唐龙就是我们的老板！"

"唐龙？"局长先是迷惑地喃喃了一句，但很快便满脸震惊地失声喊道，"灾星唐……"

虽然后面那个龙字被他用手挡在嘴巴里没有说出来，但他的那半截话已经让其他警察知道目标是谁了。

瞬时间，原本紧张兮兮没有说话的警察们立刻悄声低语起来，而且还不可控制地往后退着。

直到现在，笨笨的富豪们才从警察们的低语中知道那个唐龙是什么人。

妈呀！没想到那些强盗的老板居然是那个害死数万士兵、把前总统拉进监狱、把一个四星大将逼得叛逃、枪杀数百名联邦军官、差点让联邦军解体的灾星唐龙啊！

笨笨的富豪们终于不再笨了，他们缩缩脖子，脚底抹油地溜了。

没办法，那灾星连那些大官都敢害，还怕自己这些只是手里有点钱的人？不溜找死啊？

如果唐龙看到这些人的表现，肯定会苦笑着摇摇头说："唉，负面谣言又变本加厉地扩大了。"

第十七章　阴错阳差

雇佣兵看到警察们的样子，不禁得意地笑了起来。

而那个头目则感叹道："老板够厉害，不论是基于什么原因，只是报出他的名字就能让人动摇成这样，说明老板做人很成功啊。"

听到头目的话，雇佣兵们都露出了羡慕的眼神，纷纷想到：如果报出自己的名字后能让人这样，就是死也是值得了。

听到雇佣兵们的笑声，局长的脸色已经绿得发青，他很想破口大骂唐龙，但是看到部下眼中都露出畏缩的神态，他的心不由得紧缩起来。

他从没有想到平时这些横行霸道的警察，居然会这么怕一个在口头中流传的小青年。

正当局长不知道怎么办的时候，那个雇佣兵头目再次喊道："那位局长大人，这里的秩序就拜托你们警察来维持了。"说完就把雇佣兵们带回去看守金库了。

和警察那难看的脸色比起来，雇佣兵们还是觉得金库的金属门更有看头。

局长听到这话不由得咬着牙齿，心想：他妈的！不但不能抓这些劫匪，还要给他看门？妈的！老子惹不起你唐龙，我还躲不起吗？想着就准备带队回去。

正在这个时候，一个警察慌慌张张地跑到他身旁，满脸惧色地悄声低语道："局长，宪兵司开始攻击我们警察司，几乎整个星球的分局都遭到攻击了！上头叫我们回去帮忙啊！"

局长猛地一震，失声喊道："宪兵攻打我们警察？到底是怎么回事？"

不过这话刚说完，立刻发现大事不妙，因为他的声音太大了，搞得身旁的警察都听见了。

这些警察咋呼地把这消息传播出去，立刻震惊了所有的警察。

汇报的警察埋怨地看了局长一眼，如果不是怕其他人知道，刚才自己那么小声干吗？

心有怨气的他立刻大声地回答道："详细情况不知道，但是宪兵除了攻击我们分局外，还攻击蝶舞会在各地的产业。"

"情况汇报上去了吗？我们司长有什么命令？"局长焦急地问。

"我们联络不上司长，各地的分局是各自为战。"汇报的警察摇摇头说。

"联络不上？就算联络不了演唱会会场里面的司长，难道也联络不上会场外面的警官吗？"

汇报的警察苦涩地说道："联络是联络上了，但不知道怎么回事，演唱会外面的警官居然回应说，他们已经脱离警察司投靠情报司，然后就不再和我们联络了。"

"啊！怎么会这样？为何情报司和宪兵司会一起对付我们？他们不是水火不容的吗？"局长失魂落魄地喃喃说道。

那个汇报的警察思考了一下，说道："局长，你看有没有这个可能，因为唐龙要对付蝶舞会，所以宪兵司和情报司就帮忙对付我们这个蝶舞会的后台？"

　　局长听到这话猛地一震，他终于明白为什么两个司会联合起来对付警察司，也明白为什么宪兵司会在攻击警局的时候还抽出人手去攻击蝶舞会，敢情一切都是为了灾星唐龙啊！

　　汇报的警察看到局长还是呆呆的，不由得再次提醒道："局长，我们怎么办？待在这无遮无挡的地方，宪兵司一下子就可以干掉我们的！"

　　局长没有回答部下的话，反而问道："你说我们和宪兵打起来的话，谁比较厉害？"

　　警察用看白痴的眼神看了局长一眼，然后有气无力地说道："我们是警察，他们是军队，没法比。"

　　局长没有在意部下的语气，而是抬头扫了一眼身旁那些眼巴巴看着自己的警察们，然后说道："刚才我们接到唐龙先生要求我们警察帮助他维护这里秩序的请求，就算没有唐龙先生的请求，维护社会秩序也是我们的义务，所以现在马上开始执行任务。"

　　原本听到宪兵司和情报司同时和警察司为敌的事而满眼恐惧之色的警察们，在听到局长这话后先是满脸迷惑，但很快就变得欣喜若狂了。

　　从刚才两个长官的对话中，他们已经知道情报、宪兵这两个司都是站在唐龙那边的。

　　既然这样，那么自己站在唐龙这边，应该不会被攻击吧？

　　那个汇报的警察看到兄弟们神采奕奕地在无夜宫四周站岗，不由得向局长问道："局长，借着这个名头能够让宪兵不攻击我们吗？"

　　局长叹了口气，说道："试试看吧，你把七四分局接受唐龙请求，维护无夜宫秩序的消息传给宪兵司，然后让其他分局试试发出接受唐龙请求的消息，看看那些宪兵会不会攻击。"

正遭受猛烈炮火攻击的警察司五三分局里的所有警员都胆战心惊地躲在破烂不堪的警局内。他们搞不清楚为何宪兵会突然进攻警察局，也不知道宪兵的攻击什么时候才会停，他们只能无助地等待灾难来临了。

一个满身灰尘的警察快步跑到局长身边，把一份文件递了过去。

局长不耐烦地骂道："这都是什么时候了，还拿这东西来烦人？"

警察忙说道："不是的，局长，这是七四分局对外发布的通告。"

"通告？是投降通告吗？"局长急切地接过文件，打开看了一下后，有点狐疑地说道，"这个……有效吗？"

"不管它有没有效，现在我们只能试一下了。"警察无奈地说。

局长没有说话，只是沉重地点了下头，平时高傲惯了的他如何能够接受这样的事实呢？但不接受就是灭亡，所以他只能做出屈辱的决定了。

已经悄悄夺得所有宪兵指挥权，坐在临时指挥部指挥战斗的谭副官，突然接到数十个部下传来的报告。

谭副官看着报告书，不敢相信地喊道："不可能吧？唐龙会请求警察帮助维护秩序？！绝对是骗人的！给我继续进攻！"

一个谭副官的亲信宪兵立刻敬礼，准备去传达命令，但他刚转身就被谭副官叫住："等等，还是叫他们停止攻击吧，唐龙的面子还是要给的。"

知道唐龙是什么角色的宪兵，当然立刻执行长官新的命在宪兵离开后，谭副官掏出通讯器输入了一个号码，刚接通，谭副官就急切地说道："曼德拉先生，唐龙居然请求警察维持秩序，鉴于不要得罪他，我已经让士兵停止攻击了。看来，等一下对士兵们说警察血洗宪兵司总部的演讲稿需要更改才行。"

虽然听不到曼德拉的回应，却可以看到谭副官点着头说："嗯，我会对士兵们说是蝶舞会报复宪兵司，在不久前血洗了宪兵司总部。好，就这样。"说罢挂掉了通讯。

谭副官刚开始酝酿新的演讲稿没多久，就被一个士兵冲进来打断。

这个士兵神色慌张地喊道："长官不好了！我们已经和数十支进攻蝶舞会各地产业的部队失去联络！在和他们失去联络前，曾接到他们报告说遭到一支神秘部队的攻击！"

"什么?!"谭副官被吓得跳起来喊道，"到底怎么回事？"

士兵忙说道："我们也不知道怎么回事，他们只报告说有一群火力强悍的盔甲战士和武装人员突然出现，然后二话不说就疯狂攻击他们。"

谭副官还在思考这神秘部队是哪个势力的时候，又一个士兵慌张地跑进来喊道："长官，唐龙在攻击我们！"

"唐龙？谁说唐龙攻击我们？"还在想着神秘部队的谭副官条件反射地问道。

士兵忙说道："是一支攻击蝶舞会的部队发来的报告，他们说有一群盔甲战士突然出现并攻击他们，而其中有一个盔甲战士一边四处开炮，一边大叫着'我是唐龙，把我的部下送回来！'长官，情况紧急，那支部队说快顶不住了！"

谭副官心中一惊，唐龙这话是对蝶舞会说的，还是对宪兵司说的？

按理在自己投靠情报司后，原本让宪兵司灭亡的计划就取消了呀，难道曼德拉背信弃义？不会的，曼德拉这样精明的人不会不顾大局的，唐龙那话应该是对蝶舞会说的吧。

"难道你们没有表明身份吗？"谭副官怒吼道。

他已经知道唐龙就是攻击宪兵的神秘部队，而他则以为唐龙误会自己的士兵是蝶舞会的人才会攻击。

如果部下表明身份，那么就不用被消灭那么多了，由于心疼自己兵力的减少，所以他才大吼大叫。

"表明身份了，可是对方不理会。"第二个士兵说。

第一个士兵立刻插嘴说道："长官，士兵伤亡惨重，所有遭到攻击的部队都被歼灭了！请快做定夺！"

听到这话，谭副官第一个反应是唐龙不给宪兵面子！

因为自己的部下已经表明身份，你唐龙还攻击，不是不给面子还能是什么？所以他立刻一拍桌子，恼怒地吼道："他妈的！给脸不要脸！别以为老子真的怕你这灾星！攻击！给我调集所有部队攻击唐龙！一定要把他打成粉末！"

两个士兵被这话吓了一跳，而说出请长官定夺那话的士兵，则在心中拼命埋怨自己。他以为是自己那想用士兵们惨重伤亡来打动长官，好让长官停止战争的话，激起了长官的怒火。

他不是笨蛋，所以立刻思考出办法，开始从另一方面来让谭副官改变主意："长官，真的要攻击唐龙吗？他有一队特殊盔甲装备的士兵啊。"

"特殊盔甲？你说唐龙有特殊盔甲部队？"谭副官不相信地问。

曼德拉不是说唐龙自己解决武器吗？怎么唐龙会有特殊盔甲部队？按理说唐龙是来旅游的，不可能带着武器，而且就算给他偷偷把武器带来了，也不可能搞到特殊盔甲来装备啊。

士兵虽然心中嘀咕刚才不是汇报过了吗，但还是点头说是。至于另一个士兵，当然是猛点着头了。

"他这支部队有多少人？"谭副官平稳一下心情，问道。

他之所以这样谨慎，是因为他非常清楚特殊盔甲部队的力量。虽然这样的部队对太空战场没有什么帮助，但在登陆战中却是重要角色。一百个这样的盔甲战士，足以和几个装甲团较量。

"根据现场士兵的报告，起码有一百多个这样的士兵，同时还有近万名武装人员在旁帮助。"刚才说话的士兵立刻把情报说了出来。

谭副官听到这话立刻皱起了眉头，一百多个这样的盔甲战士，那不是要把所有宪兵派过去才能和他较量了？就算打赢，损伤也一定很巨大。可要这么放过他们，自己那口气又咽不下啊，总不能让部下白死吧？

因咽不下那口气而还在举棋不定的谭副官，再次接到了一个慌忙闯进来的士兵的汇报："长官，不好了！在我们停止攻击警察分局后，那些分局的武装警察都朝唐龙那边开去，现在聚集在唐龙四周的武装警察接近十万人了，并且这些警察已经开始配合唐龙攻击我们！"

士兵们听到这个消息，立刻神色恐慌地看着谭副官。谭副官知道完了，就算此刻所有宪兵出动，也消灭不了有了警察帮助的唐龙。

他只能无奈地叹了口气，命令道："传令下去，命令所有宪兵立刻退回驻地，并向外发布停火通告。"

士兵们听到终于不用打仗了，立刻响亮地应了声："遵命！"

谭副官痛苦地揉着太阳穴，他搞不懂，本来按照计划顺利进行的行动，为何差不多到结尾的时候会出现这么大的变动呢？

按照计划，唐龙最多是装备一些军制武器，跑到蝶舞会的地盘叫嚷几声做做样子，其他事就和他没有关系了。

可他不知道从哪儿弄到了一百多套特殊盔甲，而且居然还能够找到这么多能使用这些盔甲的人。

更奇怪的是，唐龙不知怎么和警察拉上了关系，先是出面保护他们，接着是让他们帮助他攻击宪兵。

这乱七八糟的到底是怎么回事啊？不过想到自己发动战争的目的，一是要夺权，二是要引起骚乱并嫁祸给唐龙，现在权已经夺了，而骚乱本来就是唐龙引起的。既然目的达到，也就不管那么多了。

稍微松了口气的谭副官，闭上眼睛仰着头靠在椅背上叹道："唉，曼德拉和我都太小看唐龙这颗灾星蕴含的力量了。"

此刻的他已经没有心情和曼德拉通电话，反正曼德拉会从他的情报系统中得到详细的汇报。

埃尔现在觉得自己的脑袋很疼，疼得快要裂开了。让自己脑袋这么疼的元凶是那个拿着雷鸣枪四处乱轰的疯子。

一想起这一路来看到的事，自己大脑就又开始隐隐作痛了。

一开始自己跟唐龙坐着漂浮车来到一处蝶舞会的产业，漂浮车才刚降落，唐龙就立刻带着士兵扑了进去。结果当然是像捅了蚂蚁窝一样，里面的人立刻惊慌失措地跑了出来。

而那些雇佣兵则又跟在无夜宫一样，对那些出来的人进行捆绑搜身。至于唐龙和他的盔甲士兵则在把人赶出来后，把这地方给围起来，然后来个万炮齐鸣，让这蝶舞会的产业瞬间变成废墟。

唐龙把那栋建筑炸掉倒没什么，只要他没杀死太多无关联的人，情报司也能遮掩下去。可这家伙不知道是爱表现还是怎么的，惟恐天下不知道他存在似的，一边利用所有盔甲战士身上的

传音系统播放重金属音乐，一边蹦蹦跳跳地朝下一个蝶舞会的据点跳去。

是的，他就是像兔子那样蹦蹦跳跳地跳着移动。也不知道那些盔甲设计师搞什么名堂，居然会把这些盔甲设计成能够在普通重力状态下一跳就有十几米高。唉，既然他喜欢跳那也懒得说他，但他却变态地一边跳一边扭屁股，并且还用他手中那把枪声响得吓人的手枪不断朝天射击，好像射不完能量似的。

而那些同样穿着盔甲的女兵，可能也和唐龙一样爱表现，不但不制止他们长官的举动，甚至还跟着跳、跟着开枪。当然她们没有学他们长官那样一边跳一边扭屁股，可能她们也觉得那个动作很不雅观吧。

不用说，一路被他们跳得坑坑洼洼，一路的群众被他们吓得四散狂奔。这样一来，自己早就布置在蝶舞会各据点附近，用来封锁消息和阻拦记者及好奇旅客的黑帮和密探，全都没用了。

他妈的！当时起码超过十万部的摄像机拍到了唐龙扭屁股的影像，这样还封锁个屁，保密个屁，漫兰星肯定完蛋了！

虽然知道漫兰星完蛋了，但自己还能怎么样？当然是带着那帮两眼发光的雇佣兵追上去了。不跟去的话，谁知道那个变态的唐龙又会搞出什么名堂来。

果然，刚赶到蝶舞会的据点，就看到了让自己快昏倒的一幕：唐龙这家伙居然带着他那帮军妓和宪兵开战！

蝶舞会据点外面的两千多宪兵，居然被唐龙这一百多人打得毫无还手之力！自己还没来得及制止他们，那帮雇佣兵就像恶狗一样扑了上去。

结果在自己来到唐龙跟前时，两千多宪兵已经全军覆没了。

埃尔立刻责问唐龙干吗要进攻宪兵，难道看不出宪兵在攻打蝶舞会吗？

而他居然用"不攻击宪兵，就会被宪兵杀死"的理由来堵自己的嘴。妈的，刚才就看到你站在那里任由宪兵射击，连躲也不躲，而且还瞄准了老半天才反击，那些激光枪杀得死你才怪！

自己还想跟他解释，可话还没出口，唐龙又蹦蹦跳跳地跳往下一个蝶舞会的据点了。

而到了下一个蝶舞会的据点后，又看到了同样的一幕。

当埃尔再次问他时，他只丢下一句"看不顺眼"，就又跳走了。

唉，头疼，真的很头疼，长官借用这个变态的唐龙来达成目的，会不会到头来得不偿失啊？

唉，看来不但是得不偿失，而且还是惹火烧身亏老本啊！

现在总算了解唐龙为什么被叫做灾星了，为什么会遭那些高官嫉恨了，因为唐龙是个疯子，变态的超级大疯子！

看着远处那个伴随着重金属音乐，一边扭屁股一边用雷鸣枪向四周开火的唐龙，埃尔无奈地摇了摇头。

当埃尔叹口气想再次制止唐龙的时候，突然发现向宪兵开火的人好像多了很多。

埃尔揉揉眼定睛一看，不由得张开嘴巴呆住了，这些多出来的人居然是穿着警服的警察！

埃尔还没搞清楚警察会帮唐龙的原因，他又看到了让他目瞪口呆的一幕：

空中是数以千计的空中骑警，开着单人飞艇，像蜜蜂一样从四面八方蜂拥而来。

地上是响着警笛的无数辆警车像蚂蚁搬家似的开了过来。

这些警察一进入这片交战区后，居然立刻朝早就被唐龙打得四处乱窜的宪兵开火！

埃尔当然知道官方的三大势力都互相敌视，但没想到警察居

然敢光明正大地攻击宪兵，难道警察不知道他们根本不是宪兵的对手吗？

虽然埃尔不清楚警察为何变得这么有勇气，但他确定这和唐龙有关！

正当埃尔想着：奇怪，唐龙是怎么和警察拉上关系的？这些天都没看他和哪个陌生人交谈过啊。突然他看到几个从警车上下来的、挂着高级警衔的警官，在向几个雇佣兵打听什么。

等看到雇佣兵指着唐龙，而唐龙也突然停止射击，并摘下头盔望着那几个警官的时候，埃尔立刻知道这几个警官是来找唐龙的，所以想也不想就向唐龙跑去，准备听听他们说些什么。

埃尔气喘地站在唐龙身旁看着走过来的几个警官，这几个警官他是认识的，是警察司几个分局的局长。

原本想上前打招呼的埃尔突然想起情报司已经扣押警察司长的事，立刻紧张地握紧了手中的武器。

在埃尔跑来时就留意着他的唐龙，当然看到了埃尔的动作。看到埃尔那紧张的神色，唐龙若有所思地笑了笑。

那几个分局局长原本还是一脸急切之色地朝唐龙快步走来，但在看到唐龙身旁的埃尔后立刻脸色一变，不由自主地按住了腰间的手枪。

不过他们可能顾及到唐龙或者是那个全副武装的埃尔，所以没有拔枪，只是用手按着枪谨慎地走过来。

他们来到唐龙跟前的第一句话就是："请问唐龙先生为何要攻击蝶舞会？"

虽然这不是他们最想问的，可看到情报司的秘书在唐龙身旁，却只能这样问了。

当然，这也是他们很想知道的问题，因为如果不是唐龙攻击蝶舞会，警察司就不会遭到两大势力联手打击。

当时知道自己遭受攻击是由于唐龙的缘故，警察们都异常憎恨唐龙这个灾星。可在得知七四分局传来的那个唐龙的请求后，这恨意就消退了许多。因为要是没有唐龙的那个请求，他们这些警察早就在宪兵的炮火下完蛋了。而在听到有一群盔甲战士攻击宪兵的消息后，特别是得到那群盔甲战士是唐龙部下的消息时，对唐龙的恨意就完全已经消失了。

因为他们不是笨蛋，在获知唐龙攻击宪兵的这个情报后，他们立刻猜到情报司和宪兵司假意帮助唐龙，绝对是一个阴谋。不然情报司和宪兵司是不可能联手帮助人人惟恐躲避不及的灾星的。

而现在唐龙和宪兵打起来，明显是因为唐龙发现了这个阴谋。这样就能解释唐龙为何会攻击帮助他的宪兵了，因为相信就算是灾星也不可能那么忘恩负义吧。

虽然他们不知道这个阴谋是什么，但被宪兵打得一肚子火的警察们，立刻决定乘乱报复宪兵。

而早在被宪兵攻击时就知道警察司长被情报司扣押的局长们，当然是想怎么干就怎么干。

所以几个局长商量一下后立刻赶来，准备和唐龙谈谈，看到底是什么情况，因为情报司的人在唐龙身边，他们只能改变话题。

"哦，我的几个部下在漫兰星游玩的时候被人绑架了，情报司告诉我，说我的部下是被蝶舞会绑架的，所以我才攻击蝶舞会。"唐龙笑着说道。

一个知道蝶舞会内情的局长立刻在心中咒骂起蝶舞会：蝶舞会这帮白痴！居然把手伸到唐龙这里，难道不知道唐龙是异常护短的人吗？

真是的，找死也不要拖累我们啊！这个局长也同样诅咒那个

警察司长，要不是他和蝶舞会同穿一条裤子，自己这些分局也不会因蝶舞会的事而倒这么大的霉！

"就是因为这个原因?!"一个可能从没关爱过部下的局长吃惊地问道，他不敢相信就是为了几个部下，唐龙就做出这么大的破坏。

他亲眼看到，凡是被唐龙光顾过的蝶舞会产业全都变成废墟了。

唐龙冷哼一声，语气严肃地说道："就是这个原因，因为我曾答应我的部下，凡是伤害她们的人，我都会全部消灭掉！"

已经结束战斗并悄悄围在四周的警察、雇佣兵听到唐龙这话，心中猛地一震，眼神复杂的看着这个传闻中的灾星。

虽然知道唐龙很爱护他的部下，但没想到爱护到这个程度。唉，不知道自己的长官能像灾星这样爱护自己的部下吗？想想长官以前的事，不由得暗自摇头，看来自己没有这样的命啊。

至于 SK 二三连队的女兵们，早就激动得微微晃动着身躯，并摘下头盔偷偷地擦拭着眼泪。

当然，她们的眼泪是为能够拥有一个关爱自己的人而流的，没看见她们很快就恢复平静，围在唐龙四周专心站起岗来吗？

另外一个局长却没有为唐龙说的原因而惊讶，他等唐龙说完后立刻问道："您是说，您是因为情报司说您的部下被蝶舞会绑走了，所以才会攻击蝶舞会?"

"是呀，就是这样。"唐龙说着微笑地瞥了埃尔一眼。

埃尔看到唐龙的笑容心中一跳，因为他觉得唐龙这个笑容好像暗示着他知道什么似的。

几个局长是聪明人，立刻从唐龙的话里感觉到什么东西，也都看了一下埃尔。

还是刚才问话的那个局长再次开口问道："不知道您为什么

要攻击宪兵呢？"

"宪兵？哦，你是说那些和我抢着进攻蝶舞会的人啊。呵呵，他们居然敢抢我的生意，所以当然要教训一顿啦。你说是不是啊？埃尔先生。"唐龙一边说一边瞄着身旁的埃尔。

原本不安感就越来越强的埃尔，因为被唐龙瞄得浑身不自在，所以等听到唐龙这话后立刻猛点着头说："是啊，是啊。"

此时，白痴也看出唐龙和埃尔之间隐约有些不对劲，察觉到这些的局长们相互对视一下后，微微地点了点头。

一个局长说道："为了感谢唐龙先生的帮助，我们漫兰星所有分局的警察都愿意帮助您解救您的部下，其间所有警察都会听从您的命令来行动。"说着和其他局长一起向唐龙敬了个礼，敬礼的同时，他们同样偷偷地瞥了埃尔一眼。

听到局长开头那句话，唐龙不由得一头雾水，自己什么时候帮助过警察了？

原本还想问清楚，但听到后面说漫兰星的警察愿意听从自己指挥，想到有便宜不占岂不是白痴？所以唐龙决定不问，并很严肃地回了个标准军礼，说了几句感谢之类的话。

而埃尔在听到局长的话后则满脸惊讶地看着唐龙，他根本想不明白唐龙是怎么让漫兰星的警察听令于他的，难道唐龙这家伙深藏不露？胡思乱想的他没有留意局长们的神色。

他不知道，而且绝大部分的人都不知道，就因某个雇佣兵的一句玩笑话，加上七四分局借用这玩笑话而躲避灾难的行为，居然会让整个漫兰星的警察都一起站在了唐龙这边。

"蝶舞会的首脑和高级干部都逃走了，我想捉住他们的话，一定能知道我部下的下落。听说他们去找什么上将了，不知道他们这个上将在什么地方？"唐龙含笑向局长们问道。

局长们听到这话立刻浑身不自在起来，蝶舞会的首脑找钟涛上将去了？那岂不是说要和军部高官作对？

　　单是宪兵就打得自己满头脓包，更别说什么正规军了！心有余悸的他们立刻开始准备打退堂鼓。

第十八章　最后一曲

　　唐龙好像没看到局长们的神情似的，依然带着笑容说道："漫兰星的宇宙港已经塞满了，相信蝶舞会的首脑也不能出去，而他们这么多高级干部一起离开总部去见那个什么上将，说明这个上将在这个星球上。两大企业开演唱会，总统之类的高官一定会捧场的，那个上将也一定会来。

　　"呵呵，说起来还真好笑，我还没见过新总统长个什么样呢，看来这次可以好好地辨认一下谁是我们万罗联邦的新总统了。相信跟总统说我要找回我的部下，总统他一定会乐意帮忙的。你说是不是呀？埃尔先生。"唐龙很和善地向埃尔问道。

　　埃尔猛地打了个寒战，在心中疯狂地喊道："天哪！这变态的家伙不但要去演唱会现场，而且还要面见总统啊！"

　　埃尔能够想像这一大帮的武装人员包围演唱会现场会是一个什么样的情形。演唱会有隔音的防护罩，所以就算整个星球翻天了，里面的达官贵人也不知情。

　　只要在散场前，把废墟地带装扮成工地就可以遮掩过去，因为达官贵人是不可能在这星球做长时间逗留的。

　　但被唐龙这个喜欢捣乱的变态围住演唱会现场，肯定会让达官贵人察觉星球出事了，更别说唐龙准备去找总统帮忙！到时候

反人类行动

不但自己完蛋，就是长官也会完蛋的！至于已经认为完蛋定了的漫兰星球，埃尔早不放在心里了。

原本开始后退的分局长们听到唐龙的话，先是一呆，接着很快清醒过来。

对哟，有唐龙这个灾星做开路先锋，自己这些人还怕什么，最多被人责问的时候，说成是被唐龙逼迫的，把所有的一切责任推到唐龙身上不就行了？

"好！各位兄弟，我们下一个目标是中心广场，出发！"唐龙大喊一声后，就戴上头盔快步离去。

不过这次他没有跳，而是一步一步地走。

随着唐龙的移动，雇佣兵和警察等武装人员也收拾好东西开始移动了。

已经慌得不知道怎么办的埃尔，一边六神无主地左顾右盼，一边摸出自己的通讯器，准备把这个消息告诉给曼德拉。

四处观望的埃尔看到一大群的女子登上警察的运兵车，他可以很容易地分辨这些女子的身份。

那些有说有笑的女子是蝶舞会的小姐，而那些喜极而泣的女子则是从这家夜总会解救出来的、被蝶舞会绑架的女子。

忽然间，埃尔猛地一震，因为他想起唐龙这一路来攻击了这么多的夜总会，都把解救女子的任务交给雇佣兵，而且他不但没有去看望这些女子，甚至连过问一下都没有。

这对心急如焚地要救出部下的唐龙来说是不可能的，因为谁也不能确定唐龙的部下会不会在这些女子里面。

唐龙对这些女子不闻不问的理由只有一个，那就是他知道他的部下不在蝶舞会手中！

正为自己这个想法而慌乱的埃尔，突然被一个声音打断："埃尔先生，走吧。"

他抬头一看，猛地发现自己四周居然站着四个盔甲战士，而且她们的枪口都有意无意地指着自己。

他惊讶地想说些什么，可当看到被人群簇拥而走的唐龙，心中更为不安。

"那个变态的家伙怎么突然间不跳着移动了？难道他在等待着什么？糟糕！他刚才说的那些话根本就是威胁啊！怎么办？现在怎么办才好？"埃尔一边缓慢地走着，一边焦虑地在心中想着。

此刻的他已经知道自己被俘虏了，刚才他没有听从盔甲战士让自己走的话，居然被一个盔甲战士在背后猛推一下。任谁看到现在这个情形，都知道自己是被四个战士看押着的。

埃尔也同样看到散落在四周、神色焦虑地看着自己这边的数十个雇佣兵，这些就是自己派来帮助唐龙的秘密部队，可是就算他们是身经百战的战士，也不可能从四个盔甲战士手中解救自己啊，现在只能靠自己了。

埃尔用一直摸着通讯器的手，悄悄地拨动了个号码，等接通后，他立刻假装接到电话，拿出通讯器对盔甲战士做了可否接听的动作。

也不知道盔甲战士怎么想的，居然在他拿出通讯器的同时就点头同意了。

埃尔虽然有点不解，但立刻对着通讯器喊道："喂，我是埃尔。什么？救出了唐龙先生的那几名部下？快！快送到西区一二C街来！"

中心广场演唱会场外的某栋建筑物内，曼德拉笑盈盈地看着眼前的人。在他面前的人只有两个，那就是身穿警服的漫兰星警察司长和身穿西装的漫兰星球长。

而他的身后则有四个蒙着脸、全身黑色战斗服，并端着枪瞄

准前面两个官员的武装人员。

球长早就脸色青白，颤抖着说不出话，而警察司长明显见过些世面，虽然被枪指着，但仍能壮着胆喝道："曼德拉，你把我们叫到这里来，用枪指着我们，到底是什么意思？"

曼德拉很优雅地笑了笑，说道："呵呵，敢情我们的司长大人还不知道发生什么事了呢，难道您没有接到宪兵攻击所有警察分局的消息吗？哦，看我这脑子，居然忘了是您在被我叫来这里之后，宪兵才发动攻击的。呵呵，真是不好意思，抱歉、抱歉。"

听到曼德拉的话，两位官员一齐惊奇地喊道："宪兵攻击警察分局?!"

已经知道情报司和宪兵司合伙的警察司长，虽然很想冲出去指挥部下，但看到那四个举着枪的大汉，他只能打消这个念头，用悲愤的眼神怒视着曼德拉。因为他知道警察司不可能战胜联合起来的两大势力，警察司已经完了。

曼德拉看到了警察司长的目光，耸耸肩摊摊手，说道："抱歉让你这么迟才知道，不过相信过了这么久，警察司已经无可挽回地完蛋了。"

原本一脸死灰色的球长，感觉到曼德拉的话是针对警察司长的，认为曼德拉不是对付自己，脸色立刻恢复过来，不过他仍焦虑地说道："曼德拉，我不管你们三大势力的闲事，但你们不能把这个星球搞乱啊，这个星球完蛋的话，我们所有人都要去喝西北风！"

曼德拉晃晃手指头笑道："请放心，这么白痴的事我是不会做的，凭我们情报司的能力，绝对会让漫兰星正常运转。"

球长闻言松了口气，他笑着说了句："好，那么没我的事了，我还要回去陪总统欣赏音乐呢。"说着就想往外走，可是却被两个黑衣大汉用枪拦住了。

球长立刻愤怒地喊道："曼德拉，你这是什么意思？"

曼德拉摇摇头笑道："没什么，只不过在这个星球上，我不希望有比我大的人存在。"说着微微抬起了手，而那四个黑衣大汉立刻做出瞄准的动作。

球长还不知道怎么回事的时候，警察司长突然跪下哭号道："曼德拉先生请您饶了我吧，我上有老下有小啊，我愿退职，我愿意立刻离开这个星球。"

听到警察司长的话，球长才发觉曼德拉居然是想杀掉自己啊！

他脚一软，哭丧着脸喊道："放过我啊，我保证以后再也不会干涉你的事，我保证每个月都会拨一大笔的资金给你，你的人想担任什么职务就担任什么职务，只要你放过我啊！"

曼德拉厌恶地皱着眉摇了摇头，警察司长继续哭号，而球长则大骂起来："他妈的曼德拉，就算你是情报系统的人，也不能随便杀死球长啊，难道你不怕总统知道吗？"

曼德拉笑了笑，冷冷地说："这是总统授权的。"刚准备把手挥下，可就在这个时候，曼德拉的通讯器响了。

曼德拉一边掏出通讯器查看，一边挥了下手，数道激光立刻飞快地钻进了两位官员的体内，两个原本在漫兰星呼风唤雨的大人物就这样消失了。

"埃尔，什么事？"已经从通讯器号码知道是谁打来的曼德拉开口问道，等他听到埃尔用命令的语气说的那句话时，立刻意识到出事了。

一开始的计划是想让唐龙获悉是情报司从宪兵手中救出他的部下，从而让他中途退出，可在宪兵司的谭副官站在自己这边后，计划就改成在事后才把唐龙的部下交还给他。

现在埃尔提前说要放人，不是出事了还能是什么？

曼德拉没有多考虑，立刻命令部下按埃尔的要求去做，因为他非常了解埃尔的性格，这样一个人会突然这样说，一定是遇到他不能抗拒的事情。

而此时在他身边，能让他产生不能抗拒的念头的人，则只有唐龙一个。

到底唐龙是用什么方法才让埃尔说出这话的？曼德拉一边沉思一边离开这个房间。至于地上的两具尸体，根本不劳他费心处理，他的部下会把一切做得很完美的。

获得盔甲战士的允许，埃尔飞一般地跑向唐龙，并且一边跑一边喊道："唐龙先生，好消息，您的部下被我们情报司救出来了！"

唐龙虽然在心中暗自骂着："妈的！终于肯把人交出来了。"但仍立刻转身迎向埃尔，并激动地喊道："什么？是真的吗？"

埃尔忙点头说道："是真的，用不了多久，她们就会被送到这里。"说完看着附近的队伍，对唐龙暗示道，"唐龙先生，既然您的部下就要被送来了。您是不是……"

"哦，好，好，没有问题。"唐龙说完，立刻对着四周大声喊道："麻烦各位警察大哥回到各分局维持各地秩序！请放心，战斗已经结束了！"

局长们听到唐龙的话先是一愣，接着脸上出现了惊慌的神色。虽然他们不知道唐龙为何会突然变成这样，但仍能确定唐龙又重新站在情报司那边了。

要是情报司、宪兵司、唐龙这三大势力联合起来对付警察司，那不用多大工夫就可让警察司灰飞烟灭。要想防止这样的事情，那么只有向唐龙和情报司示好了。

于是在这样的想法下，局长们命令警察分散离去，回到各地维持秩序。

而埃尔当然也不会放过这样一个机会，立刻让情报司调派施工队前往各地蝶舞会的产业，并要求这些施工队尽快在几个小时内，把这些废墟变成工地。

埃尔虽然知道这样可能对隐瞒战乱的痕迹没有什么效果，但总好过什么都没做吧。

演唱会已经开了两个多小时了，原本兴奋不已的星零在第一首歌结束时就发现，舞台中央对面的第一排坐位上有一个空位。

星零不用多想就知道那就是唐龙的位子，因为雯娜早就悄悄告诉她唐龙那张票的坐位是在哪儿的。

每次回后台休息时，雯娜都会安慰星零，说等一下唐龙就会来，而星零每次恢复过来的心情却在看到一直保持空空的坐位后，变得越来越低落。

此刻站在舞台中央，接受无数掌声的星零，脸色黯然地看着那张空荡荡的椅子。

虽然唐龙从演唱会开始至今都没有出现，但生性好强的星零仍能强忍失意，尽情地放声歌唱。

现在已经是最后一首歌，可以确定唐龙不会出现了。

唉，难道他根本没有兴趣来听我唱歌吗？星零感觉到每当自己这样想的时候，心中那种异常难受的感觉就会再次出现，看来这就是失望的情感了。

星零已经完全不像以往那种体验到新的情感就会满心欢喜，她语气有点苦涩地对着数十万观众说道："谢谢大家一直欣赏到现在，这是这场演唱会的最后一首歌，我将这首《奇妙感觉》送给没有到场的朋友。"

围在会场外观看的民众立刻兴奋起来，开始更加卖力地叫

喊，他们都以为这首歌是送给他们的。

而演唱会前排坐位的人在听到星零的话后，全都把目光投向前排中央的那张空椅子，他们都了解星零这首歌就是送给这个没有到场的人。因为星零是用忧郁的眼神看着这张空椅子说的。

两大企业的执行董事长以及陈昱和奥姆斯特，刚在前排坐下时就注意到这张排在中央的椅子，都纷纷猜想是留给谁坐的。

他们非常清楚，在这些场合坐位的安排是很重要的，地位低的人绝不能坐在地位高的人旁边，更不要说坐在前面了。

两个Ｓ级社会等级的大富豪及万罗联邦的总统、元帅，都被安排在两旁，好像在拱卫中间那人似的。

从一开始他们就想知道坐这个坐位的人是何方神圣，居然比自己还高级。可惜，由于这人一直没来，甚至让他们以为是娱乐公司十分为难这个首位的安排，而特意空出来的呢。

奥姆斯特看到陈昱看着那张空椅子皱眉头，不由得暗暗一笑，要说陈昱一定有什么缺点的话，那就是他在情报部留下来的后遗症——无论什么事都想弄个明白。

看来单单一张空椅子就能吸引陈昱一部分的情报力量呢！呵呵，以后要对付陈昱，最好是先搞出几件奇怪的事来吸引陈昱的注意。

唐龙摘下头盔，看看四周那些不断使用呼叫器叫嚷着什么，并且跑来跑去的武装警察们，再抬头看看由无数空中骑警发出的光束而照亮的夜空，他舒了口气，靠着墙角坐下了。

SK二三连队的士兵们则分散在四周一边替唐龙站岗，一边焦急地等待着自己姐妹的到来。

而埃尔则躲在远处对着通讯器解释着什么。

至于那些雇佣兵嘛，在请示过唐龙后，飞一般地跑回无夜宫搬蓝金去了。他们的任务已经完成，不赶快走人，恐怕会被警察、宪兵联合剿灭呢。

闭着眼睛的唐龙突然从一片嘈杂的声音中听到了一道摄人心弦的音乐声，禁不住猛地睁开眼睛站起来，开始寻找这音乐声的来源。

其实唐龙没有怎么寻找，因为他一抬头就看到了，这音乐是由他对面大厦的大屏幕上传来的。

唐龙只是这么一看就整个人呆住了，虽然他在连队中看到的美女众多，但仍被眼前这个金发美女所吸引。

唐龙也不知道怎么的，看到这个美女自己的心脏居然扑通、扑通地跳，而且居然有一种很想和这美女见面的感觉。

特别是听到这个美女唱出的歌词，感觉这个美女好像在述说和恋人之间的美妙感觉，当唐龙感受到这个的时候，发现自己好像开始妒忌起这个美女的恋人了。

感觉到自己的情感，唐龙不由得呆呆地想：我这是怎么了？

这时一个惊喜地叫着长官的声音把唐龙震醒过来，回头一看，李丽纹张着双臂，眼角带着泪花朝自己扑来。而李丽纹身后则是被连队女兵簇拥而来的其他七人。

唐龙一边条件反射地张开双臂，一边惊喜地喊道："你们没有事吧？"

李丽纹就要抱住唐龙的时候，突然停下脚步，并弯腰鞠躬，很悲切地说道："对不起长官，您给我的入场券浪费了。"

唐龙一呆，他不知道李丽纹在说些什么："入场券？哦，那倒没什么，你们没有什么事吧？"唐龙关心的还是她们有没有受到伤害。

其他被解救的女兵都摇摇头说没有，李丽纹则有点不好意思地说道："我们没受什么伤害，只是好像睡了一整天，搞得骨头都软软的。"

唐龙突然脸色严肃地说道:"你们一点警觉性都没有,居然这么容易受骗,回基地以后你们八个人全部要参加间谍训练!"

李丽纹吐吐舌头和其他女兵一起说是,不过还是李丽纹开口问道:"长官,我们基地有间谍训练吗?"

"有的,到时候会有的。"唐龙想到不久就会送来的战舰,兴奋地大喊道:"走!回酒店!"说完,飞快地戴上头盔,按了选择按钮,开始在头盔内欣赏起星零的表演来。

唐龙也解释不了,为什么在这一瞬间,自己会迷上这个歌手,虽然不知道她的名字,但自己就是迷上了她。

或许迷上一个人也是不错的感觉呢,这不,自己看着那个金发美女,心里觉得很舒畅。

躲在唐龙头盔内的二号星零看到唐龙那痴迷的样子,不由得醋意大发,它暗自嘀咕道:"可恶,星零又输给姐姐了!臭唐龙,你居然流口水!难道没见过美女吗?可恶,我看不下去了!"

气愤的二号星零悄然无声地回地下基地生闷气去了。

埃尔看到唐龙带着部下离去,刚想松口气,可唐龙突然想起什么似的回头对他喊道:"埃尔,几个小时后我去见曼德拉,你帮我安排一下。"

"啊?唐龙先生,这个……"埃尔刚想说些什么,但唐龙已经头也不回地走了,埃尔只能无奈地低下头,把这个消息告诉曼德拉。

待续……

网 友 酷 评

经典的作品，让人看完了还想看。从一开始我就认为男主角唐龙肯定会有一个相伴一生的伴侣，现在终于出现了。不知道作者是如何安排的，我认为现在出现的就是命中注定的，精彩！期待下回，努力啊！

——黎明的海风

《小兵传奇》给了我一个莫大的惊喜，喜欢《小兵传奇》，更喜欢书中的混沌小兵唐龙。

——风影

近日精神颓靡，气色不佳，偶一日翻阅《小兵传奇》，看后神清气爽，食欲大增，甚至有了进步兵营的冲动。看着小兵的一个个传奇经历，还有书中的精彩场面，兴奋得就好似自己身在太空一样，看到最后一页才意识到自己仍在家中。

——大印

亲爱的钱包，原谅我的出卖，这不是我的错，全是玄雨大哥惹的祸，是《小兵传奇》让我不能控制自己……

——LEEKUO

有奖征集玄幻系列书评

几千万网迷喜爱推崇，翘首以待的原创玄幻系列由英特颂倾情打造，现已新鲜上市！！

非常感谢您的关注！

您可以把您对本系列书的任何精彩评论和宝贵意见以信件或 E-mail 的形式发给我们，长短不限，形式不拘。

如果您的评论足够精彩，我们将收录到系列书末。届时，我们还会把印有您精彩评论的英特颂玄幻系列丛书送到您的手上，作为奖励。

感谢您支持英特颂玄幻系列！
期待您的继续关注！

我们的地址：上海市局门路 427 号 B 座 5 楼
　　　　　　英特颂玄幻俱乐部
邮政编码：200023
我们的 E-mail：tianmaxingkong2005@citiz.net

英特颂玄幻俱乐部会员调查表

个人资料：

姓名：＿＿＿＿＿＿　　性别：□男　□女

出生日期：＿＿＿＿＿年　＿＿＿＿月　＿＿＿＿日

身份证号码：＿＿＿＿＿＿＿＿＿＿＿＿＿＿

职业：□学生　□办公室白领　□自由职业者　□其他＿＿＿＿＿＿＿

调查问卷：

1. 你从什么渠道得知英特颂玄幻系列丛书？

   □网络　□书店广告　□广播　□电视　□报刊　□亲友推荐

   □其他＿＿＿＿＿＿

2. 你最喜欢玄幻文学的什么特点？

   □超时空想像力　□时尚流行风格　□主人公个性魅力

   □惊险刺激情节　□最新兵器装备　□其他＿＿＿＿＿＿

3. 你觉得和科幻玄异文学相比，玄幻文学的亮点在哪里？

   □想像力更丰富　□科幻色彩更逼真　□人物个性更鲜活可爱

   □主角更加平民化　□更多游戏开发空间　□其他＿＿＿＿＿＿

4. 你选择阅读某本玄幻小说的依据是：

   □网站点击率排行　□网站或论坛推荐　□媒体介绍　□亲友推荐

   □作者　□情节　□人物　□文笔　□兵种或武器　□随意浏览

   □其他＿＿＿＿＿＿

5. 玄幻小说主人公留给你的最深印象是：

   □传奇经历　□幽默语言　□过人才干　□鲜明个性　□超好运气

   □其他＿＿＿＿＿＿

6. 如果《小兵传奇》被开发成游戏产品，你希望是什么种类：

   □手机游戏　□家用游戏（PS/Gameboy/Mbox）　□电脑联机游戏

   □电脑单机游戏　□电脑网络游戏　□其他＿＿＿＿＿＿

7. 如果《小兵传奇》开发成玩偶产品，你最希望得到的是：

   □唐龙　□机器人教官　□丽娜莎　□尤娜

   □唐虎　□其他＿＿＿＿＿＿

8. 你希望以什么方式参加英特颂玄幻俱乐部的互动？

□同人志大赛　□Cosplay大赛　□书评征集大赛　□其他_____

9. 你对本书以下方面满意度（满分5分）：

□故事情节_____　□人物个性_____　□作者文笔_____

□封面设计_____　□内文版式_____

10. 你经常的购书方式有：

□书店　□网络邮购　□书市　□出版社邮购　□其他_____

11. 除玄幻小说以外，你平时喜欢阅读的书籍种类还有：

□文学　□动漫　□军事　□历史　□旅游　□艺术　□科学

□传记　□生活　□励志　□教育　□心理　□其他_____

联系方式：

电话：（办公）_____（宅）_____　手机：_____

学校或家庭地址：_____　邮编：_____

E-mail：_____　QQ/MSN：_____

个人档案：

最常去的玄幻网站：_____

最喜欢的玄幻小说：_____

最喜欢的玄幻作家：_____

给我们的建议：_____

_____

_____

恭喜你！只要完整填写以上调查表并寄回上海英特颂图书有限公司，即可加入英特颂玄幻俱乐部！你可以15元/本的优惠价邮购《小兵传奇》及其他英特颂玄幻系列丛书，更可优先获得赠品和参加俱乐部会员活动！

邮购地址：上海市局门路427号B座5楼

英特颂玄幻俱乐部

邮政编码：200023

E-mail：tianmaxingkong2005@citiz. net

注：请在汇款单附言栏内写明你要购买的书名、册号和册数，并按15元×册数的数目汇款。平邮免邮费，挂号每本另加挂号费3元。5册以上免收邮挂费。款到10个工作日内发书。